U1003159

酿雪斋丛稿

陈才智 著

凤凰枝文丛 / 孟彦弘 朱玉麒 主编

凤凰出版社

图书在版编目（C I P）数据

酿雪斋丛稿 / 陈才智著. -- 南京 : 凤凰出版社, 2023.2
（凤凰枝文丛 / 孟彦弘，朱玉麒主编）
ISBN 978-7-5506-3796-2

Ⅰ. ①酿… Ⅱ. ①陈… Ⅲ. ①随笔－作品集－中国－当代 Ⅳ. ①I267.1

中国版本图书馆CIP数据核字(2022)第218571号

书　　名	酿雪斋丛稿
著　　者	陈才智
责任编辑	李相东
特约编辑	王晨韵
书籍设计	徐　慧
出版发行	凤凰出版社(原江苏古籍出版社) 发行部电话025-83223462
出版社地址	南京市中央路165号,邮编:210009
照　　排	江苏凤凰制版有限公司
印　　刷	苏州市越洋印刷有限公司 江苏省苏州市吴中区南官渡路20号,邮编:215104
开　　本	880毫米×1230毫米　1/32
印　　张	10.625
字　　数	213千字
版　　次	2023年2月第1版
印　　次	2023年2月第1次印刷
标准书号	ISBN 978-7-5506-3796-2
定　　价	68.00元
	(本书凡印装错误可向承印厂调换,电话:0512-68180638)

陈才智

中国社会科学院文学研究所研究员，中国社会科学院大学教授、博士生导师，兼任中国王维研究会会长，中华文学史料学学会、中国白居易学会、中国苏轼研究学会副会长。主要从事唐宋文学与文献研究。著有《元白诗派研究》《元白研究学术档案》《白居易资料新编》《白居易》《中国诗歌史》《唐宋诗词鉴赏》《悲欣文魂》等。

弁 言

“凤凰台上凤凰游”，是李白《登金陵凤凰台》之诗句，昔年我江苏古籍出版社立足南京、弘扬文史，而更名所由也。

“碧梧栖老凤凰枝”，是杜甫《秋兴八首》所吟咏，今日我凤凰出版社为学林添设新枝，而命名所自也。

30多年来，凤凰出版社围绕中华传统优秀文化，彰显传承文明、传播文化、服务大众、贡献学术的出版理念，坚持以整理出版中国文、史、哲古籍及其研究著作为主的专业化方向，蒙学界旧雨新知之厚爱、扶持，渐已长大成为“碧梧”，招引了学界“凤凰”翩然来栖。箫韶九成，凤翥凰翔！嘤其鸣矣，求其友声！

“凤凰枝文丛”是本社与学界同人共同打造之文史园地，除学术研究论文外，举凡学人往事、经典品评、学术札记之文化随笔，旧学新知，无所不包。是作者出诸性情而诗意栖息之地，读者信手撷取而涵泳徜徉之处。

“凤凰鸣矣，于彼高冈。梧桐生矣，于彼朝阳。”

愿“凤凰枝文丛”成为我们共同的文化家园。

2019.5.22

目录

第三辑　节令之思

第四辑　嘤鸣相召

第一辑　诗意书情

汉语是富有诗意的语言

中国是一个诗的国度，诗歌传统源远流长，遗产丰厚。无论创作、欣赏，还是批评、接受，诗歌一向都是中国文学长河的主流正脉。不学诗，无以言。作为一种特殊的精神方式，诗性智慧渗透在中华文明的方方面面，是传统文化的最鲜明的象征。可以毫不夸张地说，中华民族是一个诗性民族。诗性语言，与中华民族的审美文化彼此呼应，构成中国诗歌体用不二的整体。

在本体上，文学就是一种语言艺术，而诗歌尤其如此。中国诗歌的许多概念，在西方缺少相应的语词，如意境、滋味、兴趣、风神、气象，其根源即在于语言。所以朱自清《诗的语言》指出："本质而言，诗歌不过是语言，一种纯语言。"一切语言的内核都是诗，而汉语是一种最富有诗意的语言，因为最适合情兴和意境的生发，若干汉字组在一起就能展现出朦胧、象征、暗示、含蓄等各种艺术魅力。汉语不是屈折语，没有格和位的变化，但是有四声的区别，词和词的连接往往不是形连而是意连，其间关系非常灵活，很多时候，逻辑连接词需要读者来填充，因而造就中国诗歌富于灵动的效果，富于包蕴性、联想性、多义性，给读者留下自由想象的空间。比如罗隐的《登夏州城楼》“万里山川唐土地，千年魂魄晋英雄”，两行诗两组意象，密集排列，缺少相关文化背景知识的西方读者往往不知所云。可是，若将关键的“唐”“晋”两字，增补一些知识背景和联想，意象和情思就会随着两句之间的互文关系，行云流水般渗透出来。

这里要引入一个诗家语的概念，即由于字数、格律和声韵等限制，诗家所特有的句法结构和表达方式不同于散文等其他文体，往往更趋精练含蓄，语句叙述则变化多端，经常有跳动性。比如运用互文，王昌龄的“秦时明月汉时关”（《出塞》），白居易的“主人下马客在船”（《琵琶行》）。运用紧缩，把两句的意思压缩到一个诗句里，其间的关系留给读者体会，像王维《观猎》“草枯鹰眼疾，雪尽马蹄轻”，杜甫《旅夜书怀》“星垂平野阔，月涌大江流”。还有活用，如王安石的“春风又绿江南岸”（《泊船瓜洲》），孟浩然的“风鸣两岸叶”（《宿桐庐江》），王维的“郡邑浮前浦”（《汉江临眺》），李清照的“应是绿肥红瘦”（《如梦令·昨夜雨疏风骤》）。作为修辞手段，散文也经常使用词类活用，但远不如诗词用得普遍。

更普遍的是运用省略，比如杜牧的“东风不与周郎便，铜雀春深锁二乔”（《赤壁》），两句之间省略表示假设关系的连词；白居易的“上穷碧落下黄泉”“钗分一股合一扇”（《长恨歌》），“下”“合”后承上省略动词“穷”“分”；杜甫的“香雾云鬟湿，清辉玉臂寒”（《月夜》），“香雾”“清辉”后省略谓语。还有上下句之间语意需互相补足的，称“交互省”或“会意省”，如贾岛《寻隐者不遇》“松下问童子，言师采药去”，从答话可推知问话内容；杜甫《登岳阳楼》“昔闻洞庭水，今上岳阳楼”，实际是说，昔闻洞庭湖上有岳阳楼，今登岳阳楼观洞庭湖。

还有错位和倒装，比如杜甫“红稻啄余鹦鹉粒，碧梧栖老凤凰枝”（《秋兴八首》其八），“啄余鹦鹉粒”应为“鹦鹉啄余粒”的倒置；李商隐《隋宫》“玉玺不缘归日角，锦帆应是到天涯”，把本应在句前的“不缘”“应是”插入句中；杜甫《中宵》“亲朋满天地，兵甲少来书”，意为“兵甲满天地，亲朋少来书”。而王维《香积寺》“泉声咽危石，日色冷青松”，正常顺序应为：危石边泉声咽，青松上日色冷。经倒装，泉声、日色更为突出，显得有声有色。又如王维《山居秋暝》“竹喧归浣女，莲动下渔舟”一联，实际语序应是“浣女归竹喧，渔舟下莲动”：因浣衣女子归来，才会在竹林外传来说笑之声；因渔舟顺流而下，才会使河面上的莲花摇曳纷披。但仔细琢磨，王维诗句本意又不仅如此，其意蕴比现实生活中的因果关系要复杂得多。可以理解为王维是先闻其声再分辨其声音的来历和原因，先见其形再体悟其莲动的起因。因此，其中既有平仄的安排，也有内容的斟酌。

从《诗经》、《楚辞》、汉乐府、唐诗、宋词、元曲……直到现代白话新诗，中国的诗歌语言伴随着时代发展不断嬗变演化、发展创新，形成千姿百态的脉络和流派，笔者撰有《中国诗歌史》（山西教育出版社 2021 年版），专门从流派视角梳理旧体诗到新诗的发展历程。对于诗歌流派的形成而言，语言之体与文化之用内外交相影响、互为两翼。就诗歌的文化之用而言，作为文学之一体，诗歌本身就是文化之一端，不但要受到哲学、绘画、音乐、风俗等相邻文化因素的种种制约和影响，同时也是时代文化的一种反映和体现。诗学与书论、画论、乐论等不仅有许多相通的地方，而且常常需要互相参照才能有新的开拓。诗歌的发展，既受到文化广泛而深刻的影响，同时也如镜子一样，反映着不同时代文化的光辉。一代有一代之文化，一代文化哺育一代诗歌。中国诗歌的发展，既源自内在语言形式的演化，音韵和节奏起到了重要作用，同时也受制于不同时代政治生活、经济基础等硬背景的变化，而以文化心理为代表的软实力，正是其间起到重要作用的桥梁。

中国诗歌与中国文化，其间的反映、影响关系，有如水洒在地上，浸湿附近的土壤是水的本性，但被浸湿的程度则需要视土壤具体情况而定；又如发光体与反射体，在合适的时候，还会相互映衬。文化影响诗歌、诗歌反映文化的程度，有的较快，有的较慢；有的直接，有的间接；有的显露，有的含蓄；有的变形，有的变质；有时是单一的，有时则是多元的；有的是支配，有的是渗透；有的断章取义、痕迹俱在，有的羚羊挂角、无迹可求；有的文化内容可以直接入诗，有的则需要通过作家的中介、过滤；有的是影响，有的则只是暗合；有的是交叉，有的只是平行；有的具有事实联系，有的只具有精神心智上的共通，性之所近，貌亦相随而已，常常并非亦步亦趋。因此其间未易轻断因果，只宜摆明条件。

不妨以苏轼诗歌与北宋文化的关系为例。北宋文化吸纳此前数千年的历史积淀，皮毛落尽，精神独存，不仅各个文化领域、各类文化形式、各种雅俗文化百花齐放，更以独树一帜的北宋文化精神卓然自立。苏轼诗歌正是在北宋这一特定历史时期的文化背景下孕育成长起来的。作为中国传统文化最具典型性的文人代表，苏轼通过近三千首包赡丰富、变化万状的诗作，展现出一幅北宋文化绚丽多彩的“清明上河图”。尤其值得注意的是，北宋文化精神中最为突出的两个方面——议论精神和淡雅精神，对苏轼诗歌产生直接深刻的影响，而苏诗的议论化和崇雅尚淡倾向，也反过来集中而典型地代表了北宋文化的议论精神和淡雅精神。因而，探讨两者之间的关系，无论对苏诗还是对北宋文化都不无裨益。

在北宋文化议论精神的影响下，苏轼诗歌反映出尚理的主动趋向，适时而深刻。苏诗中的议论俯拾即是，或全诗纯乎议论；或前面抒情叙事，咏物写景，篇末发表议论；或议论与抒情叙事、咏物写景交替穿插；或几种写作手法水乳交融，不分彼此。方法的多种多样和变化万状使苏诗中的议论视野开阔，容量闳大，雄深博辩，气象万千。其议论的题材大到宇宙时空、小到鸟兽虫鱼，广到社会人生、狭到碑刻古玩，雅到诗书画艺、俗到接物处世，近到花草木石、远到海外仙国，天生健笔一枝，爽如哀梨，快如并剪，有必达之隐，无难显之情。“其绝人处，在于议论英爽，笔锋精锐，举重若轻，读之似不甚用力，而力已透十分。”（《瓯北诗话》卷五）在苏诗以后，议论成为有宋一代诗歌新的审美风尚。

在北宋文化淡雅精神的感召下，苏轼诗歌奏出崇雅趋淡的高潮乐章，典型而突出。苏诗将淡雅的追求脱离了纯功利性目的，提高到审美的层次，妥善处理了雅俗之间、绚烂与平淡之间、人工美与自然美之间的关系，体现出朴素却圆熟的辩证法精神。其诗歌语言，或避俗趋雅，或以俗为雅、化俗为雅。如《和蒋夔寄茶》“厨中蒸粟堆饭瓮”，《除夜大雪，留潍州，元日早晴，遂行，中途雪复作》“助尔歌饭瓮”，“饭瓮”是山东民间俗语和歌谣语。《发广州》“三杯软饱后，一枕黑甜余”，苏轼自注“浙人谓饮酒为软饱”“俗谓睡为黑甜”。这些各地的俗词俚语，被创造性地融入苏轼诗中，显出一种雅人深致。苏诗还擅长用典故来题咏俚俗之物，以化俗为雅。如《豆粥》“沙瓶煮豆软如酥”不免俚俗，但运以刘秀、石崇二人与豆粥相关的典故，诗的典雅气息油然而生。

以语言为体、文化为用的中国诗歌，尽管已经有三千年的发展历史，但至今尚未止步，其生命仍在不断变化生长，继续“照烛三才，晖丽万有”（钟嵘《诗品序》）。回顾中国诗歌的历史，每一种体裁都有萌生、发育、成熟、衰老的历史。中国诗歌史，就是各种诗歌体裁和样式起承转合的生命史。从《诗经》之诗，到歌诗之诗，到《诗品》之诗，到诗余之词，由狭义的以齐言为主要句式的韵文，衍为广义的诗词曲等多种样式，涵盖乐府、五七言（还有四言、六言、九言和杂言）、古体和近体（包括律诗和绝句），以及新诗等，历经以赋为诗，以文为诗，以诗为词，以复古为革新，变文言为白话等各种翻新，诗体不断有新风尚，诗篇不断有新物什，诗人不断有新思想，诗论不断有新境界。只要有人类的存在，诗歌就有继续存在的价值和意义。我深信，在中国这个诗国里，诗歌一定会复兴，而且更加光昌流丽。

他山的石头与隔岸的蒹葭

他山之石，可以为错。蒹葭之美，需要溯游以追寻。二者虽有着无机物与有机物之别，但皆来自古老的《诗经》。这里姑且古为今用，中体洋用。以他山的石头，借指作为一种方法的海外汉学；以隔岸的蒹葭，借指业已成为一个相对独立的研究领域，乃至一门学科的海外汉学。

从时间上看，从石头到蒹葭，由一种视角，一种方法，到一门学科，海外汉学历经源起、衍变和多元发展，已经蔚然久远。若溯源追始，至少三百年不止，即使仅从近代学术意义上讲，尔来倏忽亦百余年矣。这百余年来，中外汉学研究的交流，比此前任何时候都更加频繁，更加广泛，更加深入。如果说在十年前，总结海外汉学研究的历史，还被视为尚未成熟，而在各种专题研究日渐丰富，国别汉学史丛出的今日，编撰一部当得起考镜源流、辨别得失的海外汉学研究学术发展史的历史任务，已经摆在我们面前。

从空间看，海外汉学有三大区域：西方汉学、东亚汉学和俄苏汉学。西方汉学以其浓重的西方文化和学术色彩，以不断求变为胜，代有新学，与中国传统著述论说方式路径迥异，又因中西文化属异质文化，因此对比鲜明。西学在撰写中国文学史、敦煌学研究、中亚交通史研究等领域，均早于国内同类研究，在方法论方面尤为活跃，可供参考借鉴者最为丰富。东亚汉学主要包括日本、韩国和越南。他们接受中国文化较早，不同程度借用汉语言文字，刻意学习、模仿中国古典文学的各种内容和形式、用意和手法，因此其汉学研究亦深受中国学术传统影响，以编纂译注、训诂考证、辨章源流为特色。俄苏汉学由于地理和历史原因，兼顾东方和西方，侧重取径西欧，虽然不像法国、德国和荷兰汉学名噪一时，但其研究队伍、成就、历史和风格皆独树一帜，无愧为汉学重镇。

中国社会科学院文学研究所历来重视海外汉学研究。1983 年发起中美比较文学双边讨论会，钱锺书先生致开幕词（*Opening Address to the First Sino-American Symposium on Comparative Literature*，中译文载《文艺理论研究》1983 年第 4 期；英文本载 1984 年 10 月《中国比较文学》1984 年第 1 期创刊号）。此前两年成立的北京大学比较文学研究会，钱先生还被聘为顾问。此前一年，在“文学研究动态组”基础上，成立有“国外中国学（文学）研究组”，1985 年改组成立“新学科研究室”，同年文学所作为发起单位，成立挂靠中国社科院的中国比较文学学会，而密切跟踪国际学术信息和文献，则自 1953 年建所开始，即为同人所留意。1991 年专门成立比较文学研究室，其中一项重要工作就是海外汉学研究，同时关注中国文学在国外的传播。1994 年，还曾筹建汉学研究中心。2000 年，与外国文学研究所理论室合办比较文学研究中心，已经取得颇受学界关注的科研成果，如编辑《中外文学研究参考》《人文新视野》等刊物，编写“中国古典文学走向世界”丛书，出版《中外文学交流史》《西方文论与中国文学》《国外中国古典文论研究》《国外中国古典戏曲研究》等著作，联络国外汉学家和国内汉学研究学者，聘请英国杜德桥博士为荣誉研究员，特聘法国陈庆浩、加拿大叶嘉莹为荣誉研究员，沟通学术信息，积累了比较丰富的经验。非常可惜的是，主持这项工作、将笔者引入这一研究领域的周发祥先生，2007 年 5 月 12 日突然染病去世，留下“海外汉学博览”“海外汉学家文集丛书”等未竟之业。

改革开放后，开启汉学研究领域的周发祥先生的时代，主要以译介为主。进入二十一世纪，现在需要的是，中外学者在相互了解的基础上，直接对话，正面交锋，就文本细读、先唐文本的稳定性与可信度等，进行深入切磋。傅云博（Daniel Fried）《中西文学研究方法的结构冲突》称："中西文学研究在研究方法及研究目标上存在很大的差异，这是由双方不同学术方式上深层的结构性冲突造成的，中国与西方学者在学术论点的关注对象、文章结构及证据的用法上有着完全不同的标准与要求。"他用"静态分析"与"动态分析"分别对中国与西方学术著作进行描述，认为中国学者所应用的"静态分析"，更重视事实的完整性、准确性及组织性的表征，该方式能对文学现象进行诠释，具有较强的资料性特征；而西式"动态分析"则偏重如何利用事实创造文本功能的新阐释，提供关于文本操作的叙述方式。两种分析方法各有优劣，对二者冲突的原因进行分析，目的是为了减少彼此间的误解，以便双方能更充分地理解不同学术环境下的不同"真理"。傅云博认为："既然真理只能在语言中存在，就不必考虑究竟是中式还是西式研究结构能更透彻地把握到真理。"（梁丽芳《加拿大汉学：从古典到现当代与海外华人文学》这是几年前，文学所在香山召开的学术会议中看到的观点。傅云博毕业于芝加哥大学英语系，获哈佛大学比较文学硕士和博士，曾在中国台湾任教数年，研究范围涉及寓言、道教、生态文学评论、现当代文学。

较近的例子，是2015年北京大学傅刚教授组织的中外学者黉门对话。其中柯马丁（Martin Kern）的发言引人注目，其《〈诗经〉的形成》认为，《诗》是一部包含不同类型、成于不同时期的诗作的多样化选集，从来就没有什么原本的“本义”供人寻绎，新发现的出土文献也没能让我们回到本源；进而在《我怎样研习先秦文本》中，提出26条研习早期中国文本的原则。其论《楚辞》的可信性问题，尚未看到全文，无法置喙，但由这位并非年长的汉学家（柯马丁1962年出生）引发的新一轮疑古思潮，俨然滚滚而来，确实值得关注，需要回应，并且需要从海外汉学这一视角跳出，放大放远来看，拓展至语义学、阐释学，乃至互文性、接受美学等，而文本细读仅仅是一个生发点。

值得注意的是，文本细读的生发点，常可见出西方汉学家的功力深浅。比如杜牧《山行》的名句“停车坐爱枫林晚，霜叶红于二月花”，德国汉学家顾彬（Wolfgang Kubin）认为，“蕴涵了丰富的宗教体认，‘坐爱’就是‘坐禅’的意思”（薛晓源《理解与阐释的张力：顾彬教授访谈录》，《文艺研究》2005年第5期）。在接受笔者与陶文鹏先生访谈时，又解释说，“坐”作为副词，确为“因为”“由于”，但它同时又是动词，就可释作“坐下来”，“坐爱”就进一解释为“坐禅”，这可以使我们对这首诗的理解更丰富一些（陶文鹏、陈才智《我喜欢中国古典意象诗歌：德国汉学家顾彬先生访谈录》，《文学遗产》2007年第2期）。荷兰汉学家田海（Barend ter Haar）《关羽由凡入神的历史与想象》解释唐代诗人郎士元《关羽祠送高员外还荆州》的“去去勿复言，衔悲向陈迹”，认为“陈迹”之“陈”，可能指隋朝之前的南陈政权（557—589），也可能指俗家姓氏为陈姓的智顗（538—597）和尚，“而后者的可能性要小一些”（新星出版社2022年版）。这两个例子，皆与常见的理解大相径庭。陈迹岂非旧迹或遗迹乎？《庄子·天运》：“夫‘六经’，先王之陈迹也，岂其所以迹哉。”

汉语确有许多容易引发异议的表述，需要结合文意斟定。比如，唐人李康成《玉台后集序》云：“太清之后，以迄今朝，虽未直置简我古人，而凝艳过之远矣。”这段话辑自宋晏殊《类要》卷三一“诗”之“直置简我”一则，首见于复旦大学陈尚君先生的《全唐文补编》卷四三（中华书局2005年版），在“直置”之后断句。稍后又见于陈尚君先生的博士生唐雯2006年4月撰写的博士毕业论文《晏殊〈类要〉研究》，删去了“直置”之后的断句，所据《类要》为《四库全书存目丛书》影印西安市文物管理委员会藏旧抄本（齐鲁书社1995年版，子部第167册）。值得注意的是，在正式出版后，上述引文中的“虽未直置简我古人”改为了“虽直置未简我古人”（《晏殊〈类要〉研究》，上海古籍出版社2012年版）。而陈尚君《玉台后集·前记》（傅璇琮、陈尚君、徐俊编《唐人选唐诗新编》增订本，中华书局2014年版）所引仍为“虽未直置简我古人”。那么，究竟哪种表述更切李康成原意呢？检中国社会科学院文学研究所善本室所藏旧抄本（两函十二册）

《晏元献公类要》卷三一，与《四库存目》影印本不同，正作“虽直置未简我古人”，当为唐雯校改所据，可见善本之可贵。直置者，即不用典，直抒胸臆，置于文中。《文镜秘府论》南卷《论文意》：“《谏猎书》甚简小直置，似不用事，而句句皆有事。”直置又作直致，指直言而没有曲折，近于钟嵘《诗品序》所谓“观古今胜语，多非补假，皆由直寻”。“直置”一词，出于《文心雕龙·才略》：“孙楚缀思，每直置以疏通。”即沈约所谓“直举胸臆，非傍诗史”。隋炀帝大业年间，河间刘善经《四声指归·论体》：“体尚专直，文好指斥，直乃行焉。（谓文体不经营，专为直置；言无比附，好相指斥也。）”（《文镜秘府论》南卷《论体》）唐高宗龙朔、总章年间，元兢《古今诗人秀句》：“余于是以情绪为先，直置为本，以物色留后，绮错为末。”（《文镜秘府论》南卷《集论》）“情绪”与“物色”、“直置”与“绮错”两两并举，前二者偏于内容风格，后二者偏于方法技巧，正如钟嵘《诗品》评陆机“尚规矩，而贵绮错，有伤直致之奇”（王叔岷《钟嵘诗品笺证稿》，中华书局 2007 年版），将“直致”与“绮错”对举，也是此意。唐人崔融（653—706）《唐朝新定诗格》“十体”其四“直置体”，称“直置体者，谓直书其事，置之于句者是”。诗曰：“马衔苜蓿叶，剑莹鹧鸪膏。”又曰：“隐隐山分地，苍苍海接天。”（此即是直置之体。）（《文镜秘府论》地卷《十体》）李峤（？—713？）《与夏县崔少府书》：“直置心许，居然目击。”开元、天宝间，殷璠《丹阳集》亦曰：“光羲诗宏瞻纵逸，务在直置。”（《吟窗杂录》卷二五《历代吟谱》）但问题尚未结束，“简”自可释为简选、或简拔，不过，是否还有另一种排列组合的可能呢？愚意以为，据上下文，另一种接近李康成原意的表述，也可能是“虽直简未置我古人”，盖与“凝艳”相对者，“直简”也，质直简约之意。当然，如果“直置简我”四字之搭配，是晏殊简选出来的习用语，这自然是首先要尊重的前提。但若忽略这一前提，考量其他排列组合的可能，则虽然“直简”较“直置”为罕见，但“置我”较“简我”更为习见，当然这是指唐人的语境范围。面对唐人抄本时代的语境，对于抄本文字之比对，尤应结合文意斟定。

另一篇引起笔者留意的海外视角的论文，是日本学者小南一郎（1952—）教授的《〈楚辞〉的时间观念》，刊发在《复旦学报》2016年第6期，文章认为《离骚》存在三种时间观念：现实的直线性质的时间，理想的圆环时间，以及二者之外的绝对性质的新的时间。对此，我是这样理解的：直线时间，严格说应该是线段时间，可以理解为北京地铁的一号线，有始有终，于人世而言，即由生而死；圆环时间，则是北京地铁二号线，轮回人生的直观写照。那么，二者之外是什么样子呢？我认为，可以用DNA（脱氧核糖核酸）双螺旋比拟：放大了，从剖面图看，是圆环时间；缩小缩小再缩小，即变成线段。怎么讲？

横看成岭侧成峰！恰如光，既是波，也是粒子，光具有波粒二象性。所谓绝对性质的新的时间，其实只是需要我们改换时间观念而已。

总之，除了寻找钱锺书先生留意的中外相通之意，我们更要留意不同的文化背景中不同学术传统的特质，使得他山的石头，随着隔岸的蒹葭，既带给我们美的目标和方向，也带给我们诗的温度和逸韵以及方法之外的启示。那么，今日的中外学术交流今日的海外汉学研究，定将会有一番新的境界新的气象！

愿将三尺石与岩，来做擎天柱地看。不辞溯洄寻伊人，蒹葭苍苍在隔岸！

中国古典诗歌的爱国情怀

中国是诗的国度，有着悠远辉煌的诗歌传统。在几千年的诗歌历史长河中，爱国主义一直是一面高高飘扬的旗帜，正像闻一多先生所说："诗人的天赋就是爱，爱他的祖国，爱他的人民。"众多伟大优秀的爱国诗人，激荡人心的爱国佳作，如江海奔腾，蔚为大观。正可谓诗人爱国心难尽，伤世忧时色每形。

早在中国第一部诗歌总集《诗经》里，就出现了《无衣》《载驰》《六月》这样同仇忾、敌外侮的爱国诗篇。"岂曰无衣？与子同袍。王于兴师，修我戈矛。与子同仇！"真实地表达了团结一致、共同御敌的爱国凝聚力和向心力。中国第一位伟大的爱国主义诗人屈原，无限热爱自己的家国，用生命铸就了爱国主义文学的第一座高峰——"路漫漫其修远兮，吾将上下而求索""亦余心之所善兮，虽九死其犹未悔""虽体解吾犹未变兮，岂余心之可惩"，这些以《离骚》等为代表的《楚辞》的瑰丽诗章，洋溢着深沉炽烈的爱国感情、对进步政治理想的热烈追求，熔铸着刚毅坚强的人格精神、生死不渝的爱国赤诚。不管遭受何种打击，不管在谁的面前，不管死亡体解的威胁，都无悔地坚持高尚的品格，不放弃自己的理想，不改变爱国的心志，这就是屈原留给我们的精神遗产，“其衣被词人，非一代也”。

如果说，因时代原因，先秦诗歌的爱国主题，主要体现为对乡邦之国的热爱，那么，随着秦汉大一统帝国的建立，汉民族意识日益增强，“人的觉醒”带来“文的自觉”，诗歌中的爱国主义主题也日益自觉，走向完善。在汉末三国两晋南北朝天下分裂时期，渴望天下统一成为爱国诗歌的主旋律。东汉末年，女诗人蔡琰身逢乱世，辗转流落匈奴十二年，虽嫁匈奴左贤王，生二子，然最终告别匈奴亲人，回归中原故里。蔡琰以其亲身遭遇撰成《悲愤诗》二首，揭示了东汉末年因军阀篡权乱国而导致的家破人亡的悲惨生活，具有强烈的时代性。曹植《白马篇》以“幽并游侠儿”“捐躯赴国难，视死忽如归”的华章，上承《无衣》《国殇》的爱国传统，下启大唐边塞诗派的爱国豪情。左思《咏史》的“左眄澄江湘，右盼定羌胡”，鲍照《代自蓟北门行》的“投躯报明主，身死为国殇”，裴让之《从北征诗》的“匈奴定远近，壮士欲横行”，共同表达出诗人身逢乱世而报效国家、为国立功、安定边疆的爱国情感。北朝民歌《木兰诗》更塑造了一位代父从军、为国建功、得胜回朝、功成不居的爱国女英雄形象，至今感人甚深。南北朝分裂时期还出现了一批怀念故土故国、渴望天下统一的诗人诗作。如“文章老更成”的庾信，他的《咏怀诗》27 首，抒写身羁异国、屈身事敌的无尽愁绪：“秦关望楚路，灞岸想江潭。几人应落泪，看君马向南。”倾诉着对故国的深深眷念。

“愿将此身长报国，何须生入玉门关。”如果说，天下分裂时期，爱国诗歌主题表现为渴望统一，那么，统一时期的爱国诗歌，则表现为讴歌盛世的时代强音。作为中国历史上政治、经济、文化空前繁荣发达的强大王朝，唐代强盛的国力，铸就了意气风发的民族魂和昂扬高蹈的时代精神，引发着诗人对祖国壮美河山和盛世气象的热爱，爱国主义的豪情可谓油然而生。诗仙李白大量描写山川之美的篇章就是明证，在他笔下，江山秀美，花柳无私，风物流丽，处处充满可爱。边塞诗人笔下，则洋溢着杀敌必胜的豪情，“黄沙百战穿金甲，不破楼兰终不还”“但使龙城飞将在，不教胡马度阴山”“更催飞将追骄虏，莫遣沙场匹马还”“欲将轻骑逐，大雪满弓刀”，显示出昂扬斗志和冲天豪气。怎奈“渔阳鼙鼓动地来，惊破霓裳羽衣曲”，唐帝国在安享鲜花着锦般的鼎盛之后，开始了“三川北虏乱如麻，四海南奔似永嘉”的安史之乱，引动李白“中夜四五叹，常为大国忧”的愁怀。距今 1200 多年前，杜甫为安史叛军所俘，身陷长安，眼见山河依旧而国破家亡，写下：

国破山河在，城春草木深。感时花溅泪，恨别鸟惊心。烽火连三月，家书抵万金。白头搔更短，浑欲不胜簪。

这首意蕴深沉的爱国名作，道出当时和后人在同类境遇中的共同感受，成为千古传诵的爱国名句。诗圣杜甫的诗歌，是爱国主义文学的一座珠穆朗玛峰。杜诗的爱国内容是广阔的："致君尧舜上，再使风俗淳"是他的政治抱负；"济时敢爱死，寂寞壮心惊"是他的献身精神；"朱门酒肉臭，路有冻死骨"是他的忧民情怀；"向来忧国泪，寂寞洒衣巾"是他的忧国忠心。老杜的绝笔诗《风疾舟中伏枕书怀三十六韵奉呈湖南亲友》，仍在深深慨叹着国运国情："战血流依旧，军声动至今！"周紫芝称"少陵有句皆忧国"，诚哉斯言。

"文变染乎世情，兴废系于时序。"如果说，大气豪迈是贯穿大唐爱国诗歌的主色，那么，沉郁忧患则是两宋爱国诗词的主调。宋朝虽然历经三百余年，但积贫积弱、内忧外患不止，尤其是徽、钦二帝被掳，中原沦陷于异族统治，南宋苟安一隅。时代的沧桑，使素以天下为己任的宋代知识分子忧心如焚，陆游作为南宋伟大的诗人，用他全部的热情、毕生的心血，唱出时代的最强音。在临逝之际，陆游写出“死去元知万事空，但悲不见九州同。王师北定中原日，家祭无忘告乃翁”的铿锵诗句。忧患主调，不仅使素有忧患传统的诗歌在宋代感伤时势格外突出，而且渗透到一向以抒发男女情爱为正宗的词体。北宋初年范仲淹的《渔家傲》词“人不寐，将军白发征夫泪”；王安石的《桂枝香·金陵怀古》“至今商女，时时犹唱，《后庭》遗曲”；张元幹的《石州慢》“万里想龙沙，泣孤臣吴越”；岳飞的《满江红》“靖康耻，犹未雪；臣子恨，何时灭”；张孝祥的《六州歌头》“闻道中原遗老，常南望”；陆游的《诉衷情》“胡未灭，鬓先秋，泪空流。此生谁料，心在天山，身老沧洲”；辛弃疾的《水龙吟·登建康赏心亭》“倩何人唤取，红巾翠袖，揾英雄泪”；陈亮的《水调歌头·送章德茂大卿使虏》“万里腥膻如许，千古英灵安在？磅礴几时通”，都是词中的佳句和代表。清人赵翼《题元遗山集》云：“国家不幸诗家幸，赋到沧桑句便工。”这些宋代爱国诗词从一个侧面印证了这一点。元明清三朝，阶级矛盾、民族关系时而紧张，时而趋缓，涌现出一系列新形势下的爱国诗篇，如张养浩的《潼关怀古》、于谦的《出塞》、俞大猷的《舟师》、戚继光的《望阙台》、张煌言的《甲辰八月辞故里》等等。

1840 年鸦片战争后，爱国诗歌呈现出与以往中国古典诗歌不同的内容和意识。侵略者的坚船利炮，不仅打开中国的国门，而且震撼了诗人的心。先觉者的衰世忧患意识，扩展为大批诗人的民族危机意识，从而形成一股反侵略、反投降的爱国诗潮，表现出近代爱国主义的新特征。中华民族面对外来他者的强大及本国统治者的无能，一面开始突破传统的忠君爱国意识，表现出反侵略与反封建相结合的趋势；一面又突破狭隘的民族情绪，表现出“师夷长技以制夷”的近代思想，前者以姚燮《京口》、张维屏《三元里》为代表，后者以林则徐、魏源的诗为代表。二十世纪初，随着资产阶级民主革命兴起，近代爱国诗歌开始涌起反封建帝制的浪潮，标志着古典忠君爱国思潮的终结，中国古典文学中的爱国诗潮完成了它的历史新变，而精神内核则被熔铸在与之血脉相承的新诗之中。

读《诗》而后知心

白驹过隙。转眼间，读书小组聚在一起读《诗》的日子，已悄悄过去九年。说是“悄悄”，名副其实，学问本就如钱默存所云，荒江野老屋中，二三素心人潜心商量培养之事。回想九年前，在参加半年左右的西方经典理论著作读书会之后，我就想，该结合本专业特点，组织一个比较有针对性的、同龄人的传统经典读书会。与二三同好一商量，可谓英雄所见略同。便决定先在“十三经”中选。选什么呢？当时有人对《周易》正有着浓厚兴趣，提议由《易》开始。我觉得，诸经之首《易》，不是不可以，但前贤云：“正得失，动天地，感鬼神，莫近于诗。”既然身在文学所，且身边有现成的行家，不妨从《毛诗》入手。

九年时间，说长也长，说短也短，毕竟一周只有一次，一次只有半天，但凡事难就难在持之以恒。人近中年，大家手头的杂事儿愈来愈多，能够在如今这样一个红尘滚滚、名利滔滔的社会环境中静下心来，淡然地坚持初衷，在许多人眼里看来，竟然是那样可望而不可即。不过，就我个人而言，从中收获之丰，感触之深，远非言语可以尽叙、可以全息。姑略酌数勺以概之、以序之：诗可以兴，诗可以观，诗可以群，诗可以怨。

诗可以兴。“青青子衿，悠悠我心。”汉唐注疏重重包裹之下，也遮掩不住那遥远歌吟的无穷魅力。消失的歌，残存的韵，记忆中那微启的门，门后就是《诗》的文本——几千年前先民的歌吟，诗意地记录着他们的悲欢。诗者，志之所之也，在心为志，发言为诗。荷尔德林说：“人诗意地栖居在这个大地上。”海德格尔对此做了繁复的分析，中心意思是：诗意是栖居的本质，只有诗意才使人真正地作为人栖居在大地上，从而使栖居成为安居，使大地成为家园。反观今日，许多人的幸福蓝图中，诗意已经没有位置，物质消费被视为幸福的主要内容。但在读书小组同人中，鲜有持此种幸福观者。苏东坡当年夜游承天寺，对朋友感叹：“何夜无月，何处无竹柏，但少闲人如吾二人者耳。”几年的读诗时光，正是这句话的绝妙写照。王夫之《俟解》解说：“兴者，性之生乎气者也……终日劳而不能度越于禄位、田宅、妻子之中，数米计薪，日以挫其志气。仰视天而不知其高，俯视地而不知其厚，虽觉如梦，虽视如盲，虽勤动其四体而心不灵，惟不兴故也。”所言正是此意。大家深深体悟到，人最宝贵的是生命是心灵，若能享受本真的生命，拥有丰富的心灵，便是幸福。这当然必须免去物质之忧，但绝非物质越多越好，恰恰相反，心灵的解放往往是以物质生活的简单为前提。一个人把许多精力给了物质，就没有闲心来照看心灵了。引譬而连类，诗意的生活多半是物质上简单的生活。这是读《诗》生涯最深的感触。

诗可以观。“观”是指读书过程中，知识和学术的点滴积累与收获，诸如名物、礼制、断句、文字、音韵、训诂、天文、地理、历算等等。我们选择的《毛诗正义》由唐太宗李世民敕命冀州衡水（今属河北）学者孔颖达主持编订，其书主体部分是《毛诗传笺》，加上孔颖达等的疏文，附有陆元朗（德明）的《毛诗释文》，以颜师古的《五经定本》的文字为底本，以刘焯《毛诗义疏》、刘炫《毛诗述义》为稿本，因为能融贯群言、包罗古义、终唐之世人无异词，至宋初仍是士子学经之教科书。读《毛诗正义》，印象最深的是孔疏本着“疏不破注”的原则，极力调和毛传、郑笺的种种努力，颇似旧时儿子既要孝敬老母又要安抚家妻的委曲周全之态，着实为难。如《周南·汝坟》首章“未见君子，惄如调饥”句，传云：“惄，饥意也。”笺云：“惄，思也。未见君子之时，如朝饥之思食。”孔疏对此句经文疏解：“言己未见君子之时，我之思君子，惄然如朝饥之思食也。”“饥”义与“思”义并用。然后又把传、笺对“惄”之释放在一起，疏云：“《释诂》

云：‘惄，思也。’舍人曰：‘惄，志而不得之思也。’《释言》云：‘惄，饥也。’李巡曰：‘惄，宿不食之饥也。’然则惄之为训，本为思耳。但饥之思食，意又惄然，故又以为饥。惄是饥之意，非饥之状，故传言‘饥意’。笺以为思义相接成也。此连调饥为文，故传以为饥意……此以思食比思夫，故笺又云：‘如调饥之思食。’”传、笺之释皆于《尔雅》各有出处，疏于此差异努力调和，强调“惄之为训，本为思”，但“饥之思食，意又惄然”，故“又以为饥”。传以为“饥意”，是因为此“连调饥为文”，而笺以为“思”，则是此“以思食比思夫”“义相接”，故为“思”。即传、笺都是联系语境而给出解释，各在其理，而又相互为通，只是角度不同而已，尽量消弭两者之异。

诗可以群。从根儿上讲，读书不像打球，大家一起玩儿才有意思；更多时候，它是青灯之下独处幽居的私人化行为。但人生苦短，良会不易，若有幸能与三五好友同室共读，切磋砥砺，群而不党，和而不同，岂非人生乐事？随着读诗的渐入佳境，我们读书小组的队伍也日渐壮大，除了上述几位同人外，陆续参加的还有当代室、民间室、外文所、历史所同人，一些国际友人也曾是读书小组的重要成员。听说外文所、历史所也有类似的读书班，但无论持续的时间，还是参加的人数，都未可相提并论。正如一位组员所云“集体的智慧是无穷的”，回想刚刚留所的时候，环顾四周，无一同龄人，一次所里组织郊游兼论坛，于是借机发表谬论，大谈了一番寂寞、孤独与无聊三境界与学术的对应关系，引得熟悉我的一位师长开玩笑说，才智同志看来已经超越了这三个境界，达到入魔的新境界了。独学无友，其实很容易入魔的。你看，现在多好，孤独在读书小组里没有市场。

诗可以怨。怨者，并非等同钱锺书那篇名文中所理解的“哀怨”，以及如“发愤”“绝望”“忧伤”“苦恼”“郁结”“痛苦”“穷苦”等同义近义语。据《说文解字》：“怨，从心，夗声。”夗声字，段注云：“凡夗声、宛声字皆取委曲意。”也就是说，怨的本意是指委婉地表达自我情绪。世事纷纭，几尺书桌并非静如止水，我们读书小组也并非两耳不闻窗外事，一心只读圣贤书。读书之余，或赴植物园识草木，或去图书馆观古籍，或访博物院赏书画。然点点滴滴，印象更深的，则是倦读之暇，大家免不了会聊聊身边的家事国事天下事，尤其是那些不宜直接表述的，一想起刚刚读过的诗句，如盐入水，不着痕迹地信手拿来，点到即止，委婉而不失风雅，正是诗可以怨的写照，也是以古为镜的写真。

诗意无穷，诗道广大，“诗似乎也没有在第二个国度里，像它在这里发挥过的那样大的社会功能。在我们这里，一出世，它就是宗教，是政治，是教育，是社交，它是全面的生活”（闻一多《文学的历史动向》）。以上所云，诗海拾贝而已，切望诗友“人之好我，示我周行”。

唐宋诗词鉴赏纵论

一、唐宋诗词通观

人类区别于其他动物的重要特征之一，就是可以运用文字来表达自我，来传递感情，来激活生命。而最精粹的文字形式，无疑就是诗。中国是一个诗的国度。诗和词，是这个诗歌王国里最为成熟、发达的两种样式。而从时间上看，在源远流长的中国诗歌史上，唐、宋两代的诗词，至今仍是无法企及的艺术高峰，恐怕也是难以再现的艺术奇迹。正因如此，唐宋诗词虽然是由那些距今遥远的作家创作出来的，但至今仍然鲜活地存在于我们的周围，离你我一点也不遥远。下面，分别来谈谈唐诗、宋诗和唐宋词。

（一）唐诗之繁荣

有唐一代不到三百年，诗歌空前繁荣。首先，数量之多，是空前的。清代康熙年间所编《全唐诗》，共九百卷，收诗四万八千多首，加上后人的补逸、补遗、续拾等，今存诗约五万五千多首。由于唐代刻版印刷术刚刚发明，印书还不是轻而易举的事，谁知道有多少诗歌流失了！盛唐重要诗人王之涣，就只剩下了六首诗。那么，整个唐代流失的数字，又有谁能统计全面？不但现存的唐诗数量超出唐以前各代遗诗总和的两三倍以上，而且质量极高，名篇迭出，好诗如潮，传诵不息，有大量感人肺腑、脍炙人口的艺术精品。

其次，诗人之多，是空前的。唐朝是一个诗歌艺术天才成批涌现的时代。除李白、杜甫这两位人类历史上罕见的伟大诗人之外，其他如陈子昂、孟浩然、王维、高適、岑参、王昌龄、韦应物、韩愈、孟郊、元稹、白居易、刘禹锡、柳宗元、李贺、杜牧、李商隐等人，也都是开宗立派、具有独创风格的大家。此外，有成就、有特色、有影响的诗人，尚不下五六十之数。目前可见的全部唐诗，有作者三千六百多人，遍布社会各个阶层，上到帝王、嫔妃、文臣、武将，下到渔人、樵夫、宫女、歌伎等等，都可以联句吟诗。这些诗人的创作，在唐代诗坛上争奇斗艳，形成了百花齐放的伟观。

再者，题材之广，是空前的。唐诗给我们展现了丰富多彩而又无比广阔的社会生活。“摐金伐鼓下榆关，旌旆逶迤碣石间”（《燕歌行》），“营州少年厌原野，狐裘蒙茸猎城下”（《营州歌》），这是高適笔下的祖国东北；“忽如一夜春风来，千树万树梨花开”（《白雪歌送武判官归京》），“火云满山凝未开，飞鸟千里不敢来”（《火山云歌送别》），这是岑参笔下的西域风光。万国衣冠，云集两京，西凉歌舞，全国风行。国家的强大统一，政治的清明安定，经济文化的兴盛繁荣，都写入了这一代人的光辉诗篇里。唐代既有山水诗、田园诗、园林诗、边塞诗、隐逸诗、游侠诗，又有友情诗、爱情诗、闺怨诗、宫怨诗、佛道诗、自传诗、怀乡诗、政治诗、讽喻诗、怀古诗、咏史诗、送别诗、咏乐诗、题画诗、宫廷诗、咏物诗、言志诗等等。更难得的是，这一代诗人都不同程度地有一种蓬勃向上的朝气，思想解放，襟怀开朗，李白高呼“遭逢圣明主，敢进兴亡言”（《书情赠蔡舍人雄》），“天生我材必有用，千金散尽还复来!”（《将进酒》）杜甫则自云“穷年忧黎元，叹息肠内热”（《自京赴奉先县咏怀五百字》），“留滞才难尽，艰危气益增”（《泊岳阳城下》），都展示出一种广阔而向上的时代气象。

最后，体派之丰，是空前的。唐代，古体诗有四言、五言、七言、杂言等多种形式，七言还发展为歌行体，元白又发展为长庆体，乐府又发展为新题乐府。尤其是五、七言律绝，到唐代定型，成为官定考试及竞赛的诗体。总之，骚体、歌行体、乐府、古风、五绝、七绝、五律、七律、排律，应有尽有。另外，手法变化多端，风格千姿百态，流派各种各样。明代胡应麟《诗薮》外编卷三开篇就说："甚矣，诗之盛于唐也！其体，则三、四、五言，六、七、杂言，乐府、歌行，近体、绝句，靡弗备矣。其格，则高卑远近、浓淡浅深、巨细精粗、巧拙强弱，靡弗具矣。其调，则飘逸浑雄、沉深博大、绮丽幽闲、新奇猥琐，靡弗诣矣。其人，则帝王将相、朝士布衣、童子妇人、缁流羽客，靡弗预矣。"以历史眼光纵观前后，我们不能不承认：诗歌的领域，从来没有像唐诗这样宽广；诗歌的内容，从来没有像唐诗这样丰富；诗的体式，从来没有像唐诗这般完备；诗的风格，从来没有像唐诗这般多样。

其实，唐人在诗歌方面的成就，不但是空前的，也是后人难以企及的。尽管以诗人、诗篇的数量来说，宋诗或元诗、明诗、清诗都超过唐诗，但是唐诗在后代读者心中所占的优势，却是这几代诗人所无力改变的；唐诗在后代诗人心目中所起的典范作用，更是他们自己也无法否认的。从"青灯有味"（陆游《秋夜读书每以二鼓尽为节》）的儿童时代起，唐诗就是他们的良师益友，"熟读唐诗三百首，不会吟诗也会吟"。诚如陈贻焮教授在《增订注释全唐诗·序》中热情称赞的那样："有唐一代诗，上承汉魏之风骨与齐梁之英华，并风骚之精神，皆从彼挹取；下开两宋之派别及明清之波澜，即和韩之坛坫，亦由兹分出。

文质兼备，盛莫能加，岂特我国史诗之高峰，实亦世界文化之伟观也。”

（二）宋诗之求变

鲁迅《答杨霁云》曾说：“一切好诗，到唐已被做完。”话虽有些夸张，但从中国古典诗学的范畴来考察，唐诗确实几乎包罗了诗歌的种种可能性，使得后人很难在它的范围之外另辟天地。正如清代诗人蒋士铨《辨诗》所云：“宋人生唐后，开辟真难为！”但今天看来，宋诗仍可谓是继唐诗之后的又一高峰，北京大学出版社出版的《全宋诗》收入作者九千多人，诗二十七万多首，虽不能说与唐诗相媲美，但也以其鲜明的时代特色和独特的艺术风范，开辟了诗歌创作的新天地，其总体成就要超过元代、明代和清代。

宋诗在很大程度上都是从唐诗发展而来的，宋人对待成就卓越的唐诗，最初抱着学习和模仿的态度。他们先后选择白居易、贾岛、李白、韩愈、李商隐、杜甫作为典范，反映出对唐诗的崇拜。这使宋诗挣脱唐诗的束缚有很大的困难。于是，宋诗就在唐诗基础上继续向深处挖掘。大体说来，宋诗有以下几个特点：

首先在题材方面，各种琐碎细事都成为宋人笔下的诗料，使宋诗的选材角度趋向世俗化。比如宋人的送别诗多写私人交情和自身感受，山水诗则多吟咏游人常去的金山、西湖，这样，就使宋诗更为平易近人，而不像唐诗那样浪漫传奇。

其次在风格方面，宋诗也有自己的独到之处。宋代许多诗人有着自己独特的艺术风格，梅尧臣的平淡，王安石的精致，苏轼的畅达，黄庭坚的硬瘦，杨万里的活泼，都给我们留下了深刻的印象。

最后从美学角度来看，宋诗相对于唐诗来说，它的情感内蕴经过理性的节制，更为温和、内敛，其艺术外貌则显得平淡瘦劲，它是宋人对生活深层思考的文学表现。

宋诗最显著的特征，诚如严羽《沧浪诗话》所说：

以文字为诗，以才学为诗，以议论为诗。

说理较多，也深刻，但诗味则不如唐。关于唐宋诗的异同，近代学者有两段著名的论断，其一，钱锺书《谈艺录》："唐诗多以丰神情韵擅长，宋诗多以筋骨思理见胜。""天下有两种人，斯分两种诗。""一生之中，少年才气发扬，遂为唐体；晚节思虑深沉，乃染宋调。"其二，缪钺《论宋诗》："唐诗以韵胜，故浑雅，而贵蕴藉空灵；宋诗以意胜，故精能，而贵深析透辟。唐诗之美在情辞，故丰腴；宋诗之美在气骨，故瘦劲。唐诗如芍药海棠，秾华繁采；宋诗如寒梅秋菊，幽韵冷香。唐诗如啖荔枝，一颗入口，则甘芳盈颊；宋诗如食橄榄，初觉生涩，而回味隽永。""唐诗之弊为肤廓平滑，宋诗之弊为生涩枯淡。虽唐诗之中，亦有下开宋派者；宋诗之中，亦有酷肖唐人者；然论其大较，固如此矣。”有成就的宋代诗人多善于从生活（尤其是身边的日常生活）中寻找诗料，并努力挖掘其中的意蕴，所以宋诗颇有文人的生活气息。唐诗特别是盛唐诗重在自然意象的运用，而宋诗则偏重人文意象的表现。这也是唐宋诗的区别。

（三）词体之兴起

一说起唐代，我们立即就会想到唐诗；而一谈到宋代，我们首先就会想起宋词。确实，尽管词在宋代的地位，还远不能和诗相抗衡，但在文学史上却被公认为宋代的标志性文体。宋词以词采的华美、字句的参差以及由此形成的区别于唐诗的音韵之美，带给读者完全不同的文学感受，一直被视为中国古典诗歌发展史上与唐诗并峙的高峰。

词，原是配合燕乐而创作的歌辞。燕乐，是随着隋的统一而兴起的一种汉族民间音乐和少数民族以及外来音乐交融而产生的新音乐。因此，词在唐代文献包括敦煌卷子中都称之为“曲”或“曲子”，如《云谣集杂曲子》。直到五代，欧阳炯为后蜀赵崇祚所编的《花间集》所作的序中，才出现了“曲子词”的字样。其他选集，诸如《小曲三种》《敦煌词掇》《敦煌曲子词集》等，也都将其收录的词作称为“曲子词”。所谓“曲子词”，“曲子”是其燕乐曲调，“词”则是与这种曲调相配合的唱辞。

在北宋初期，“词”一般被称为“乐府”，晏几道就把他自己的词集定名为《小山乐府》，这是“曲子词”以后词的第一个正名。不过“乐府”也是一个旧有名词，并不能成为一个新兴文学类型的名称。于是，欧阳修自题其词集为《近体乐府》，算是对晏几道的定名作了修正。但因为“近体”的“近”字时代性并不稳定，因此，接着就有人沿用了唐代的“长短句”。在中晚唐时期，随着乐曲的愈趋曲折，配合乐曲的诗歌产生了五七言句法混合的诗体，这种新兴的诗体被称为“长短句”。不过这种诗体并不是我们所说的“词”，而是诗的一种。于是，在北宋中叶，无法用“乐府”准确定义“词”这种文学样式的人们，开始把“长短句”作为“词”的正式名称使用了。苏轼的词集最早的刻本就题名为《东坡长短句》，秦观的词集则名为《淮海居士长短句》。

另一个流传甚广的谬误是“诗余”这个称呼。在北宋时，已有了词为“诗之余事”的概念，但当时没有出现“诗余”这个名词。毛幵的《樵隐词》卷首有乾道三年（1167）王木叔题词，称其集为《樵隐诗余》。王楙的《野客丛书》成于庆元年间（1195—1200），书中引用了《草堂诗余》。这两个例子是宋人用“诗余”这个名词的年代较早者。稍后，则有王十朋词集曰《梅溪诗余》，廖行之词集曰《省斋诗余》。不过，尽管出现了“诗余”这个新名词，但它并不是“词”的名称。当时的人们编诗集的时候，如果把词作也编进去，则另加一个类目，称为“诗余”。在“诗余”成为一个流行的新名词以后，书商把文集中的“诗余”附卷单独刊行。然而，翻阅当时人所作提到“词”的著作，如词话、词序、词集题跋之类，还是没有见到直接把“词”说成“诗余”的。值得注意的是，个人的词集虽题曰“诗余”，其前面必有一个代表作者的别号或斋名，“诗余”一词还不能单独用，在其前面必须有主名，以表明这是某某人的“诗之余事”。因此，将“诗余”称作“词”的又一名称，在某种程度上是不恰当的。

宋人的词集还有命名为“琴趣外篇”的。例如，欧阳修《醉翁琴趣外篇》、黄庭坚《山谷琴趣外篇》、晁补之《晁氏琴趣外篇》、晁端礼《闲斋琴趣外篇》。这些“琴趣外篇”都不是作者自己选定的书名，而是南宋闽中书商在汇刻词集时，为凑成丛书，而把各本词集题为某氏“琴趣外篇”。于是，“琴趣外篇”也成为词的别名。

南宋宁宗嘉定间，长沙的刘氏书坊辑刻有《百家词》，绝大多数都改名为《××词》。例如《东坡乐府》称《东坡词》，《淮海居士长短句》称《淮海词》，《清真集》称《清真词》。从此以后，作为一种新兴的文学形式的名称，“词”这个名词才算正式确定了下来。

在唐宋词演变的历史进程中，“词”与音乐逐渐脱离关系，即词的文学生命逐渐高于词的音乐生命，从而成为韵文中与诗并列的独特的一体。产生于民间的曲子词，早在盛唐时便引起了文士们学习的兴趣。现存最早的文人词，一般认为是李白的《菩萨蛮》和《忆秦娥》。到了晚唐五代，词已经相当成熟，出现了以词著称的西蜀词人温庭筠、南唐中主李璟、后主李煜和宰相冯延巳。踏入两宋词坛，放眼望去，满目青山，遍地英华：北宋的柳永、晏殊、晏几道、欧阳修、周邦彦，南北宋之交的李清照，南宋的姜夔、史达祖、吴文英、张炎等，堪称婉约大家；而苏轼、陆游、张孝祥、辛弃疾、刘克庄、蒋捷等，则为豪放别派，名家辈出，名篇如云，词风多样，流派纷呈。据《全宋词》及《全宋词补辑》所收，词家达一千四百余家，词作超过两万首，真可谓蔚为大观，成就辉煌，宋词也终于像有唐一代文学代表的唐诗一样，成为有宋一代文学的重要代表。概括来讲，宋词的总体成就有两点：一、完成了词体的建设，艺术手段日益成熟；二、在题材内容和风格倾向上，开拓了广阔的领域。经过苏、辛等人的努力，宋词的题材范围几乎达到了与五、七言诗同样广阔的程度。唐诗、宋词，在中国韵文的天地里，如同双子星，成为两座巍峨的历史丰碑；又似两水分流，灌溉着后世文学的万顷良田。

二、鉴赏学的建立

鉴赏也可以成为一门学问吗？是的。鉴赏学可以包括鉴学和赏学两个方面，所谓鉴学，就是诗歌解释之学，所谓赏学，就是诗歌赏析之学。

（一）何谓鉴赏?

鉴，亦作“鑒”，同“鑑”。林义光《文源》云：“鉴即鑑之本字。”唐兰《殷虚文字记》称：“象一人立于盆侧，有自鉴其容之意。”本义是古器名。形似大盆，有耳。青铜制，盛行于东周。或盛水，大的可作浴盆；或盛冰，用来冷藏食物。有时借为照影之用。《说文解字·金部》：“鑑，大盆也。一曰鉴諸，可以取明水于月。从金監声。”《诗·邶风·柏舟》：“我心匪鑒。”毛传：“所以察形也。”《周礼·天官·凌人》“春始治鑑”，郑玄注：“鑑，如甀。大口，以盛冰，置食物于中，以御温气。”篆书的“鉴”，右边的左上方是一个大眼睛，右上方是一个弯腰的人，正在看盘子里的东西。“鉴”字，古时的意思就是一个人瞪大眼睛弯腰看盘子里的东西。发展到后来，才引申为照察、审辨以及照察审辨的能力。所以，鉴赏的鉴，就是鉴定，即辨别并确定真伪优劣。

那么，什么是“赏”?“赏”就是欣赏，即领略和玩赏。这就需要与对象（也就是诗词作品）有所交流，找到共同语言、共同情感，最终两者之间达到交汇、契合。诗词鉴赏无疑应当包括以上的鉴定和欣赏两个方面。两者是互相补充的。没有了解自然不足以言欣赏，所以鉴定是基本的工夫。但是只鉴定而不能欣赏，则只是做到了史学的工夫，还没有走进文艺的领域。一般富于考据的学者通常容易犯两种错误。第一种错误就是穿凿附会。他们以为作者一字一句都确有来历，于是拉史实来附会它。他们不知道艺术是创造的，虽然可以受史实的影响，却不必完全受史实的支配。考据家易犯的第二种错误在因考据而忘欣赏。他们把作品的史实考证出来之后，便以为能事已尽，而不进一步去玩味玩味。他们好比食品化学专家，把一席菜肴的来源、成分以及烹调方法研究得有条有理之后，便袖手旁观，不肯染指。但就我们而言，最要紧的事还是伸筷子把菜夹到嘴里来咀嚼，真正领略领略它的滋味。

（二）鉴赏与研究

谈到鉴赏与研究的区分，笔者印象最深的，就是郑振铎《研究中国文学的新途径·鉴赏与研究》（收入其所编《中国文学论集》第一篇，开明书店 1934 年版）的描写：

浓密的绿荫底下，放了一张藤榻，一个不衫不履的文人，倚在榻上，微声的咿唔着一部诗集，那也许是《李太白集》，那也许是《王右丞集》，看得被沉浸在诗的美境中了；头上的太阳的小金光，从小叶片的间隙中向下映眼窥望着，微飔轻便的由他身旁呼的一声溜了过去，他都不觉得。他受感动，他受感动得自然而然的生了一种说不出的灵感，一种至高无上的灵感，他在心底轻轻叹了一口气道："真好呀，太白这首诗！"于是他反复的讽吟着。如此的可算是在研究李太白或王右丞么？不，那是鉴赏，不是研究。

腻腻的美馔，甜甜的美酒，晶亮的灯光，喧哗的谈声，那几位朋友，对于文艺特别有兴趣的朋友，在谈着，在辩论着。直到了酒阑灯灭，有几个已经是被阿尔科尔醉得连舌根都木强了，却还捧着茉莉花茶，一口一口的喝，强勉的打叠起精神，絮絮的诉说着。

“谁曾得到过老杜的神髓？他是千古一人而已。”一个说。

“杜诗还有规矩绳墨可见，太白的诗，才是天马行空，无人能及得到他，所以倡言学杜者多，说自己学太白的却没有一个。”邻座的说。

这样的，可以说是在研究文学么？ 不，那不过鉴赏而已，不是研究。

斗室孤灯，一个学者危坐在他的书桌上，手里执的是一管朱笔，细细的在一本摊于桌上的书上加注。时时的诵着，复诵着，时时的仰起头来呆望着天花板，或由窗中望着室外，蔚蓝的夜天，镶满了熠熠的星。虫声在阶下唧唧的鸣着，月华由东方升起，庭中满是花影树影。那美的夜景，也不能把这个学者由他斗室内诱惑出去。他低吟道：“寒随穷律变，春逐鸟声开。”随即用朱笔在书上批道：“妙语在一开字”，又在“开”字旁圈了两个朱圈。再看下去，是一首咏蝉的绝句，他在“居高声自远，非是借秋风”二句旁，密密的圈了十个圈，又在诗后注道："于清物当说得如此。"

这不可以算是研究么？不，这也不过是鉴赏而已，不是研究。

别有一间书室，一个学者在如豆的灯光下，辛勤的著作着。他搜求古旧的意见而加以驳诘或赞许或补正。他搜集这个诗人，那个诗人的轶事，搜来关于这首诗，那首诗的掌故，他又从他的记忆中，写出他的师友的诗稿，而加以关于他们的交谊及某一种的感慨的话语。他一天一天的如此著作着，于是他成了一部书；那书名也许叫作《某某斋诗话》，也许叫作《某某轩杂识》。

这不可以算是研究么？不，这还是鉴赏，不是研究。

原来鉴赏与研究之间，有一个绝深绝崭的鸿沟隔着。鉴赏是随意的评论与谈话，心底的赞叹与直觉的评论，研究却非有一种原原本本的仔仔细细的考察与观照不可。鉴赏者是一个游园的游人，他随意的逛过，称心称意的在赏花评草，研究者却是一个植物学家，他不是为自己的娱乐而去游逛名囿，观赏名花的，他的要务乃在考察这花的科属，性质，与开花结果的时期与形态。鉴赏者是一个避暑的旅客，他到山中来，是为了自己的舒适，他见一块悬岩，他见一块奇石，他见一泓清泉，都以同一的好奇的赞赏的眼光去对待它们。研究者却是一个地质学家，他要的是：考察出这山的地形，这山的构成，这岩这石的类属与分析，这地层的年代等等。鉴赏者可以随心所欲的说这首诗好……说这句话说得如何的漂亮，说那一个字用得如何的新奇与恰当；也许第二个鉴赏者要整个的驳翻了他也难说。研究者却不能随随便便的说话；他要先经过严密的考察与研究，才能下一个定论，才能有一个意见。

凡事总需研究，才会明白。研究者，研精究微也，不可止于描述和再现，当自无序而至有序，建构乃至重构，尽精微而致广大。郑振铎形象的描述，有助于理解“研究”的概念，而其为首任所长的文学研究所，以其为发起人之一的文学研究会及北京大学文科研究所，正是“研究”一词，在文学学科发展过程的百年缩影（参见邵宁宁《从“文学研究会”到“文学研究所”——中国文学研究现代范式的生成与衍化》，《文学评论》2022 年第 1 期）。

（三）如何鉴？

鉴，就是要读懂诗词，对诗词的内容意旨、词句含义能够正确理解和认识。古典诗词由于时代相隔久远，所反映的社会生活与今天有所不同，古典诗词用笔有特殊性，加上语言的障碍，要读懂也颇不容易。不仅如此，要读懂一首诗，还需要有丰富的生活经验、敏锐的艺术感受能力，以及一定程度的社会历史知识、文化修养、艺术理论修养、诗词技巧方面的知识，这几方面知识和修养的高低，直接影响鉴赏水平和能力。

陶渊明“好读书不求甚解”，从来传为美谈，也很有一些效法者。其实陶渊明的“好读书不求甚解”究竟是不是胡乱阅读的意思，原本就有问题。至于把不甚了了的地方一眼带过，如果成了习惯，将永远不能够从阅读中得到多大的益处。囫囵吞枣，哪能辨出真滋味来？诗词跟寻常读物大不相同，只有辨出其中的真滋味，才能受到感染。而辨出真滋味的主要途径，就是要把握语言文字的意义和情味，以便尽可能地接近作者的创作旨趣。那么，由哪里入手呢？我们不妨从以下几个方面考虑。

1. 弄清作品的创作背景和有关史实

《孟子·万章下》说：“颂其诗，读其书，不知其人，可乎？是以论其世也，是尚友也。”浓缩为“知人论世”。读唐宋诗词要知其人，论其世。文学作品不同于科技书籍：科技书直接陈述说明某种知识，很单纯；文学作品表现的是人，是人的思想感情，而人的思想感情总是在一种特定的社会历史环境下产生的，对诗词作品的认知和感受也必须将其放置在它所依托的社会历史环境中，才可以把握和理解。鲁迅也告诫：“倘要论文，最好是顾及全篇，并且顾及作者的全人，以及他所处的社会状态，这才较为确凿。要不然，是很容易近乎说梦的。”（《且介亭杂文二集·题未定草》）当然，这里有一个限度的问题。有时候，我们需要提醒自己：在诗中，诗人贡献给我们的是一个诗的世界，对他的俗世生活的过度追究有时是不当的。

有的诗词，假如不弄清写作背景和史实，就会不知所云。举个例子，如李商隐《龙池》:“龙池赐酒敞云屏，羯鼓声高众乐停。夜半宴归宫漏永，薛王沉醉寿王醒。”诗写唐玄宗和新宠杨贵妃在兴庆宫龙池设家宴与诸王、后妃同乐。玄宗善击鼓，这一天兴致很高，停下众乐亲自击鼓。后二句写宴罢归宿，玄宗的两个儿子薛王李琄和寿王李瑁，一个睡得香甜，一个老是睡不着。同样喝了酒，为什么只是“寿王醒”呢？一般读者自然莫名其妙。可是当你了解到杨贵妃原本是寿王妃，后来被父皇唐玄宗看中并夺为己妃这一背景后，就会豁然领悟。试想：寿王身遭夺妻之痛，平日积愤在胸，今晚龙池宴席之上，眼看旧欢成了父皇的新宠，怎能不受到强烈的刺激？因此，他宴罢归来，不像他老弟胸中无事睡得熟，而是伴着悠长的宫漏心事重重。羞辱、痛苦、愤慨、烦恼……这一切都包蕴于“醒”字中了。可见这是一首讽刺诗，诗人抓住一个细节，含蓄地揭露了唐玄宗的秽行，很是耐人寻味。

写作背景有大有小。所谓大背景就是一个特定历史时期的政治背景和文化背景，即在某一历史时期，绝大多数社会成员所拥有的相同或近似的思想倾向的社会生活基础。如盛唐时代的意气风发、中唐时期的务实求真、晚唐的忧患颓丧等，都有很深的时代烙印。再如，北宋的新旧党争，南宋的和战之争，在许多诗词作品中都有所反映。只有大体了解这些时代特点，才可能读懂这些时代所产生的文学作品。例如，不了解南宋建炎三年（1129）金兵追赶隆祐太后到造口壁下的这段国耻的历史，便很难读懂辛弃疾“郁孤台下清江水，中间多少行人泪”（《菩萨蛮》）的辛酸和愤慨；如果不清楚开元、天宝之际重武轻文，唐玄宗溺爱斗鸡小儿，使之飞扬跋扈的情况，便难以理解李白“君不能狸膏金距学斗鸡，坐令鼻息吹虹霓。君不能学哥舒，横行青海夜带刀，西屠石堡取紫袍”（《答王十二寒夜独酌有怀》）的犀利深刻。

所谓小背景指的是作家生活的具体年代以及具体的生活经历和人生遭际。例如，不知道陈子昂随同武攸宜征讨契丹时怀才不遇的特殊遭际，便难以理解《登幽州台歌》那种痛心疾首的忧患与悲愤；不知道李商隐由于政治上的磨难而导致爱情生活的艰辛，便难以理解那些痛彻心扉而又缠绵悱恻的无题诗；不知道李清照前后期生活的巨大落差，便难以真正理解《声声慢》一词近似绝望的幽怨。如果知道李清照早年与丈夫赵明诚每当黄昏便同在书斋校阅图书时互相嬉戏的欢乐情景，再去理解词中“守着窗儿，独自怎生得黑”的意蕴，自然会别有一番滋味。因此，一般而言，对于诗词背景了解的程度越深越细，对于它的理解也会越深刻。

有的诗词，读之易懂，也颇生动，但了解其背景后，却可看出言外另有深意。如唐代朱庆馀《闺意献张水部》一诗："洞房昨夜停红烛，待晓堂前拜舅姑。妆罢低声问夫婿，画眉深浅入时无。"从字面看，这首诗写的是一位新嫁娘的新婚活动。按旧俗，新娘成婚第二天清早应拜见公婆，也就是诗中的"舅姑"，由于拜公婆是一件大事，这位新娘一大早就起床梳妆打扮，但还担心装束是否合时宜，能不能讨得公婆欢喜，因而"妆罢低声问夫婿"，羞涩地、小心翼翼地征求丈夫的意见。后两句用笔精细，对这位新娘刻画入微。从写"闺意"看，这首诗完整而优美动人。然而从题目上看，作者本意并非在此。此诗又题为《近试上张水部》，就更明白地揭示此诗乃为应进士科考而作。唐代应进士科举的士子有向名人行卷的风气，以求得其称扬，并推荐给主持考试的礼部侍郎。朱庆馀此诗是投呈当时担任水部郎中的诗人张籍。张籍以乐于延誉提拔后进著称，朱庆馀事先曾向他行卷，临考前不放心，以新妇自比，将张水部比做新郎，将主考官比做公婆，特意作此诗征求意见。应举对于当时的士人来说，就跟女子出嫁一样是终身大事。女子如能在出嫁后得到公婆的喜爱，地位就稳定了。同样，应举之作如能得到主考官的认可，应举者即可一举成名，前途无量。可见此诗乃是用比体。这种一箭双雕的艺术技巧，真是令人叹服。

2. 掌握诗词用语的特殊结构和表达方式

诗词和散文的语言表达方式有所差别。散文要求明白顺畅，主语、谓语、宾语、补语及实词、虚词不可随意省略、颠倒，语句也不可随意搬动，否则别人就读不懂。而诗词由于受字数、格律和声韵等多种限制，特别要求精练概括，可以省去的话就不必说。语句组织，可以变化多端，叙述允许有跳动性。例如“风尘三尺剑，社稷一戎衣”（杜甫《重经昭陵》），用散文表述则须云：提三尺剑扫荡风尘，着一戎衣安定社稷。“长疑即见面，翻致久无书”（张蠙《寄友人》），用散文表述则须云：长疑即将见面不必写书信，岂料久未见面反而又无书信。一经比较，即可见出诗词与散文语言表述方式的差异。

诗词语言的特殊结构和表达方式很多，常用的有以下几种：

（1）省略。诗词中，代词及表示连接、转折的虚词一般均应省略，以使结构紧凑。此外还有以下几种省略方式：

承前或蒙后省。如李颀《寄韩鹏》：“为政心闲物自闲，朝看飞鸟暮飞还。”下句应为：朝看飞鸟出，暮看飞鸟还。“看”和“鸟”，一蒙后，一承前。“还”字还暗示“出”。又如刘商《合溪送王永归东郭》：“君去春山谁共游？鸟啼花落水空流。”下句应为：鸟空啼，花空落，水空流。“鸟”与“花”蒙后省“空”字。

交互省。如杜甫《登岳阳楼》：“昔闻洞庭水，今上岳阳楼。”实际上是：昔闻洞庭湖上有岳阳楼，今登上岳阳楼观洞庭湖。故后面接着写洞庭湖“吴楚东南坼，乾坤日夜浮”。又如王维《晚春严少尹与诸公见过》：“烹葵邀上客，看竹到贫家。”实际上是：上客到贫家看竹，贫家烹葵招邀上客。此二例皆上下句交互省略。

歇后省。如唐彦谦《题汉高祖庙》：“耳闻明主提三尺，眼见愚民盗一抔。”三尺，指三尺剑；一抔，指一抔土（坟）。由于“三尺剑”“一抔土”之称谓已习用，故“剑”“土”两中心词虽省略，读者也一看即明白谜底。又如李颀《古意》：“赌胜马蹄下，由来轻七尺。”七尺，指七尺躯，省“躯”字。

会意省。如崔护《题都城南庄》：“去年今日此门中，人面桃花相映红。人面不知何处去，桃花依旧笑春风。”后两句前省去“去年今日此门中”，因首句已点出“去年今日”，尾句又有“依旧”，因前有提示，后有暗示，故省略之处，读者自可会其意。又如贾岛《寻隐者不遇》：“松下问童子，言师采药去。只在此山中，云深不知处。”此诗为问答式，用答语暗示问语，完整地说应为：我在松下问童子：“汝师何处去？”童子答：“我师采药去矣。”我又问：“汝师往何处采药？”童子答：“只在此山中，云深不知处也。”诗中将问语全部省略，读者通过答语自可意会问语。

（2）倒装。诗词有时故意颠倒语句的通常顺序，以突出内容，调和音节，加强语势。如王维《香积寺》：“泉声咽危石，日色冷青松。”通常顺序应为：危石边泉声咽，青松上日色冷。经倒装，泉声、日色更为突出，显得有声有色。又如王维《山居秋暝》“竹喧归浣女，莲动下渔舟”一联，实际的语序应当是“浣女归竹喧，渔舟下莲动”，因为洗衣服的女人归来，才会在竹林外传来说说笑笑的声音，因为打渔的小船顺流而下才会使河面上的莲花摇曳纷披。但仔细琢磨，王维诗句的本意又不仅如此，其意蕴比现实生活中的因果关系要复杂得多。可以理解为王维是先闻其声再分辨其声音的来历和原因，先见其形再体悟其莲动的起因。因此，其中既有平仄的因素，也有内容的因素。

再如辛弃疾《水龙吟》（楚天千里清秋）中“遥岑远目，献愁供恨，玉簪罗髻”三句，两处是倒装，“遥岑远目”是远目遥岑，即眺望远处的山岭。“献愁供恨，玉簪罗髻”还是倒装，即玉簪罗髻，献愁供恨，那些尖山、团山仿佛都在向“我”述说着它们的忧愁和怨恨。

杜甫《秋兴八首》其八“红稻啄余鹦鹉粒，碧梧栖老凤凰枝”更是倒装名句。如果按照正常语法逻辑来阅读，则难以理解，只有按照诗词特殊句式体会，方能品出其中的韵味。宋胡仔《苕溪渔隐丛话前集》卷五九引《漫叟诗话》：“若云‘鹦鹉啄余红豆（稻）粒，凤凰栖老碧梧枝’，便不是好句。”他没有说出为什么倒装就是好句。其实，这里倒装不仅是使句式奇特，更是出于内容表达的需要。正如郭知达《九家集注杜诗》卷三十“红稻”句下注所云："时纪其旧游渼陂之所见，尚余红稻在地，乃宫中所供鹦鹉之余粒；又观所种之梧年深，即老却凤皇（凰）所栖之枝。既以红稻、碧梧为主，则句法不得不然也。"

（3）互文。前后词语或上下句文义似分实合，互相补充，互相阐发。例如被誉为"发兴高远"的王昌龄名句"秦时明月汉时关"，便是典型的互文见义，如果按照通常理解，则为"秦朝时的月亮照耀汉朝时的边关"，仿佛坠入五里雾中，不得其解。如果知道诗词的互文法，就会明白：秦汉时期便修筑了边关，秦汉时的明月已开始照耀关塞，形象地说明秦汉以来便有边塞战争的问题。此例仅是同一句中前后词语互文，更多的是上下句互文，作者将同一意思有意分两句说，以使句式新奇、意思突出。例如，宋之问《立春侍宴》："金阁装新杏，琼筵弄绮梅。"实指：金阁、琼筵皆装新杏、弄绮梅。刘长卿《送道标上人归南岳》："白云留不住，渌水去无心。"实指：白云、渌水留不住、去无心。互文使诗句上下相对，明分暗合，耐人咀嚼。

3. 注意全面把握，切忌断章取义和穿凿附会

艺术品都是完整的、有生命的整体，要对其精神实质进行总体理解和把握，不可断章取义或牵强附会。有时乍看好像很消极颓废，但细品全诗，则会别有体会。李白的《将进酒》《春日醉起言志》等诗都有这种感觉。前者为名篇，仅录后者："处世若大梦，胡为劳其生？所以终日醉，颓然卧前楹。觉来眄庭前，一鸟花间鸣。借问此何时，春风语流莺。感之欲叹息，对酒还自倾。浩歌待明月，曲尽已忘情。”何其芳以诗人的感觉和眼光分析此诗，他在《诗歌欣赏》里说：“你看他第一句就说人生如梦，首尾都鼓吹喝酒，这不是提倡消极颓废吗？但是，这首诗里最吸引人的形象是春天的景色，是生命的活动，是作者对于春天的景色和生命的活动的赞美。喝酒也好，唱歌也好，都不过是表现作者对于生活的爱好而已。所以这首诗的主要的客观意义并不是厌弃生活，而是对于生活充满了兴趣。”何其芳本人是诗人，他读出了李白诗中的意蕴。这对于我们很有启发。这是诗人解诗，我们再举一首学者解诗之例。

李白《越中览古》诗云：“越王勾践破吴归，义士还家尽锦衣。宫女如花满宫殿，只今惟有鹧鸪飞。”一般理解，本诗是咏叹历史兴衰无常的作品，感叹世事渺茫，荣华富贵不能常在。这样理解基本正确，但当我们读完傅庚生《中国文学欣赏举隅》的解释后，却会有进一步的感受。他说：

此诗以三句写当年之胜况，而以一句寓伤逝之情。虽只一句，而力足将三句扳倒。“只今惟有”四字有扛千钧鼎力。此中更有虚实之分际，前三句载叙者虽多，止是“想当然耳”，镜中花，水中月也。“鹧鸪飞”虽只三字，乃是当前实景也。此中尤有牵系之渊源，用“鹧鸪飞”三字足以点化上三句，夺“锦衣”“如花”为“鹧鸪”之魂魄，敛“还”“满”为“飞”之帮衬，今日越宫之鹧鸪，疑若为昔时锦衣战士、如花宫女所蜕变也者。水流湿，火就燥，百川汇海，故此诗之尾句乃克为全篇之帅也。

这对于理解本诗的精妙颇富启发。多阅读这样的分析文字，也有助于提高我们的鉴赏能力。诗无达诂，对于同一首诗不同人会有不同的理解，这里既有对错的差异，也有深浅的差异。因此，我们看到与自己理解不同的说法不必大惊小怪。遇到这种情况，既不要盲从，也不宜固执己见，最好仔细分析琢磨：差异是如何产生的？到底应当如何？然后往深一层思考。这时，往往容易发现新问题。如果两种理解均可，就不必在一个问题上花费太多的精力。等到知识积累和生活阅历都达到一定程度的时候，往往很容易就搞明白了。

（四）如何赏？

在读懂作品内容、了解作者意旨的基础上，就可以进入诗词鉴赏的第二步：欣赏，来更深一层地了解其表现内容的艺术形式和手法，如怎样谋篇布局、怎样遣词造句等等。举个例子，杜甫的名篇《春夜喜雨》：

好雨知时节，当春乃发生。随风潜入夜，润物细无声。

野径云俱黑，江船火独明。晓看红湿处，花重锦官城。

这首诗语言明白通俗，内容也很容易理解，诗人为一场及时到来的春雨而欣喜。这篇作品是怎样表现这一内容的呢？又妙在哪里呢？来看清代黄生《杜诗说》的品评：

起联总冒。及时之雨，其喜固宜，然非“知时节”三字，则“喜”意亦写不透。雨细而不骤，才能“润物”；又不适停，才见“好雨”。三、四紧着雨说；五、六略开一步；七、八再缩合。五、六写雨境妙矣，尤妙能见“喜”字。盖云黑则雨浓可知。六衬五，五衬三，三衬四。加倍写“润物细无声”五字，即是加倍写“喜”字。结句更有风味，春雨润物，无所不及，花其一耳。前概言“发生”之妙，七、八拖一笔，独惬幽居之趣。三、四是诗人胸襟，七、八是诗人口角。本领深厚而下笔又饶有风韵。

这段评点，通过对诗中重点词语的分析和理清诗句的前后联系、布局脉络，让读者清楚地看出，这首《春夜喜雨》不仅切“春”、切“夜”，更切“好”。品评者还更深一层地看出，那“随风入潜夜，润物细无声”只为“润物”、不求人知的“好雨”，其品格高尚，正折射出诗人自己的宽厚“胸襟”；同时“晓看红湿处，花重锦宫城”的那种雨后生机蓬勃、百花竞秀的美好景象，也反映出诗人积极健康的审美“兴趣”。如此分析，说明品评者对这首诗读得透、理解深。怎样才能也像黄生一样读得透，理解深呢？不妨从三个方面入手：

第一，反复咀嚼，琢磨关键词语所渗透的言外之意。《文心雕龙·知音》指出：“夫缀文者情动而辞发，观文者披文以入情。”这就是说，美好的知音之赏是一种双向奔赴的状态——创作者把激动的思想感情用文字表达出来，阅读者透过文字了解创作者的思想感情。文字是作者用以沟通读者的桥梁，因此，要读深，就必须从深刻理解作品中的文字入手，反复地咬文嚼字。诗词由于受格律的限制，更加要求文字精练。诗人总是把他的丰富的思想感情用极少的文字表达出来。其中有些关键词语好比是人的眼睛，最能传神，被称为“诗眼”，读者尤须捉住细细体会。如上举杜甫《春夜喜雨》诗，黄生阅读时，捉住“知时节”“润物细无声”等关键词语，深刻体会出这场春雨“好”在哪里、“喜”在何处，进而体会出诗中表现诗人何种“胸襟”、何种“趣味”，可谓理解步步深入。

第二，揣摩诗心，驱驰想象，沉入诗人所描写的艺术境界。陆机《文赋》以“精骛八极，心游万仞”来形容艺术家丰富的想象力。诗人只有借助于想象，才能凝聚生活中的实际感受，描绘形象，创造意境。同样，阅读欣赏者也离不开想象，只有通过想象活动进入角色，设身处地地沉入诗人所描写的意境之中。许多名篇，往往画龙点睛，着一字而境界全出。例如“红杏枝头春意闹”（宋祁《玉楼春》），从“闹”字我们展开想象，会恍若看到那枝头上火红的杏花竞相开放、争奇斗艳；还会联想到蜂蝶纷飞于花蕊间，好鸟放歌于枝头，有声有色。“春风又绿江南岸”（王安石《泊船瓜洲》），由“绿”字触发联想，我们的眼前仿佛又出现“暮春三月，江南草长，杂花生树，群莺乱飞”（丘迟《与陈伯之书》）的美好图景。“云破月来花弄影”（张先《天仙子》），七字中写了云、月、花还有暗中的风四种景物，用“破”“来”“弄”三个动词提示，从“云破月来”着眼，通过联想，恍若望到天空中一轮明月在白莲花般的云朵里穿行、忽隐忽显；从“花弄影”着眼，恍若看到园中轻风阵阵吹过，花儿在月光下舞弄着倩影，透出阵阵芳香。云、月、风、花互相衬托，相映成趣，构成一幅美好温馨的春云花月图。

《红楼梦》第四十八回写香菱学诗。香菱读王维“渡头余落日，墟里上孤烟”名句后，浮想联翩，向黛玉、宝玉说：“这‘余’字和‘上’字，难为他怎么想来！我们那年上京来，那日下午便挽住船，岸上又没有人，只有几棵树。远远的几家人家做晚饭，那个烟竟是青碧连云。谁知我昨儿晚上看了这两句，倒像我又到了那个地方去了。”香菱由于有傍晚歇息于渡口的生活经历，所以读王维的这两句诗，立即唤起她对有关往事的回忆联想，将诗中的“余”字、“上”字说得有声有色。怪不得宝玉赞她“会心处不远”。她是通过想象，和诗人“心有灵犀一点通”，真正尝到艺术想象的愉悦和甜头了。

第三，广读博览，借助他山之石，在与别人不同见解的对比中加深理解。《文心雕龙·知音》云：“操千曲而后晓声，观千剑而后识器。”也就是说见得多，才能识得广。从加深理解古典诗词的需要出发，广读博览是非常必要的。

首先，注意阅读不同版本的校勘，从中比较鉴别。古典诗词由于相隔时远，在传抄和镌刻过程中常出讹误，有的还经过后人妄改。因此，同一首诗词，因版本出处不同，字句往往有异。有的甚至一字之差，便影响到诗意的深浅和诗境的优劣。清人黄生读唐诗，就留心从不同版本的比较中分析鉴别。张籍《蓟北旅思》：“失意还独语，多愁自不知。”是说失意多愁，自言自语，自己还不觉得。“自不知”有的版本作“只自知”。黄生辩曰：“有时独语却不自知，极尽失意人盛顿之状。后人不得其解，辄加改易，谬甚！”曹松《南海旅次》：“心似百花闲不得，年年争发被春催。”闲，俗本作“开”。黄生辩曰：“花当春而思发，人当春而思归，故心之不闲，与花无异者也。‘闲’字作‘开’，误。”李颀《送魏万之京》有“关中树色催寒近”句，树色，他本作“曙色”。黄生辩曰：“惟树色将凋，故曰‘催寒’；若‘曙’字，意则费解。”（以上见《唐诗评》）

其次，从有关注释和评论书刊中听取意见。别人的注释和评论，会触动自己的思维，甚至会有茅塞顿开之效。有些作品含蓄深造，阅读者各人从不同角度理解，以致见仁见智，众说纷纭。这类作品要领略其中精微奥妙之处，确非易事。例如李商隐《锦瑟》诗：

锦瑟无端五十弦，一弦一柱思华年。庄生晓梦迷蝴蝶，望帝春心托杜鹃。沧海月明珠有泪，蓝田日暖玉生烟。此情可待成追忆，只是当时已惘然。

对于这首诗，历来意见纷纭，所谓“一篇《锦瑟》解人难”，有的视为政治诗，有的认作爱情篇，有的看作咏物（瑟）诗，有的当作悼亡之作，有的说是自伤身世之作。周汝昌则认为是抒写“生离死别之恨”（见上海辞书出版社《唐诗鉴赏辞典》）。而钱锺书认为本诗乃李商隐抒写自己一生从事诗歌创作的感受和历程，主旨是“自题其诗”，可作“序言”看（《冯注玉溪生诗集诠评》）。作家王蒙还提出试图兼融众说的“无端”说，认为《锦瑟》的创作缘起或动机与内容是“无端”的。究竟主旨何在？当然还值得进一步研究。

“作者之用心未必然，而读者之用心何必不然。”（谭献《复堂词录序》）文艺作品一般都是形象大于思想，因此，不同时代、不同阶层、不同爱好的人，读同一篇作品，往往都按自己的生活经验和思想认识去理解作者所描写的画面，做出不同的判断。只要不离开作品内容，言之成理即可。我们阅读时，完全不必强求一律，最好从多方面听取不同意见。

最后，阅读有关介绍诗人创作故实的资料及诗人手稿，寻找线索。可以通过阅读记述创作者创作故实的书，如《唐才子传》《唐诗纪事》《宋诗纪事》《宋词纪事》及历代诗话词话，了解作品的创作背景。例如，宋人魏庆之《诗人玉屑》记载的一段唐人改诗的佳话：

> 郑谷在袁州，齐己携诗诣之。有《早梅》诗云："前村深雪里，昨夜数枝开。"谷曰："'数枝'，非早也，未若'一枝'。"齐己不觉下拜。自是士林以谷为"一字师"。

"一枝开"显然比"数枝开"更"早"。这里不仅齐己受到教益，读者也从中受到点拨，得到启示，无意中提高了鉴赏能力。这类事例还有很多。如宋人叶梦得《石林诗话》载：

> 王荆公（安石）编《百家诗选》，尝从宋次道（敏求）借本，中间有"暝色赴春愁"，次道改"赴"字作"起"字，荆公复定为"赴"字，以语次道曰："若是'起'字，

人谁不能到。”次道以为然。

又如，宋人周紫芝《竹坡诗话》载：

汪内相（汪藻）将赴临川，曾吉父（曾几）以诗送之，有“白玉堂中曾草诏，水晶宫冷近题诗”之句，韩子苍（韩驹）改曰：“白玉堂深曾草诏，水晶宫冷近题诗。”吉父闻之，以子苍为“一字师”。

以上例子中，所做修改，或从用字新颖独创着眼，如“赴”字胜过“起”字；或从含义丰薄定夺，如“白玉堂中”不如“白玉堂深”。通过这些比较，我们的艺术眼力自然会逐渐提高。

诗人的手稿尤为珍贵。杜甫云“新诗改罢长自吟”（《解闷十二首》之七），“语不惊人死不休”（《江上值水如海势聊短述》），可见他很注重修改。通过手稿，可以看到作者改了什么，为何要改。可惜杜甫的手稿已无法看到，但有一些间接资料可供参考。例如，关于杜甫《曲江对酒》这首律诗的颔联，《诗人玉屑》卷八引《漫叟诗话》：“‘桃花细逐杨花落，黄鸟时兼白鸟飞。’李商老（李彭）云：尝见徐师川（徐俯）说，一士大夫家有杜老墨迹，其初云‘桃花欲共杨花语’，自以淡墨改三字。乃知古人字不厌改也，不然，何以有日锻月炼之语？”以“落”对

“飞”，比原句对仗更工稳。着一“逐”字，更将落花与柳絮纷飞、交相追逐的景象写得活灵活现。可见阅读诗人稿本，掌握诗人运思之脉络，会加深对作品的理解。

这里引用清人刘开的一段话，作为这一小节的结束，刘开《刘孟涂集·读诗说中》说：

> 读诗之法奈何？曰：从容讽诵，以解其辞；优游浸润，以绎其旨；涵泳默会，以得其归；往复低回，以尽其致……不惟熟之于古，而必通之于今；不惟得之于心，而必验之于身。是乃所谓善读诗也。

三、如何具体操作

相对于以上理论意义上的鉴赏学的建立，下面来谈谈实践层面上的具体鉴赏。具体，意味着不笼统、不抽象。应当说，鉴赏，是一门艺术。若非要将其变成一门技术，从根本上是一种后退。艺术是什么？我认为，艺术是一种让人感到惊叹的力量。如果人人可以复制和模仿，那就不是艺术了。

但前人也说这样的话：“有定法而无定法，无定法而有定法。”（吕本中《夏均父集序》）什么意思呢？就是宋代江西诗派倡言的“活法”。所谓活法，即规矩备具而能出于规矩之外，变化不测而亦不背于规矩。也就是苏轼所说的“出新意于法度之中，寄妙理于豪放之外”（《书吴道子画后》）。既要掌握鉴赏的规律，又要有创造性，即自出新意而不为规律所束缚。另外应当在豪放之外表现一定的思想深度，即“妙理”。

如何进行具体的鉴赏？不妨按三个步骤具体操作：第一，写什么？内容：读懂诗歌。第二，为何写？情感：抓住主旨。第三，怎样写？写法：探讨艺术。再分以下几个层次来具体操作：

首先是理解。联系作品时代背景和社会环境，理解作品的思想感情内涵，了解作品的价值取向，领略作品所反映的时代精神。其次是感受。感受作品的意境和形象，获得情感的体验、心灵的共鸣和精神的陶冶。再次是鉴赏。了解古典诗词的基本特征、格律要求及主要表现手法。了解鉴赏古典诗词的有关知识和基本方法。从创意和构思、意境和意象、语言技巧等方面对作品进行赏析。最后是探究。展开联想和想象，对作品进行多元的、开放性的解读，争取对作品的意蕴有新的发现；学习用历史眼光和现代观念审视作品，就思想内容或艺术特色的某一方面作出富有创意和个性的评述。当然，前人强调的记诵也很重要，背诵一定数量的优秀作品，定会受益终身。

同时建议：第一，加强吟诵涵咏。吟之为言，呻也，哦也，歌也；而诵是指有节奏地诵读。二者相比较，吟一般较长，重在音乐节奏；诵一般较短，重在语言节奏。刘熙载《艺概·诗概》云："诗兼歌诵。"就是说有些诗（包括词）适合歌吟，有些则适合诵读。吟诵不仅是一种传统的唐宋诗词学习手段，也是独特而行之有效的唐宋诗词教学方法，同时，抑扬顿挫合度、疾徐轻重有致的吟诵本身，就是一种美的享受。相关书籍可推荐：陈少松《古诗词文吟诵》（社会科学文献出版社 1999 年版），徐培均主编《唐宋词吟诵》（汉语大辞典出版社 2001 年版），孙晶、苗田《含英咀华——唐诗宋词吟诵》（复旦大学出版社 1999 年版）。第二，把文体知识的把握和鉴赏方法的体验渗透于具体作品的赏析过程。可以把诗词文本（作品）的阅读分析放在中心位置，最好不要脱离具体的诗词作品抽象地、孤立地灌输鉴赏知识与鉴赏方法。文本解读可以从具体字、词、句入手，以深入细致的微观分析为重点，最好避免贴标签式的空话套话或者大而化之流于形式。第三，掌握唐宋诗词文献方面的知识。进一步讲，在文献学意义上，包括目录学、版本学、校勘学、典藏学等；在史料学意义上包括作家生平的考订，作品的辨伪，史料的检索、排比和整理等诸多系统和专门的内容。了解唐宋诗词传世文献的流传、数量、种类及整理现状，是鉴赏唐宋诗词的基石，没有这个基石，鉴赏活动的可信性、可靠性就差多了。另外，为了更好地了解和鉴赏唐宋诗词，也有必要了解和掌握一些工具书，浏览和阅读相关的研究资料汇编。

唐宋诗词不仅是我国人民的文化遗产，同时也是世界人民的共同财富。千百年来，一直深受广大民众的喜爱和欣赏。岁月沧桑，一切物质性的存在终将消逝，而作为精神财富的唐宋诗词则会永存。辉煌的唐宋诗词不仅是华夏民族美育和文学教养的经典、哺育中国诗人的伟大传统，同时也是各种艺术创作挹之不竭的灵感源泉。希望笔者以上的一隅之见，可以帮助大家走进唐宋诗，亲近唐宋词，在唐宋诗词的美好意境中享受快乐，丰富情感，提高审美情趣，培养诗性智慧。

藏书史上的“和氏璧”

在藏书史上，白居易还是“和氏璧”，尚无人留意。这位广大教化主能有今日之声名，与他的早慧有关系，与出道较早有关系，与前辈提携有关系，与他自己精励刻苦有关系，与他善于团结同道有关系，与他的作品高产（水平高、数量多）有关系，与他年寿长、文学活动持续的时间长有关系。除此之外，其实与他善于藏书也颇有关系。“世间富贵应无分，身后文章合有名”，这是他写给好友元稹和李绅的感慨。他感慨不算，还付诸实际。为了完整妥善且久远地藏书，综合权衡誊录成本与散佚的风险，白居易作出周密安排，将著作抄写五部，分别弆藏给家人和不同的寺院。去世前一年，他在《白氏长庆集后序》中说：“诗笔大小凡三千八百四十首。集有五本，一本在庐山东林寺经藏院，一本在苏州南禅寺经藏内，一本在东都胜善寺钵塔院律库楼，一本付侄龟郎，一本付外孙谈阁童，各藏于家，传于后。其日本、暹罗诸国及两京人家传写者，不在此记。”用心可谓良苦。

其中弃藏在东都洛阳胜善寺那一部，有好友李绅的点赞，名唤《题白乐天文集》，又作《看题文集石记因成四韵以美之》，赞曰：“寄玉莲花藏，缄珠贝叶扃。院闲容客读，讲倦许僧听。部列雕金榜，题存刻石铭。永添鸿宝集，莫杂小乘经。”以珠玉之珍，赞乐天诗文之美；以鸿宝之集，誉香山著述之贵。不仅与佛经同列，而且地位还非小乘杂经可比。这样到位的推重，出自与乐天同年生同年卒的李丞相。《白氏文集》没有辜负他的期望，成为目前唐代保存最完整的诗文集，而且预言落实——乐天已经与李杜齐名，在日本、暹罗诸国，他的声望甚至还要更高。

白居易不但善于收藏自己的著作，还曾担任主管官藏经籍和图书的秘书监，这是从三品的秘书省高级长官，其《闲行》诗云“专掌图书无过地，遍寻山水自由身”，可见其尽职尽责。这是官藏领域，而私人藏书方面，则有其专属的“池北书库”。池北书库建造在哪里呢？在东都洛阳。有学者说是在今天洛阳白园的乐天堂（范凤书《中国著名藏书家与藏书楼》，大象出版社 2013 年版），此说不妥。洛阳白园只是白居易归葬之地琵琶峰所在，非要寻找此园与藏书相关之所，亦非乐天堂，而是道时书屋。这是白居易研究专家顾学颉（1913—1999）所题，“道时”二字，据笔者理解，应是取义于元稹《酬孝甫见赠十首（各酬本意，次用旧韵）》其二称扬杜甫之语：“怜渠直道当时语，不着心源傍古人。”钱锺书《谈艺录》云：“直道时语，不傍古人者，指新乐府而言，乃不用比兴、不事婉隐之意，非泛谓作诗不事仿古也。”

那么，白居易的池北书库在哪儿呢？来看其大和三年（829）撰《池上篇》所述：

> 东都风土水木之胜在东南偏，东南之胜在履道里，里之胜在西北隅，西闬北垣第一第，即白氏叟乐天退老之地。地方十七亩，屋室三之一，水五之一，竹九之一，而岛树桥道间之。初乐天既为主，喜且曰：“虽有池台，无粟不能守也。”乃作池东粟廪。又曰：“虽有子弟，无书不能训也。”乃作池北书库。

可见，池北书库在洛阳东南偏点儿，那儿是当时风土水木最胜之处！东南偏哪里呢？当时的黄金地段——履道里！履道里何处？西北隅，当时更是风土水木最胜之处！西北隅第几处宅第呢？第一第！白居易的池北书库就在履道里第一第，是长庆四年（824）罢杭州刺史时，从旧宅的新主人田氏手中购得。宝历元年（825），白居易《泛春池》诗写到池台的由来：“谁知始疏凿，几主相传受？杨家去云远，田氏将非久。天与爱水人，终焉落吾手。”诗中原注：“此池始杨常侍开凿，中间田家为主，予今有之，蒲浦、桃岛皆池上所有。”池台易主那年春天，白居易葺修新园。新园方圆十七亩，屋室三之一，景物以水、竹为主，水占五之一，竹占九之一。园中有岛，有树，有池，池边有路，池上有桥，环池有竹，池中有舟，舟上有胡床。水香莲开之旦，露清鹤唳之夕，主人酒酣琴罢，吟风弄月。酿酒之法，为颍川陈岵所授，其味甚佳；琴则博陵崔玄亮所与，其韵甚清；蜀客姜发授《秋思》，其声甚淡；弘农杨归厚所赠青石三方，长且平滑，可以坐卧。再加上白居易自己罢杭州刺史所得天竺石一方，华亭鹤两只；罢苏州刺史时所得太湖石五方，及白莲、折腰菱、青板舫等；罢刑部侍郎时所得粟千斛、书一车，以及操习管磬弦歌的家奴。

中唐以下，诗文中池水之景的描写渐多，而白居易堪称代表。每到一处新址，白居易即造池水景，如《官舍内新凿小池》即道：“帘下开小池，盈盈水方积。中底铺白沙，四隅甃青石。勿言不深广，但足幽人适。泛滟微雨朝，泓澄明月夕。岂无大江水，波浪连天白。未如床席间，方丈深盈尺。清浅可狎弄，昏烦聊漱涤。最爱晓暝时，一片秋天碧。”如诗所云，池多不大，以小见胜，趣味愈可亲近，一般文人居处也可营建，弃官隐居者也能安顿身心，白居易《过骆山人野居小池》小注即云：“骆生弃官居此二十余年。”诗云：“茅覆环堵亭，泉添方丈沼。红芳照水荷，白颈观鱼鸟。拳石苔苍翠，尺波烟杳眇。但问有意无，勿论池大小。……善哉骆处士，安置身心了。”又如白居易《草堂前新开一池养鱼种荷日有幽趣》写道：“淙淙三峡水，浩浩万顷陂。未如新塘上，微风动涟漪。小萍加泛泛，初蒲正离离。红鲤二三寸，白莲八九枝。绕水欲成径，护堤方插篱。已被山中客，呼作白家池。”在这里，“淙淙三峡水，浩浩万顷陂”的川洋烟波记忆，被融缩为小小白家池塘的日常。书斋院落的清雅明丽，与书斋眼前的池塘水景，提供给读者另一方天光云影，淡去了江湖风波的承载，人生至此开启歇息与归隐的新篇。

《履道里第宅记》不知何人所撰，堪与《池上篇》参看：“履道里在都城偏东南。其内买（常侍）杨凭宅，价不足，以两马偿之。宅在西北（里）隅西闬（闾）北垣第一第也。坐向南方。于东五亩为宅，其宅西十二亩为园，方正共十七亩。园中花忻（开）最茂。有映日堂三间，有九老堂五间，有池水可泛舟。舟中有胡床，床前有广酒池。池中龟游鱼跃。池上有桥。道（旁）有蒲、蒲桃（葡萄）。岛（上）杨柳槐梧荫翳清凉。池东有粟廪，池北有书库，池西有琴亭，池南有（天）竺石两（峰）。岸有华亭鹤一只。”（白书斋续，顾学颉注释编纂《白居易家谱》，中国旅游出版社 1983 年版）竹木池馆，有林泉之致，这样的藏书之所、读书之地，可谓古今无两。来看《池上篇》中池北书库主人自己的感受：

十亩之宅，五亩之园，有水一池，有竹千竿。勿谓土狭，勿谓地偏，足以容膝，足以息肩。有堂有亭，有桥有船，有书有酒，有歌有弦。有叟在中，白须飒然，识分知足，外无求焉。如鸟择木，姑务巢安；如蛙作坎，不知海宽。灵鹊怪石，紫菱白莲，皆吾所好，尽在我前。时引一杯，或吟一篇。妻孥熙熙，鸡犬闲闲。优哉游哉，吾将老乎其间。

池上佳境，淡淡写来，疏淡点染而已，而欣然之意，已出言外。古今藏书者多矣，但如此“优哉游哉”者鲜矣。苏轼云，白乐天事事可及，唯风流一事不可及。笔者以为，风流竹林七贤亦可及，唯此襟怀淡宕不易及也。“澄澜方丈若万顷，倒影咫尺如千寻。泛然独游邈然坐，坐念行心思古今”，这是《池上作》；“身闲当贵真天爵，官散无忧即地仙。林下水边无厌日，便堪终老岂论年”，这是《池上即事》；“水能性淡为吾友，竹解心虚即我师。何必悠悠人世上，劳心费目觅亲知”，这是《池上竹下作》。林林总总的池上诗作，构筑起乐天诗风的堂庑。置身池上，返归池北，由园林之境，回到精神空间。池北书库，成为心路历程由外而内的最好象征物，正如白居易的范式是唐宋文学转型的代表。

“一编长庆集，三复池上篇。”清代颐道堂主人陈文述（1771—1843）是白香山的异代粉丝，他倾心香山之处，即其“随遇皆欣然”的人生态度，《画屏怀古诗》的这句，正点出《池上篇》是白居易思想要义之体现，在《白氏长庆集》里十分重要，所以受到彭年、钱榖、董其昌等明代书画家的钟爱。康熙临董其昌书《池上篇》，还命焦秉贞取其诗中画意，画《池上篇》图一轴。张照亦有白居易《池上篇》书迹一轴。白居易另有《府西池北新葺水斋即事招宾偶题十六韵》，说的也是池北书库，他新修水斋后，邀诗友来游，诗的结尾讲：“读罢书仍展，棋终局未收。午茶能散睡，卯酒善销愁。檐雨晚初霁，窗风凉欲休。谁能伴老尹，时复一闲游？”书棋为伴，茶酒相随，风休雨霁，真无所不适，使人恨不能穿越时空，以应白尹之邀，一赴池北，为此闲游。

不同于后世藏书家，池北书库主人的藏书并非意在收藏，主要是为了阅读和利用。白居易曾利用藏书，编纂《事类集要》，又称《白氏经史事类》，即后来通称的《白氏六帖》。据宋人杨亿（974—1020）的《杨文公谈苑》记载，编纂流程是带领门生首先采集经籍，捃摭史传，分别事类，区分汇聚，事提其要，类归其门；然后列置七层书架，上置陶瓶，多达数千，其上标写门目名类，将写好的纸条放入分好类别的陶瓶中，编辑前从陶瓶中倒取，辑录成书。在抄本时代，《白氏六帖》无疑是作家援引典故、撷取词藻的宝库，在当时被称许为“不语先生”。在今日，于文献学而言，这部聚旧成新的类书，不仅富有辑佚和校勘等价值，也能帮助我们了解白居易藏书的大致框架和范围，考见其收藏和阅读兴趣，从而了解其文化素养的渊源与知识背景的形成。

白居易的池北书库，在唐代诗人中绝无仅有，引来后人无数艳羡。北宋诗人韩琦（1008—1075），曾任北宋三个皇帝的宰相，屡次被置于散地，深深羡慕白居易的园林生活，他营造的醉白堂，所醉之“白”即白乐天，苏轼为之撰《醉白堂记》，称其“取乐天《池上》之诗，以为醉白堂之歌”，一段说魏公之所有，乐天之所无；一段是乐天之所有，又魏公之所无；一段论乐天魏公之所同，并非王安石所云，只是“韩白优劣论”。韩宰相《醉白堂》云：

戆老新成池上堂，因忆乐天池上篇。乐天先识勇退早，凛凛万世清风传。古人中求尚难拟，自顾愚者孰可肩。但举当时池上物，愧今之有殊未全。……吾今谋退亦易足，池南大屋藏群编。一车岂若万籍富，子孙得以精覃研。……人生所适贵自适，斯适岂异白乐天？未能得谢已知此，得谢吾乐知谁先？

诗酒年华，覃研万籍，藏书池上，风流林下，如此自适的人生，悟尽识分知足，深谙及早勇退，足堪先乐，足堪先醉。东坡自己即深谙此意，他还将白居易与王摩诘晚年退隐辋川相提并论，其《李伯时画其弟亮功旧宅图》说：“乐天早退今安有，摩诘长闲古亦无。五亩自栽池上竹，十年空看辋川图。”又专门撰《池上二首》，向乐天致意，并且与李太白对比，作出取舍，说：“不作太白梦日边，还同乐天赋池上。”清代谢良琦（1624—？），全州（今广西全州县）人，历官燕、吴、闽、越，孤直刚正，不容于时，罢归乡里。晚年自定文四卷，以先世所名表其集，示不敢忘德。其集名曰《醉白堂集》，亦取义于韩琦、苏轼诗文。

韩琦的同乡许有壬（1287—1364），是元代历事七朝的权臣，从政近五十年，他题乐天《池上篇》说：“香山白公勇退于强健时，享闲居之乐者十八年，吾乡魏忠献韩公慕之作醉白堂，东坡苏公作记，谓公道德高于古人，非溢美也。又尝谓其出处老少粗似，而东坡之号，实本于忠州之诗，盖又慕之深者也。公年五十八，分司东都，有‘今日是长归’之句，终身不渝其言。彼称其文章精纯，不欲一披，恐回其心者，适足以成公之志，而自襮其愎焉。”许有壬少年时读《池上篇》，就慨然有摆脱尘俗之想，但 62 岁才回乡归隐，归作圭塘西郭，虽交游构筑之盛不及白居易的池北书库，但松竹荷柳，杂植之蕃茂，倒是不相上下。

明人秦瀚有《广白居易池上篇》云：

百仞之山，数亩之园，有泉有池，有竹有竿。有繁古木，青荫盘旋。勿谓土狭，勿谓地偏。足以容膝，足以息肩。有堂有室，有桥有船。有阁焕若，有亭翼然。菜畦花径，曲涧平川。有书有酒，有歌有弦。有叟在中，白发飘然。识分知足，外无求焉。如鸟择木，姑取巢安。如鱼在坎，不知海宽。动与物游，矫若游仙。静与道契，寂如枯禅。灵鹤怪石，紫菱白莲。皆我所好，尽在目前。携筐摘果，举网得鲜。约我生计，斯亦足焉。时饮一杯，或吟一篇。老怀熙熙，鸡犬闲闲。天地一瞬，吾忘吾年。日居月诸，莫知其然。优哉游哉，吾将终老乎其间。

秦瀚（1493—1566），先字会洋，号艾斋，改字叔度，号从川。邑庠生。无锡（今属江苏）人。秦镗子。以子梁贵，封奉政大夫，通政司左参议。嘉靖四十三年（1564），与张选、俞宪等于惠山立石，结成诗社，记《碧山吟社志》。有《从川诗集》《严栖集》。这篇《广白居易池上篇》承白居易《池上篇》之结构句式而广之以篇幅，不少语句直接袭自《池上篇》原作，但白诗原作“淡淡写来，自见老洁”（《唐宋诗醇》卷二十六）之处，秦作不免略逊。

一般认为，明人王世贞（1526—1590）是全面否定白居易诗歌风格和价值的代表，因为他在《艺苑卮言》卷四曾有一段被称引极多的论断：“张为称白乐天‘广大教化主’，用语流便，使事平妥，固其所长。极有冗易可厌者，少年与元稹角靡逞博，意在警策痛快，晚更作知足语，千篇一律。诗道未成，慎勿轻看，最能易人心手。”但实际上，通观上下文可知，王世贞并未否定白居易“用语流便，使事平妥”的优长之处。另外，王世贞在晚年对白居易的认识亦有所改变，正如李维桢（1547—1626）《读苏侍御诗》所云：“余友邹孚如尝言：‘王元美先生《卮言》抑白香山诗太过。’余谓此少年未定之论。晚年服膺香山，自云有白家风味，其续集入白趣更深。香山邃于禅旨，翛然物表，又不立崖岸门户，故其诗随语成韵，随韵成适，兴象玲珑，意致委宛。每使老妪听之，易解而后可，不则再三更定。是以真率切至，最感动人。……王先生恐效香山而失之，故峻为之防，所谓‘以鲁男子之不可，学柳下惠之可’耳。……此论固不始自弇州，非但诗家，即禅家烧木佛、施棒喝，岂可平等皆然，守为常法？若以世眼观，无真不俗；若以法眼观，无俗不真。”陈田《明诗纪事》己签卷一亦云：“七子论诗，断自大历以上，故弇州于张文昌、白乐天乐府，曾不齿及，暨晚年论定，于茶陵乐府，且津津不置。此中甘苦，非济南所得知矣。”可见，泛泛地认为王世贞是否定白居易的代表，其实并不符合实际。笔者另有专文全面论述这一问题，此处不赘。仅引述王世贞对白居易《池上篇》的议论，王世贞《题〈池上篇〉彭孔嘉、钱叔宝书画后》云：

余少读《归去来辞》，虽已高其志，而窃难其事，以为非中人所能。后得白乐天《池上篇》览之，颇有合，谓此事不甚难办，此文不甚难构，而千百年少俪者，何也？苏长公云："乐天事事可及，唯风流一事不可及。"余则云："风流亦可及，唯晓进退不可及也。"友人彭孔嘉尝为余书此篇，遒劲丰美，备得颜柳骨态。长夏无事，钱叔宝复系以图，宛然履道里白叟退休所矣。吾名位虽小薄而年差壮，小祇园水竹差胜，图籍差具，酒量差益，今年湖田不沮洳，亦何必请分司奉耶！便当一决，书此以俟。

可见王世贞对白居易的心仪与瓣香之迹。王世贞题跋所云"风流亦可及，唯晓进退不可及也"，董其昌玄赏斋有行书《池上篇》，篇后之跋亦有相似意见，云"白香山《池上篇》其所谓'十亩之宅，五亩之园'，似亦人所易办，第识分知足为难耳"。《唐宋诗醇》卷二十六亦云："'识分知足'四字是乐天一生得力处，真实受用在此，序中未及，诗中特为清出，可为奢汰踰分、营营无厌者，痛下针砭。"对白居易"识分知足"的意见，即承自董其昌。另外，王世贞《宋画香山九老图》画跋又云："考《池上篇》水五之一，竹九之一，岛树间之，而今水与树胜，而竹太不胜，又无中高桥，石鐏，红莲，折腰菱，华亭鹤，红绡，紫绡，蛮腰，素口之属，而分配琴弈书画，以缀其寂寞……吾生平雅慕乐天，自纳节来，颇治弇山园，以希十五年后，耆英之盛。"直言"生平雅慕乐天"，并以白居易《池上篇》

的园林建筑为参照和榜样，可谓推崇之至。

清顺治七年（1650），松江画家顾大申（1620—1670？）仿韩琦之意兴，在宋代进士朱之纯谷阳园和明代画家董其昌“拄颊山房”旧园遗址处，掘地开池，取名“醉白池”，遂成华亭园林之胜景，与诗酒文会之胜地。黄之隽（1668—1748）《醉白池记》载：“韩魏公慕白居易而筑醉白堂于私第之池上，水部君（指顾大申）又仿韩而以堂名其池。”

醉白池后来几易园主，乾隆年间，归娄县廪贡生顾思照所有，曾作池园使用。其著述有《醉白池诗草》《醉白池诗钞》。蔡显《闲渔闲闲录》专门记载醉白池诗会的盛景：

> 往年醉白池诗会，黄宫允、周比部、徐明府、李茂才辈，酒酣兴王，余以《接五路》为题，喝三韵，西枝随口吟云：“五更牲杀接神忙，利市年年酹一觞。欲往迎之何处所，东西南北与中央。”坐皆叹赏。盖新正五日，松俗贸易家五更陈牲醴于街，以祀财神，名曰“接五路”，无赖子闯坐，醉饱径起，主人喜欢，谓神降获利市也。

所云参与醉白池诗会者，皆松江闻人，多见于其他文献。黄宫允，即黄之隽（1668—1748），雍正三年（1725）官至左春坊中允，别称宫允。周比部，即周吉士（1690—1750），字蔼公，自号渔山，娄县（今属上海松江）人，学者周思兼六世孙。雍正元年（1723），乡试列名榜上。次年中进士，被选为庶吉士。后任刑部主事、员外郎。徐明府，即徐櫄（1681—1758），雍正七年被保荐贤良方正，官知县。李茂才，即李进。

蔡显《闲渔闲闲录》还载有其陇西婿藏《醉白池老树轩图》，所称“陇西婿”当为李进，其中陈慧香题云：

谷阳城外路西南，画景还将诗景参。绿水萦纡桥第五，名园潇洒径开三。岿然一树推耆旧，藉甚群贤笾盍簪。我忆童游如梦幻，书堂深柳独何堪。

陈慧香即陈嵈（1664—1742），字咸京，号岞岚，晚号慧香，江苏太仓人，康熙贡生，以荐充纂修《诗经》馆分校，议叙知县，遽乞归，杜门著述。康熙五十三年（1714）助王鸿绪纂《明史稿》，雍正五年（1727）与修《子史精华》，有《祖砚堂集》《呵壁词》。诗中所云“绿水萦纡桥第五”，诗人自注云：“原醉白池前，有河通舟楫，北接长寿桥水，南通大涨泾。在长寿桥至醉白池榆树头一段，自北至南有石桥五座，以便行人，名宋家桥、毛家桥、袁家桥、黄家桥、沈家桥。醉白池前即沈家桥，排行第五。”末句蔡显注云：“轩北为霖说王子深柳读书堂，余总角同业处，今废矣。”蔡显又专门称道陈慧香作诗之敏捷，《闲渔闲闲录》

云："张敬夫见王荆公墨迹，谓此公那得有许多忙，程子见人静坐，便叹其善学，不作草书，不逐外物，余唯见陈丈慧香一人。古时文士宴集赋诗，或刻烛一寸，后乃击铜煎饼，斗捷争奇。"

《闲渔闲闲录》载徐今吾《题醉白池老树轩图》云：

胜地争传醉白池，当轩有树最离奇。百年老干干霄立，六月清阴满径垂。杖策欲乘幽兴访，展图先慰寸心思。庭槐潭柳何须问，点缀名园此独宜。

徐今吾，即徐是做，字景予，号今吾，康熙二十一年（1682）秀才，与黄之隽同学齐名。工诗古文，兼善书画，诗歌力追白居易、元结。乾隆元年（1736），巡抚荐试博学鸿词，坚辞不就。又载施道园题云："曩居溪上，对老树名园，玲珑堪赏。中有一泓烟水，绿于春酿。移家去后频回首，遡东风，几番惆怅。近来喜见，新诗满册，画图萧爽。 树不改旧时苍莽。但惜我槁面皲皴，愁心芻怳。词人泼雪吹云处，算相悬别峰千丈。华轩妙句，惟应读罢，倚阑吟想。"祝德麟（1742—1798）为赋《醉白池》，中云："池名义奚取，云自白太傅。当年苏郡守，焉得此闲驻。名贤游览迹，往往多牵缚。欧公未仕杭，六一泉偏署。我今作寓公，到处留杖屦。未知后视今，谁复识故步。且尽手中杯，安问恒沙数。"王庆勋有《同胡蔼堂丈游醉白池》，诗云："万树梅花万古春（四面皆种梅），当年胜迹幸重新。径中黄叶堆成路，篱外青山远有神。千载纲常留正气（地为夏忠节公殉节处），前朝词赋重名人（地本几社遗址）。西风吹尽英雄泪，碧血犹闻闪野磷。"以不同体式，从各个侧面，传承着融风流于日常的醉吟诗风。此外还有词作，如云间王顼龄《满庭芳·醉白池》、华亭董俞《水龙吟·秋日饮顾水部醉白池上》及云间王九龄《满庭芳·后山招同人集醉白池》。

时至今日，位于上海松江区人民南路的醉白池，占地50 000平方米，以一泓池水为中心，环池三面古木葱茏乐天轩、池上草堂及四面厅等建筑古色古香、环布其间，一派江南园林风貌，已经与豫园、漪园、秋霞圃、青浦曲水园并称为上海五大古典园林，而醉白池历史最为悠久，至今已有九百余年。

连一向鄙薄乐天诗风的一代诗宗王渔洋，都记得池北书库。这位清代声望最高的诗人，也是清初著名的藏书家，今存《渔洋山人池北书库藏书目》。他不仅径袭白居易池北书库之名，还郑重其事地把自己的《池北偶谈》也"取乐天池北书库之名名之"，可谓既奉又违，有点纠结。欲知其详，可见拙作《王渔洋之于白香山——取舍避就之道》。

十亩园，意自闲。池有泉，竹千竿。伴灵鹤，赏白莲。琴一张，书万卷。诗与酒，随遇安。歌与弦，欣欣然。己所好，在目前。陶然醉，静参禅。天地瞬，忘其年。香山老，白乐天。长庆集，池上篇。虽为官，若游仙。

权以此段，总结全篇。

第二辑　雪泥鸿爪

何人不起故园情

——李白故里，诗意江油

在信息化与数字时代，回首长安，怀想盛唐壮阔波澜，遥慕诗坛气象万千，请问谁最引人瞩目、动人心弦？我首选李白！“天生我才”的李白，“长风破浪会有时”的李白，“黄河之水天上来”的李白，“人生得意须尽欢”的李白。他是时代的骄子，盛世的歌手，更是享有世界声誉的中国大诗人。虽然白居易过李白墓地，曾感叹“但是诗人多薄命，就中沦落不过君”，但历史是公正的，“文彩承殊握，流传必绝伦！”（杜甫《寄李十二白二十韵》）在中国诗歌史上，李白已如星悬日揭，照耀太虚，色相莫求，高华难并。诚可谓：诗中无敌，文坛称仙，才气何止笼一代；殿上脱靴，江头披锦，狂命更堪占千秋。

怀着对诗仙的敬仰之情，我们来到诗人故里四川省江油市。在这里，李白度过童年和少年时期。李白走了多远，江油也就走了多远。江油有两处诗仙的主要纪念场所，一远一近。近的一处，坐落在江油市区昌明河畔的李白纪念馆和太白公园，与之隔河相望的，是以高僧海灯法师命名的海灯武馆；远的一处，位于四川江油市区西南的青莲镇天宝山，包括李白故里风景名胜区、太白碑林和太白祠。

一大清早我们来到文风街 1 号的李白纪念馆。从昌明河畔的正北大门而入，门厅为五开间，抬眼首先看到郭沫若 1963 年春天的题匾——“李白纪念馆”，两侧内柱还有郭老题写的对联：“酌酒花间，磨针石上；倚剑天外，持弓扶桑。”大门两侧是由潘力生撰写的隶书对联：“古今尊国士；中外仰诗仙。”里侧另有一匾“闳肆俊伟”，是李一氓录曾巩语。柱联由徐大昌原题于匡山书院，罗永蒿补书：“可怜头白未归，惟见长江流皓月；如问我来何事，思将奇句叩青天。”进门之后，是一堵照壁，上面的镏金大字“李白故里”，是邓小平同志所书，两侧盆花列道，绿树成荫，高阁层楼掩映其间。

转过照壁，看到纪念馆里最宏伟气派的建筑——太白堂。太白堂为仿唐代建筑风格，堂前有两尊巍峨的青石狮镇列左右，威严肃穆。拾级而上，跨越高高的门槛，抬头就见李白的铜铸坐像，约两人高。李白持书佩剑，貌甚恭肃，无丝毫狂傲醉态。坐像前摆有许多鲜花，清香习习，沁人心脾。太白堂四面壁上，除东北壁为李白生平外，其余都是古今名家缅怀李白的书画，大都表达出对李白的崇敬之情，多有精品。还专门展出多位伟人等书写的李白诗歌。面壁神游，浸润于线条和色彩之中，遥想李白当年的浅唱低吟，令人物我两忘。

离开太白堂而东，进入一道“Z”型回廊，中有诗苑、碑廊、青莲池。诗苑很静，游者肃然。苑内玻璃柜之中，列有李白诗集和李白手书诗稿。碑廊中多为李白诗联，有篆有隶有楷有行有草，或洒脱或凝重或飘逸或朴拙，青莲池一池碧水，倒映着回廊、绿竹、红花，生意盎然。池中睡莲绽放，莲叶茂长，欣欣然倾听着林间鸟语。青莲池中央是一尊青年李白的塑像，这座汉白玉雕成的李白立像，高约 5 米，潇洒飘逸，豪气勃发。

青莲池南的太白书屋是李白生平事迹陈列馆。浏览可知，李白并非谪仙、天才，也经过刻苦学习和百般磨砺。屋内有众多与李白有关的文物，配有文字说明，涉及李白名诗掌故、游历经历和一些民间传说。

由青莲池东去，是巍峨的归来阁，大约是取诗人魂兮归来之意。阁在绿树丛中，忽隐忽现，小桥回廊与绿水碧波相映成趣，古朴典雅、青幽宁静而又气势恢宏。归来阁南是李白研究会会馆，其间陈列有不少李白研究的著作。

明月村，点出李白与明月的不解之缘。故乡的月亮最让李白念念不忘，如：“小时不识月，呼作白玉盘。又疑瑶台镜，飞在青云端。”（《古朗月行》）可见他从小就喜欢明月，在他幼小的心灵里，明月已经是光明皎洁的象征了。明月是如此触动李白的乡情，他一看到明月便想起家乡。明月也是激发李白灵感的火镰，明月意象只有在李白诗中才具有这样丰富的内容和意义。“俱怀逸兴壮思飞，欲上青天揽明月”（《陪侍御叔华登楼歌》），“青天有月来几时，我今停杯一问之。人攀明月不可得，月行却与人相随”（《把酒问月》），他借明月寄托自己的理想，并热烈的追求她——揽月、攀月，表达对光明纯洁的向往和追求。这种向往是那样情真意切，以致相传“醉入水中捉月而死”。其明月意象超逸而飞动，又很有人情味，像“暮从碧山下，山月随人归”（《下终南山》），“明月出天山，苍茫云海间”（《关山月》），而“举杯邀明月，对影成三人。月既不解饮，影徒随我身”，更把明月引为知己，想象明月可以伴他饮酒。“湖月照我影，送我至剡溪”，明月可以送他远行。“我寄愁心与明月，随君直到夜郎西”，明月还可带着他的心送朋友到远方。“且就洞庭赊月色”“且就东山赊月色”，李白的生活里时时刻刻离不开明月，当月色不足时，他就去赊。作为诗中重要的意象，明月反复出现，全集之中达400首之多，令人惊叹。

过明月村宾馆而前，是临江仙馆。左望，昌明河有坝横贯东西两岸，此时正遇水涨，上游河水平岸，至此奔流而下，形成一道宽短瀑布，淡绿沁眼，令人胁下生凉。在此拾级而下，过石板桥，有一河心绿地，上建凉亭一座，名叫“邀月亭”，当取李白“举杯邀明月”之诗意。折到青莲池北，即怀谢轩，只觉曲廊环抱，楼台亭榭掩映于花木翠竹之中。时间尚早，故馆内游人不多，秀美之外颇享清幽之致。

纪念馆三面环水，太白书屋后面就是昌明河，这条河汇入涪江。馆内建筑皆系仿唐风格，规模宏大、古朴雄伟。步入馆中，觉“香云”袭人，听“花雨”无声；登“诗苑”，逸兴遄飞；俯“青莲池”，碧波照影；仰“归来阁”，情思无限；谒“太白堂”，临风怀想；静憩“晓雅斋”，心与境寂；把酒“邀月亭”，神游物外；可凭榭“问水”，可临江“观涛”，览胜之乐，难以尽言。兼之一江碧水、两岸绿杨、三春鸟语、四季花香，风光清幽秀美，使人流连忘返。

有人说，巴山蜀水是李白终生的记忆和财富，给了他创作的激情和灵感。确实，李白“一生好入名山游”，而所游第一座名山，即家乡附近的窦圌山，并留下“樵夫与耕者，出入画屏中”的诗句。十八九岁时，曾隐居于大匡山，并从隐士赵蕤读书学习。赵蕤是以王霸之道见行于世的学者，所著《长短经》十卷即主经邦济世的事功之学。匡山之上，为戴天山，李白有《访戴天山道士不遇》诗，大匡山唐代就有寺庙，李白读书之地就在寺旁，后人在此建有李白祠。清光绪二十九年（1903）在此又建有匡山书院。一个普普通通的川北小城，怎么会得天独厚，诞生了这位绝代天才？是时代，还是乡土？是遗传，还是后天的勤奋与努力？李白身后的江油大概会被这些问题所围绕。追随着诗仙足迹，我们又开赴青莲镇，走进陇西院，试图探究其中的秘密。

陇西院，因李白自称“陇西布衣”得名。《彰明逸事》载：“青莲乡故居，遗址尚在，废为寺，名陇西院，有唐梓州刺史碑，失其名。”宋代已经兴建，明代为兵火所毁，清代乾隆、光绪年间曾先后两次重修。陇西院相沿为佛寺，明初才另建太白寺。陇西院大门中间石刻对联云：“弟妹墓犹存莫谓仙人空浪迹，艺文志可考由来此地是故居。”左边门对联云：“太华直接青莲宅，天宝遥看粉竹楼。”右边门对联云：“旧是谪仙栖隐处，恍闻昔日读书声。”陇西院由陇风堂、序伦堂和李白旧宅组成，整座建筑群一派清代川北民居风格，质朴庄重。陇风堂三字为清末蜀中学者赵熙题匾，两侧对联云：“憔悴何伤，想当年采石星陨、一身之外无长物便青史流传，足见文章有价；光芒不誉，看此日陇院声蜚、千载而还成胜迹与匡麓并秀，堪叹国士无双。”另一联云：“诗仙即酒仙天下敌手唯工部，骚客亦狂客举世知心独令公。”陇西院中的陈列丰富而精致，在李白卧室转一回，墙上依旧长剑高悬，但精气神已全然无存，不免落寞。但“怀贤述古，二美则并。江山胜豁，文明道亨。千秋之后，令名不湮”（曹学佺《万县西山太白祠堂记》），山水有灵，名胜犹在，细细思来，亦可释怀。序伦堂为于右任题匾，两侧为张大千撰联：“百年诗酒风流客，一个乾坤浪荡人。”李白旧宅题匾两侧对联云：“庐接天宝绝代风华承美沃，地近廉泉此间山秀永长思。”

院内照壁上刻有《陇西院记》，写出山川奇秀，孕育英才：

岷山雄奇，逶迤北来，至天宝而结穴；涪盘交汇，奔腾南去，夹平芜以成气。紫柏之瑞气环绕庭前，匡圌之秀色常盈襟袖。山川钟灵，风光如画，独太白得其精华也。

李白原籍陇西成纪（今甘肃天水附近），而出生地至今还有余波未息的争论。除了生于蜀中（今四川江油市青莲乡）之外，一说条支（今阿富汗境内），一说焉耆碎叶（今新疆境内），一说生于中亚碎叶（今吉尔吉斯斯坦境内）。尽管尚有争论，但可以肯定的是，他从五岁到二十五岁期间，一直生活在蜀中。

“清新俊逸”堂联云：“才名塞天地敏捷诗千首，身世老风尘飘零酒一杯。”右侧隶书联云：“垂辉映千春天生我材必有用，举杯邀明月诗成笑傲凌沧洲。”边柱草书对联：“望远特登楼分明几座村庄红杏丛中沽酒旆，感怀频倚栏遥忆先生杖履白云深处读书台。”李白今天给我们留下 900 多首诗歌，可谓万世流传。终其一生，李白都在以天真的赤子之心讴歌理想的人生，无论何时何地，总以满腔热情去拥抱整个世界，追求充分地行事、立功和享受，对一切美的事物都有敏锐的感受，把握现实而又不满足于现实，投入生活的急流而又超越苦难的忧患，在高扬亢奋的精神状态中去实现自身价值。如果说，理想色彩是盛唐一代诗风的主要特征，那么李白是以更富于展望的理想歌唱走在了时代前沿。在中国诗人中，李白的个性之活跃和解放实在少有。他一生不以功名显，却高自期许，以布衣之身而藐视权贵，肆无忌惮地嘲笑以政治权力为中心的等级秩序，批判腐败的政治现象，以大胆反抗的姿态，推进了中华文化中的英雄主义精神。李白的诗歌，更集中体现出盛唐的精神风貌。李白诗歌中饱满的青春热情、争取解放的蓬勃精神，积极乐观的理想展望、强烈的个性色彩，汇成中国诗史上格外富有朝气的歌唱。

陇西院旁的太白碑林很大气，将李白的诗一口气刻上陇西院后的天宝山顶。俯首皆石碑，满眼是诗篇，四周空旷无人，而耳边却是高高低低的吟哦，沿此走上一遭仿佛又探得了诗仙的心迹。顺太白碑林再往前就是磨针溪，传说是少年李白路遇老妇、“铁杵磨针”的故事发生地。1981 年李白故里磨针亭筹建办公室于此立碑：“祖国前途无量，磨针精神万岁。”

磨针溪是李白命运的转折点——据说，幼年时的李白性情顽劣，逃学、贪玩、打架，让父母头痛不已。如果照此下去，李白也许只会成为一个豪爽的商人，一个侠义的剑客，甚至沦为酒鬼或古惑仔。青莲也将永远是一个默默无闻的小乡场，中国文学的天空也将因此而暗淡许多。幸好，有磨针溪，有那位大智若愚的老妇人，她让顽童李白大彻大悟，用一个最浅显的道理把他的理想擦拭得锃亮。于是，从磨针溪边走过的李白告别玩伴，发愤苦读，从世俗的青莲走进诗仙之境。正所谓："事在有无，语类不经；人心爱之，夸诩为真。树若曾倚，其色敷荣；泉若曾酌，其声清冷。"（明曹学佺《万县西山太白祠堂记》）

江油盘江之滨，漫波渡口，有"太白祠"兴建于明代，几经废兴，清乾隆年间复修，堂内古碑台阶布局合理，古树参天耸立。正殿圆柱上有一副楹联云："真赏难逢，今古几人如贺监；大恩不市，平生无语及汾阳。"贺知章初见李白，便以谪仙人称之，可谓知人；李白游并州时，曾救过郭子仪的命，但他的诗文中却从无一语提及，可见诗人并不以此做交易，其高风亮节可嘉。正堂中有李白塑像，气宇轩昂，傲岸不屈。青莲镇原有"名贤祠"，旧址在今青莲小学校。"名贤祠"建于清代同治年间，又崇祀李白为主，辅以唐代以后为县民所爱戴的名贤。祠正庭内首列李白碑位，唐以后诸贤分列于后。名贤祠正中柱上，有一副对联云："抚谈士两言，毕竟荆州犹俗眼；惜夜郎一去，后来才子共寒心？"上联说细思"生不用封万户侯，但愿一识韩荆州"那句"谈士"之言实在谬误，韩朝宗究竟是庸俗之辈；下联说像李白那样的有志之士，朝廷不用，反贬谪夜郎，令后来有才之人倍感寒心。这副联语以李白生平文章、遭遇入诗，十分贴切。“名贤祠”今已不见，但“名贤祠”旁的李白衣冠墓却已被修复。李白衣冠墓建于清代同治八年（1869），当时的县令何凯堂首介其事。

陇西院山后有李白妹妹李月圆所居的粉竹楼，现存“粉竹楼”遗迹，乃清道光十七年所建。这是一座四合院的庙堂，正殿有李月圆塑像，端庄慈祥、肃穆文静。塑像左右各立金童玉女，生动传神。

登上园区的制高点太白楼，举目四望，山水灵秀，仙气缥缈。青莲镇左有濂水环绕，右有涪江环抱，犹如两条飘带在眼前飞舞。李白诗魂已飘然而去，唯剩这绿水青山尚在千年守望。大唐三百年，缔出中国诗歌史上的黄金时代，足称盛世，而李白更是盛中之高峰。

山川良是昔人非

——坡仙定州遗踪

地不自美，借诗而显；迹难自胜，因诗而彰。山川名胜，因为诗歌吟咏而魅力倍增。苏轼的文学作品与祖国的大好河山之间更是如此。苏轼一生“身行万里半天下”，其中长期停留和居住过的地方，一个是出生与成长的四川眉山，一个是宦游为官之地，其中开封是最重要的地方，他前后八次进入开封，多数是在京城担任朝官。而乌台诗案时，苏轼被关开封御史台大牢134天。他在外当过签判的地方有一处——陕西凤翔。当过通判的地方是杭州。苏轼当过太守的地方有八处，包括山东密州、江苏徐州、浙江湖州、浙江杭州、山东登州、安徽颍州、江苏扬州、河北定州。贬居地有四处，时间长达13年半，包括第一次贬居的黄州和最后贬谪的岭南地区，苏轼在岭南先后贬居过广东惠州、海南儋州和量移广西廉州。他的一生是伟大的一生，也是坎坷的一生。从26岁任凤翔签判算起，到

66 岁逝世为止，苏轼在 40 年的仕宦生涯中，有 28 年在朝廷和地方任职。这里选取定州为例，先来看清人边浴礼《定州吊苏文忠公》：

先生知中山，宣仁始升祔。奸邪恣窥视，国是日凌遽。金门玉堂地，从此不能住。公持刚大志，劲节直不仆。濒行上封事，杀毒同有庶。州民抃手贺，公也来何暮。巡师折奸贪，御寇保生聚。蒲鞭聊一试，谈笑清百务。沿边弓箭社，净扫积年痼。英琼倏转徙，凫舄远飞鹜。轮囷雪浪石，几傲松醪赋。遗踪至今留，生气郁盘互。我行燕赵郊，经过起遐慕。颇疑公天人，不受尘埃污。故令堕滇海，龙藏恣沿泝。近同陆忠州，远比贾太傅。浩浩胸中奇，探喉快倾吐。文章雄百代，不足供咒诅。徒令后世人，悲感到童孺。荒城斜阳下，野色在孤戍。邈焉怀古心，山岚引归路。

这首诗基本概括了苏轼在定州的功绩和遗踪。雪浪石与《松醪赋》，一物质，一精神，是坡翁在定州的主要亮点。作者边浴礼，字夔友，一字袖石，直隶任丘（今属河北）人，道光二十四年（1844）进士，官河南布政使，幼耽吟咏，弱冠已有诗数千首，中州观察李梦韶以才子目之。他赋性恬淡，虽跻显仕，时有林泉之思，其冲情远致，亦时于诗中见之。他与华长卿、高继珩并称“畿南三才子”。

公元1093年东坡至定州任太守，公元2012年我赴定州寻访东坡遗踪。近千年的岁月轻轻翻过，山川良是昔人非。自古就有“九州咽喉地，神京扼要区”之称的定州，如今更是华北地区的重要交通枢纽，而且是河北省县级第一人口大市。作为省级历史文化名城的定州，新石器时代先人就在此繁衍生息，商代建立贵族方国，春秋时期齐相管仲在此筑城，战国时为中山国，公元400年始称定州，此后历代设州置府，2005年被联合国地名专家组中国分部命名为“千年古县”。真可谓：由来文物邑，风俗缅犹昨。

地处燕南赵北的定州，是历代兵家必争之地，宋代亦为边防重镇。东坡任定州太守的1093年，可谓一生的重要转折点。那一年，八月初一，他的妻子病故，九月初三太后崩逝，她们都是苏轼的守护神。苏夫人去世前，苏轼尚鸿运当头；老太后去世后，苏轼便接连遭贬。此前，苏轼已屡求外放，请求出守“重难边郡”。那时，他不安于朝，除淡泊名利外，与哲宗关系的不融洽也是原因之一。哲宗继位时仅十岁，到那时已十七八岁。苏轼当小皇帝的侍读时要求比较严格，老师对学生的口吻颇使少年天子不悦，那些直言无隐的表章尤令哲宗大为恼火。他向皇帝提出六事：一曰慈，“好生恶杀，不喜兵刑”；二曰俭，“约己省费，不伤民财”；三曰勤，“恭亲庶政，不迩声色”；四曰慎，“畏天法祖，不轻人言”；五曰诚，“推心待下，不用智数”；六曰明，“专信君子，不杂小人”。这不等于暗示已成年的皇帝身上有这六种毛病吗？所以，老太后去世前不久，苏轼即获得外放。一如所请，任所是问题诸多、号称难治的地方。他奉命以端明殿学士和翰林侍读学士的身份充任河北西路安抚使，并指挥该地区的步兵骑兵，官行设在定州。这年，他已 58 岁。作为哲宗的御前侍读、朝廷要员，出守“重难边郡”，理应陛辞，但如今政局已变，哲宗的答复便显得毫无王者气度，他以“本任阙官，迎接人众”为借口，拒绝苏轼上殿面辞。苏轼上书说：“臣备位讲读，日侍帷幄，前后五年，可谓亲近。方当戍边，不得一见而行。况疏远小臣，欲求自通，亦难矣。……今陛下听政之初，不行乘乾出震见离之道，废祖宗临遣将帅故事，而袭行垂帘不得已之政，此朝廷有识所以惊疑而忧虑也。臣不得上殿，于臣之私，别无利害，而于听政之始，天下属目之际，所损圣德不小。”苏轼就是这样，犯颜直谏，不避利害。在这道《朝辞赴定州论事状》中，他深感“国是将变”，进一步又以“操舟者常患不见水道之曲折，而水滨之立观者常见之”与“弈棋者胜负之形，虽国工有所未尽，而袖手旁观者常尽之”为例，希望哲宗“处晦而观明，处静而观动”“不过数年，自然知利害之真，识邪正之实，然后应物而作，故作无不成”。这也是将他跳出庐山的哲思，用在了谋政议事上。可惜，对于庙号带一个“哲”字的哲宗，却是枉然！离京前，苏轼在赠别其弟苏辙的诗中，沉重而又无奈地自解道："今年中山去，白首归无期。客去莫叹息，主人亦是客。对床定悠悠，夜雨空萧瑟。"

元祐八年（1093）九月二十七日，苏轼告别京师，从开封出发，坐马车而行，一路摇摇晃晃，冒着严寒，迎着冬日天空飘下的雪花，走了一月之久才到达定州。赴任赶路途中，有人用松明火炬照明探路。东坡被散发出来的香味所刺激，想起古老的故事：一个毛女在松林里，靠吃松枝松果，活了300多岁，好事者画为《毛女图》。于是诗人灵感来了，挥毫写下：

雾鬓风鬟木叶衣，山川良是昔人非。只应闲过商颜老，独自吹箫月下归。

苏轼又想，松树乃千岁之质，能取其精华，定是神仙食品，人若食之，即使不会长生不老，但亦很可能有利于健康。若能用松枝松果酿造成酒，岂不美哉？对于酿酒，苏轼并不陌生，他曾先后酿过蜜酒、葡萄酒。这次他要将奇思妙想变为现实。定州有无数松柏，于是，东坡取松针松果熬成水，然后按照所得秘方依法投料酿造成酒。于是就有了《中山松醪赋》：

始余宵济于衡漳，车徒涉而夜号。燧松明而识浅，散星宿于亭皋。郁风中之香雾，若诉予以不遭。岂千岁之妙质，而死斤斧于鸿毛。效区区之寸明，曾何异于束蒿。烂文章之纠缠，惊节解而流膏。嗟构厦其已远，尚药石而可曹。收薄用于桑榆，制中山之松醪。救尔灰烬之中，免尔萤爝之劳。取通明于盘错，出肪泽于烹熬。与黍麦而皆熟，沸春声之嘈嘈。味甘余而小苦，叹幽姿之独高。知甘酸之易坏，笑凉州之蒲萄。似玉池之生肥，非内府之蒸羔。酌以瘿藤之纹樽，荐以石蟹之霜螯。曾日饮之几何，觉天刑之可逃。投拄杖而起行，罢儿童之抑搔。望西山之咫尺，欲褰裳以游遨。跨超峰之奔鹿，接挂壁之飞猱。遂从此而入海，渺翻天之云涛。使夫嵇、阮之伦，与八仙之群豪。或骑麟而翳风，争榼挈而瓢操。颠倒白纶巾，淋漓宫锦袍。追东坡而不可及，归餔啜其醨糟。漱松风于齿牙，犹足以赋《远游》而续《离骚》也。

这是一篇题材新颖而寓意深刻的作品。《经进东坡文集事略》于本篇题下引晁补之语云："松醪赋者，苏公之所作也。公帅定武，饬厨传断松节以酿酒，云饮之愈风扶衰。松大厦材也，摧而为薪，则与蓬蒿何异。今虽残，犹可收功于药饵。则世之用材者，虽斫而小之，为可惜矣，傥因其能，转败而为功，犹无不可也。"松木是否可以酿酒，姑置之不论，但晁补之所言用材之道，确为此赋主旨。赋中借松木之口，控诉对大厦之材的糟蹋，触及对待人才存在的问题。“岂千岁之妙质，而死斤斧于鸿毛。效区区之寸明，曾何异于束蒿。”“嗟构厦其已远，尚药石而可曹。”对于本为栋梁之材的巨松，已被摧残得失去建筑材料的功能，苏轼深感惋惜与痛心，于是设法转败为功，用来酿造可愈风扶衰的药酒，使之发挥于人更为益的作用。接着写这种酒不仅有强身健体的作用，还可以为像西晋初的“竹林七贤”、唐代“饮中八仙”那样的高人才士助兴，给他们的文思插上想象的翅膀，远游四荒六漠，上下求索，以抒发情怀，写出像屈原《远游》《离骚》那样伟大的作品。这篇赋形象地反映了苏轼爱才、惜才的思想感情，也是苏轼一生乐于扶持、奖拔人才的艺术折射。联系自熙宁以来不少人才成为党争的牺牲品，而当时正处于又一次更加激烈的党争前夕，更加可以看出这篇作品的言外之意。中山松醪酒后来就成为历史名酒，被公认为是有利于健康长寿的美酒。1915 年还同茅台酒一道，参加巴拿马国际酒赛并获得金奖，有“中国 XO”的美誉。

苏轼到定州不久，先去始建于唐大中二年（848）的文庙祭奠孔子。定州文庙又称先师庙、孔子庙，如今坐落在定州市内的刀枪街，1959 年辟为定县博物馆，1982 年被列为河北省重点文物保护单位，今存东、西、中三个毗邻的北院。此建筑布局北三院各自为中轴式，中院为大成殿、戟门、官厅及东西两庑，东院为崇圣祠和魁星阁，西院为明伦堂。

文庙前院有两棵槐树，据说就是当年苏轼亲手所栽，东者树根凸露，如巨大的龙爪，躯干粗大，五六个人手连手不能合围。西者树干分裂成板条状的两部分，各向东西，似两个负气老人背道而驰，中空可容纳一个七八岁的小孩。据《定州志》记载：“东者葱郁如舞凤，西者槎丫竦拔如神龙。”因此又叫“龙凤双槐”。

千年过去了，东坡栽下的两棵古槐历经风雨，干枯而枝绿，如果只看树干，谁也不会说这是两棵活树，可抬头向上看，却枝叶繁茂，绿意浓浓。探究细部则会发现，树干虽枯，但枝叶直接生长在枯木之上。而这些枯木，你只要用手一摸，准会掉下一块。树冠之大之圆更令人叫绝，每棵古槐茂密的树冠直径都超过 10 米外，似两个巨大的绿色伞盖。千年古树枯木发新绿，游人观之，无不称奇，清康熙年间曾将此列为定州八景之一，定名为“东坡双槐”。“东坡双槐”是苏轼在定州留下的活生生的遗迹。而今人们来到定州，必去定州文庙（定州市博物馆）看“东坡双槐”，看那两棵神奇的槐树，缅怀一代文坛巨人。

宋朝的文官往往担任军职，而以武将为副手。我们将要看到的一幕，就是一个诗人兼画家如何在军旅中发号施令。定州是北邻契丹的军事重镇，但当时军中兵饷过低，衣食俱差，军营破旧，军纪松弛殆废，苏轼用四个字概括：“不堪开眼。”特别是行政上腐败盛行，有个叫王光祖的副总管，身为老将，倚老卖老，骄横霸道，克扣粮饷，兵丁食不果腹，“日有逃亡，聚为盗贼，民不安居”。苏轼到任，严惩克扣军饷、放债取息的官吏，对腐败军官雷厉风行地予以惩处，派人修缮营房，让士兵不仅吃好穿好，更要住好。与此同时，苏轼大力整饬军纪，“渐次申严军法，逃军盗贼已觉衰少，年岁之间，庶革此风”。尽管如此，苏轼却上书认为，即便经过整训，一旦有事，也不能确保无虞。他说，自“澶渊之盟”后，边地人民为了自卫组织了“弓箭社”，不论家业厚薄，每户出一人，“带弓而锄，佩剑而樵”，自立赏罚，严于官府，公推武艺高强者为首。遇有情况，击鼓相召，顷刻可致千人，“人自为战，虏甚畏之”。王安石变法期间，因推行保甲法，在无形中削弱了这种民间的自卫组织。苏轼主张加强“弓箭社实为边防要用，其势决不可废”，请朝廷“立法少赐优异，明设赏罚”。这时，有些下级军官看见苏轼惩治腐败的军官，便不断地密告上级。苏轼让他们不要管。他深知，若许下级官兵控告上级官长，军纪定会荡然无存。于是，告密者被苏轼一并惩处。

来到定州开元寺塔这座建于北宋的料敌塔，追怀当年东坡治军爱民的政绩，令人感慨万千。罗哲文先生题字的这座“中华第一塔”，是中国现存最高的一座砖塔。宋辽对峙时，定州地处边陲，军事地位十分重要。宋王朝为防御契丹，利用此塔瞭望敌情，所以又称“料敌塔”。定州塔建在开元寺塔内，故名开元寺塔，其整体结构由内外层衔接而成，之间形成回廊，犹如外塔环抱内塔，两层之间设踏道，可登顶层，登高远望，可俯瞰城池，统览全市。

苏轼知定州期间，请了一位好帮手在府中执掌机宜，他就是《姑溪集》的作者李之仪。当年，苏轼作为一场文字狱——“乌台诗案”的受害者，被贬为黄州团练副使，从前的亲门故交避之惟恐不及，而李之仪却无所顾忌，大胆地与苏轼通信。他那首《卜算子》一直被世人所传诵：“我住长江头，君住长江尾。日日思君不见君，共饮长江水。此水几时休，此恨何时已。只愿君心似我心，定不负相思意。”值得一提的是，李之仪有一位出身书宦人家的贤妻胡文柔，不仅博学多才、喜好佛经，而且练达世故，评点人物颇中要害。有一次，苏轼拿着新近创作的一首《书丹元子所示李太白真》造访李府。那诗中说：

谪仙非谪乃其游，麾斥八极隘九州。化为两鸟鸣相酬，一鸣一止三千秋。开元有道为少留，縻之不可矧肯求。西望太白横峨岷，眼高四海空无人。大儿汾阳中令君，小儿天台坐忘真。平生不识高将军，手污吾足乃敢瞋。

李之仪吟过，说道："先生《李太白碑阴记》曾云'戏万乘若僚友，视俦列如草芥'，看来，先生之于李白，非仅以同乡视之，更引以为同调也。"二人正在这里从容谈笑，评诗论艺，忽有公事至前，苏轼便马上办理，判清曲直。胡文柔在屏后窥见，叹息说："我尝谓苏子瞻未能脱书生谈士空文游说之弊，今见其临事不苟，信一代豪杰也！"惺惺惜惺惺，两家熟识之后，苏轼对胡文柔的才识亦青眼有加，因她好佛，苏轼戏呼她为"法喜上人"。后来苏轼遭贬，文柔这位"性高严，喜风节"、自许甚高的大家闺秀，也亲手裁衣以赠，并说："我一女子，受此等人知，复何憾耶？"

转眼之间，秋天到了，一年一度的全州大阅兵开始了。"八百里分麾下炙，五十弦翻塞外声。沙场秋点兵。"只见苏轼身着戎装，与各级将校、副官按照官阶依次站立。点名过后，单单缺席了一名将校。副官悄声道："这个王光祖，乃一骄悍老将，据说是谁的小舅子，在此统治多年。苏大人整顿军纪，他觉得自己的权力渐被剥夺，所以一直心怀不满。此次阅兵，别人说要是不愿参加干脆就告病算了，他却说：'我没病，就是不去。那苏东坡不是说过嘛：吾上可陪玉皇大帝，下可以陪卑田院乞儿，眼前见天下无一个不好人。既然如此，我便要看看，他怎么来奈何我这个好人？'"苏轼出镇定州期间屡次谈到任一地方军之首长，受到当受之礼貌尊敬甚为重要。众部下因耳闻苏轼心善，一直对此不以为然，所以苏轼一直都在等待落实他这句话的机会。听了副官的话，他大声说道："好，不参加，可以。立刻传令王光祖，以后他再也不用参加阅兵了！"

阅兵式开始，望着士兵们矫健的英姿，苏轼立刻回到了诗意的记忆之中，不禁想起十八年前的那个秋天，想起熙宁八年（1075）在密州（今山东诸城）所写的《祭常山回小猎》。那诗中说："弄风骄马跑空立，趁兔苍鹰掠地飞。回望白云生翠巘，归来红叶满征衣。"他又忆起同时所作的、那首被人唤作"豪放词之祖"的《江城子·密州出猎》，不禁高声吟道：

老夫聊发少年狂，左牵黄，右擎苍。锦帽貂裘，千骑卷平冈。为报倾城随太守，亲射虎，看孙郎。　　酒酣胸胆尚开张，鬓微霜，又何妨！持节云中，何日遣冯唐？会挽雕弓如满月，西北望，射天狼。

此词一出，词坛顿时掀开新的一页，所谓"一洗绮罗香泽之态，摆脱绸缪宛转之度"（胡寅《题〈酒边词〉》），所谓"指出向上一路，新天下耳目，弄笔者始知自振"（王灼《碧鸡漫志》卷二）。当年的密州壮士们"抵掌顿足歌之，吹笛击鼓以为节"，何等之慷慨，何等之壮观！只可叹：当年四十挂零，年届不惑，"老夫"尚未老。如今五十过八，年近耳顺，"狂"虽依旧，人却再也不是少年。

老了，毕竟是老了。志未就，鬓先秋。此心虽在，身老定州！

定州还有一处当年东坡遗迹，就是定州八景之一的雪浪石。雪浪石乃一黑石，白脉，其纹似石间奔流，本来位于古众春园雪浪斋内，众春园为宋太宗时定州太守李昭亮所建，后韩琦知定州时取“与民同乐，偕众同春”之意，命名为“众春园”。后经多次毁坏多次整修，康熙、雍正、乾隆、嘉庆都曾在此驻跸。1947 年定县解放时，众春园已在战乱中被拆毁，新中国成立后在旧址建学校、干休所等，众春园除存有雪浪石的雪浪斋及苏轼、乾隆碑刻外，其它古建筑物已荡然无存。如今古众春园原址已经变成一家武警医院。穿过医院一座楼门，来到雪浪石面前，大家都非常兴奋。是啊，这可是当年东坡所咏之物啊！

在中国历史上，苏轼是牛僧孺之后与米芾齐名的嗜石成癖者。他对石有着特别的情愫，留下许多咏石诗文，如《仇池石》《雪浪石》《沉香石》《双石（并引）》《咏怪石》《壶中九华》等诗词及《怪石供》《后怪石供》等文章。其中《次韵滕大夫三首 · 雪浪石》云：

太行西来万马屯，势与岱岳争雄尊。飞狐上党天下脊，半掩落日先黄昏。削成山东二百郡，气压代北三家村。千峰右卷矗牙帐，崩崖凿断开土门。揭来城下作飞石，一炮惊落天骄魂。承平百年烽燧冷，此物僵卧枯榆根。画师争摹雪浪势，天工不见雷斧痕。离堆四面绕江水，坐无蜀士谁与论。老翁儿戏作飞雨，把酒坐看珠跳盆。此身自幻孰非梦，故园山水聊心存。

诗从定州附近太行山的雄伟气势写起，突兀撑空，每联都是一个形象而贴切的比喻，接写雪浪石的殊异，从石头的花纹形状，取名“雪浪”，说石如山水江河，立显形象生动，妙不可言。“雪浪”一词，苏轼诗中屡见，如《十月二日，将至涡口五里所，遇风留宿》“今朝雪浪满，始觉平野隘”，《送孙勉》“白河翻雪浪，黄土如蒸面”，《迁居》“长江在北户，雪浪舞吾砌”，《西山诗和者三十余人，再用前韵为谢》“遥知二月春江阔，雪浪倒卷云峰摧”，《答吕梁仲屯田》“夜闻沙岸鸣瓮盎，晓看雪浪浮鹏鲲”，《次旧韵赠清凉长老》“送我长芦舟一叶，笑看雪浪满衣巾”。还有一首诗，长题曰：“昔在九江，与苏伯固唱和。其略曰：‘我梦扁舟浮震泽，雪浪横空千顷白。觉来满眼是庐山，倚天无数开青壁。’盖实梦也。昨日，又梦伯固手持乳香婴儿示予，觉而思之，盖南华赐物也。岂复与伯固相见于此耶？今得来书，知已在南华相待数日矣。感叹不已，故先寄此诗。”可见喜爱雪浪之情。

苏轼欣赏雪浪石，并非由于雪浪石在质地外观上胜于他石，而是因为其“天工不见雷斧痕”的天然之态。由雪浪石，苏轼在诗的结尾宕开一笔，想到故园山水。苏轼知定州时，虽有备边拒乱之举，但因心情抑郁，加之每办一事朝廷多所掣肘，所以常常寄情山水之间，在赏玩之际每每忆起“山不高而秀，水不深而清”的故园山水，还蜀归里之情油然而生。全诗不仅笔力矫健，气势磅礴，而且纵横变化，想象丰富，寄意深远。苏辙、李之仪、秦观、张耒、晁补之、僧道潜等皆有和诗，成为诗坛一时之佳话。元符三年，张舜民守中山，重安雪浪石盆石，正欲作诗寄给苏轼，不料听到苏轼去世的消息，于是写下：“石与人俱贬，人亡石尚存。却怜坚重质，不减浪花痕。满酌山中酒，重添丈八盆。公兮不归北，万里一招魂。”（《画墁集·苏子瞻哀辞》）元人刘因撰有《雪浪石》：

邵家水陆说影象，一物自可涵无垠。沧浪仙人歌感应，石中固有此理存。老坡胸中如此几，魂磊须得银河喷。嘲嵩唾华天不嗔，武夷赫怒张吾军。偶从北海得生气，竹石也爱风姿新。我来正当秋雨霁，一杯冥漠玄都门。小珰好事如先臣，坐令平地石生根。渠家儿戏解忘国，作诗一笑君应闻。

此后，明人白胤谦有《定州元日观东坡先生雪浪石续之以铭》，清人周亮工有《题胡元润画定州雪浪石》，钱大昕有《寄题雪浪石用东坡韵》《雪浪石和东坡韵》《雪浪石二首》，阮元有《大理雪浪石屏用苏公雪浪石诗韵》《再用坡公雪浪石七律韵》，汪师韩有《闻重得雪浪石于临城辇致定州众春园》，魏裔介有《过定州观雪浪石》……今人于觉庐辑有《雪浪石题咏》。可见，雪浪石已成为后人吟咏和欣赏的文化艺术遗产，东坡雪浪斋也随之成为定州历史文化遗迹。1952 年，毛泽东来定县视察，下车便直奔雪浪斋，观赏雪浪石及苏轼题诗，并对沿着盆唇的苏轼诗加以断句。苏轼曾说“凡物皆有可观，皆有可乐”，这首诗可为注脚。

雪浪石分前雪浪石和后雪浪石。前雪浪石是苏轼发现的。杜绾《云林石谱》载：“中山府土中出石，色灰黑，燥而无声，混然成质。其纹多白脉笼络，如披麻旋绕委曲之势。东坡顷帅中山，置一石置于燕处，目之为雪浪石。”元祐八年（1093），到定州任知州的苏轼，在后花园中觅得一方奇石，经过观察欣赏，他见该石通体黑色，上有白色细纹如水面上的层层涟漪（后经人考察为陨石），甚是喜爱，便从曲阳运来汉白玉，琢成芙蓉盆盛之，命名为雪浪石，并作《雪浪斋铭》，环芙蓉盆唇刻之。其铭曰：

尽水之变蜀两孙，与不传者归九原。异哉驳石雪浪翻，石中乃有此理存。玉井芙蓉丈八盆，伏流飞空漱其根。东坡作铭岂多言，四月辛酉绍圣元。

大意是：这块青底石，间有流浪形的白纹，宛若当时蜀地画家孙位、孙知微所画的山水画，又如“石间奔流”和“尽水之变”那样气势宏大，而世人却不识其斑斓奇特之美，致使长期埋于地下，湛青的石面、洁白的花纹，多么像碧绿江面上翻卷着雪白的浪花，其中好像蕴含着深刻的哲理。丈八之围的芙蓉盆雕刻着美丽的芙蓉花，多像一口玉井，飞流之下，从石顶冲刷到盆底，激起一层层水雾，显得更加扑朔迷离，东坡我就此作铭，但还有许多心思是不能说出来的。时在绍圣元年四月辛酉。其前《雪浪斋铭引》云：“予于中山后圃，得黑石，白脉，如蜀孙位、孙知微所画石间奔流，尽水之变。又得白石曲阳，为大盆以盛之，激水其上，名其室曰雪浪斋。”苏轼对雪浪石虽然喜爱，但与牛僧孺和李德裕不同，只愿曾经拥有，不求永远占有。所以，他又在《雪浪石》其二中说：“履道凿池虽可致，玉川卷地若为收。洛阳泉石今谁主？莫学痴人李与牛。”

后雪浪石为清乾隆三十一年（1766），赵州刺史李文耀掘得的一块乳白色的太湖石，乾隆为此写下《御制雪浪石记》，差人将石移至定州众春园，两石从此相映成趣，并被御题为前雪浪石和后雪浪石。钱陈群（1686—1774）撰《恭跋御制雪浪石记后》：“臣惟石之在人间，其受形奇伟者，未有不转移迁徙，不翼而翔者也。至其传不传，则又视其人焉。李德裕、牛僧孺皆好聚石，而传世者绝少。白居易、米芾、僧维则亦有是癖，其人较牛李稍胜，世犹有称之者。惟苏轼一生忠直，去今六七百年，幸遇我皇上重其人品，赏其诗文，即其平生所爱石，亦流连往复，形于歌咏，绘于图画。兹恭读御制《雪浪石记》，持论和平，引据详晰，分见各路，异形同名，而仰邀睿赏则一也。语云：‘人重官，非官重人。’臣又曰：‘石以人重，非人以石重也。’”钱维城（1720—1772）为前后雪浪石分别绘画，又专门模仿苏体字风格书写乾隆《御制雪浪石记》，并撰《御制雪浪石记恭跋》：“考证之道，期于精详。神而明之，要于参互。若乃因言见道，即物穷理，不着迹象，自然宏通。斯得俯视群言，咸尊制作。我皇上多能天纵，富有日新，发挥天文，涌括万汇，无体不备，无美不臻。兹宋臣苏轼雪浪石先后出，大吏以状告，皇上几余考镜，挥翰为记。尺幅之中，灏气流转，千变万化，不可端倪。古所谓‘绛云在霄，舒卷自如’者，又不足以尽之矣。郑樵之考校石经，欧阳修之论辨石鼓，夫安足云。臣忝侍禁廷，景星庆云，先睹为幸，不胜钦仰。恭录圣制本文，并绘二石于题前，以志缘起。臣钱维城谨跋。”乾隆则专门为此卷题写了“超以象外”的引首。陶澍（1779—1839）撰有《用东坡韵题雪浪石铭》，中云：“定州临城屡移置，古色不改苍山根。多君好古手临缩，纸上幻出云涛痕。一拳倏睹千亿本，百东坡化哈同论。壶天底用袖东海，仇池已落青铜盆。铭辞读罢一回首，细推物理薪传存。”

抱着“细推物理薪传存”的心境，大家观赏着雪浪石，用手拂拭盆唇上的石刻，玩味着诗中涵义。那些曾经飘落在雪浪石盆唇上的雨滴，早已追着历史的风烟消逝无痕了，而历代苏东坡的追慕者在众春园遗址有过的兴奋与感触，却依然在年复一年的秋风中轻轻呜咽着。前雪浪石和后雪浪石，诚可谓苏海里凝定和固化了的两朵美丽的浪花，值得后世在此因之而思苏，由之而醉苏尊苏，崇苏追苏，景苏仰苏，敬苏爱苏，慕苏效苏，仿苏拟苏，沿苏袭苏，摹苏学苏，酬苏和苏，祖苏法苏，式苏宗苏，友苏师苏……苏轼在定州，虽然只有短短六七个月，从《东府雨中别子由》算起，作诗 32 首，词 1 首，散文（包括赋、铭与书信等）48 篇，在苏轼全部创作中是很小的数字，但从这些作品中，可以真切地感受到诗人的心声。这些作品随着苏轼在定州的业绩和活动，为定州的一草一木注入了灵气，成就了定州一方文气。苏轼当年踏访过的地方，以及写的、说的、唱的、吃的、用的，都已成为定州的宝贵文化遗产，世代传扬。他在定州的雪泥鸿爪，也已汇入定州演进的历史长河之中，而定州也成就了苏轼，千百年来，他一直是定州人民仰慕和纪念的先贤。

琵琶亭的喧嚣与寂寞

二毛频生之年，于“夜深忽梦少年事”七字，颇有感触。听说此行会路过九江，心为之一动——因为琵琶亭，因为《琵琶行》，因为白乐天。然而，行程手册上没有安排。一丝遗憾，暗暗升起，又淡淡伏下。一路奔波，终于到了九江，就像要拜谒久仰的尊长，重逢久别的朋友，近之情更切。我或许需要先平静一下，于是被拉到长江边迎风晒凉。好在是真正的长江，儿时耳中“你从雪山走来，你向东海奔去……”的那个长江，诗仙笔下“大江茫茫去不还”的那个长江，因此，浩长江堤也阻挡不了亲近你的愿望。走啊走，走啊走，终于在几里地之外，迎面相撞。

行前的那丝遗憾，稍稍舒减。乐天曾谪此江边。我站在黄昏的江岸，想像自己就是乐天，低吟着“主人下马客在船”，暗诵着“低眉信手续续弹”。有人不甘寂寞，提议增加一个景点，一座小说虚构之楼成为首选。那丝寂寞，又回到心边，暗自为伟大的白乐天而抱怨。琵琶亭，因你而建；九江城，因你更显。我今游历至江边，难道只能擦肩而过空嗟叹？“人生行止莫非天？”不，事在人为移江山。于是，与同样身在浔阳楼、心系琵琶亭的同伴打了一个时间差，驱车，驱穿越时空之车，由宋（更准确地说是明）返唐，来到相隔数里之外的琵琶亭。

公元816年，在一个深秋的傍晚，被贬为江州司马的乐天，送客来到江边。水波微澜，寒江茫茫，一轮明月浸在江间。忽然，从水上传来动人的琵琶声，顺着声音找去，原来是一位独守空船的妇人，在用琵琶排遣自己的寂寞和哀愁。于是有了《琵琶行》，于是有了琵琶亭。但有人说，琵琶亭始建于唐代。恐怕未必，因为目前还没有证据。舆地书志中，南宋祝穆《方舆胜览》较早记载说：“（琵琶亭）在西门之外，其下临大江。”实际上最迟在北宋，就有了纪念性的琵琶亭。有诗为证，北宋仁宗朝宰相、江西人夏竦（985—1051）《江州琵琶亭》云：“年光过眼如车毂，职事羁人似马衔。若遇琵琶应大笑，何须涕泣满青衫！”尽管其诗并不认同白乐天的涕泣多情，但夏竦身份高，自然影响大。与之同时的四川人梅挚（995—1059）就认可了这一基调——“陶令归来为逸赋，乐天谪宦起悲歌。有弦应被无弦笑，何况临弦泣更多！”从那时起直到清代，琵琶亭就没有享受过一丝寂寞。历代文人墨客，凡过此地者，鲜有不留下诗文的。

据拙编《白居易资料新编》(中国社会科学出版社2021年版),今存琵琶亭诗词近千首,以琵琶亭为题者近半,是白居易接受史上一道靓丽的风景线,不妨比附佛教中十二缘起的第七支——“受”的三种情形,即苦受、乐受、不苦不乐舍受(参见泰国法身寺法胜大学依据泰国巴利藏写本校订的巴利语《长部》之《大念住经》),约略分为三类。第一类,超然物外,寄托今昔之慨。这是宋代福建人吴处厚(1053年进士)定下的调儿,其《题九江琵琶亭》云:“夜泊浔阳宿酒楼,琵琶亭畔荻花秋。云沉鸟没事已往,月白风清江自流。”义乌人喻良能(1119—1190?)亦云:“琵琶人去几经秋,司马青衫亦故丘。唯有当时亭下水,无情依旧更东流。”无锡人钱子义寓情于景:“舣棹空江万感生,荻花枫叶起秋声。琵琶亭上娟娟月,曾照孤舟此夜明。”江西人宋鸣珂则借景抒情:“布帆无恙且迟迟,送客聊吟白傅诗。月夜有人曾问渡,风流恨我不同时。江心铺练平无迹,柳岸藏星悄未知。一领青衫共沦落,后之来者又伊谁?”

第二类,继承始作俑者夏竦的基调,微讽乐天未能忘情仕宦。如南宋江湖诗人戴复古的《琵琶行》云:“浔阳江头秋月明,黄芦叶底秋风声。银龙行酒送归客,丈夫不为儿女情。隔船琵琶自愁思,何预江州司马事。为渠感激作歌行,一写六百六十字。白乐天,白乐天,平生多为达者语,到此胡为不释然。弗堪谪宦便归去,庐山政接柴桑路。不寻黄菊伴渊明，忍泣青衫对商妇。”四川人魏了翁（1178—1237）还调侃说：“乐天未信果知天，枉为琵琶弦系舡。须识屈信常事耳，暑寒代序月移躔。”（《舣舟琵琶亭次福士张元龙以诗代柬韵》）

第三类，对乐天报以同情之理解。这一基调是另一位江西人欧阳修（1007—1072）奠定的。欧阳修曾经两次路过琵琶亭，一次是在宋仁宗天圣五年（1027）夏，落第还乡途中，经过九江，写下《琵琶亭上作》：“九江烟水一登临，风月清含古恨深。湿尽青衫司马泪，琵琶还似雍门琴。”抒发登临怀古之情，虽情调略有感伤，但当时毕竟年轻，哀而无怨。“雍门琴”用雍门子周以善琴见孟尝君的典故，借指哀伤的曲调。白居易《和思归乐》诗云：“孟尝平居时，娱耳琴泠泠。雍门一言感，未奏泪沾缨。”今徐州城东南有雍门村，相传即其鼓琴之地。昔雍门子以琴见孟尝君，陈辞通意，抚心发声，孟尝君为之增欷歔唈，流涕交横。韩娥曼声，哀哭十里，老幼悲愁，垂涕相对，三日不食；还为曼声，长歌十里，长幼喜跃抃舞，难以自禁。白乐天湿尽青衫，倾情之程度，欧阳修认为不亚于此。另一次是在九年后的宋仁宗景祐三年（1036），欧阳修被贬夷陵（今湖北宜昌），途经长江，再过浔阳，八月十二日，重登琵琶亭，又写下一首《琵琶亭》诗：“乐天曾谪此江边，已叹天涯涕泫然。今日始知予罪大，夷陵此去更三千。”和乐天相似，欧阳修被贬也是因为“越职言事”，所以同病相怜，不免倍感凄凉。怅触天涯的迁谪之恨，意在言外，十分显豁，可谓哀而含怨。若非真情流露，何以如此伤感？欧阳修《玉楼春》亦有“露湿浔阳江上月。不知商妇为谁愁”之慨。欧阳修自号醉翁，源于白居易《别柳枝》诗句“两枝杨柳小楼中，袅娜多年伴醉翁”。明道元年（1032），欧阳修在洛阳撰有《游龙门分题十五首》，其中《八节滩》《白傅坟》，均可见对白傅之追慕，景祐元年（1034）《独至香山忆谢学士》所写在香山伊水之间，“却寻题石处，岁月已堪嗟”，亦含白香山之遗迹，可见欧阳修对乐天报以同情之理解渊源有自。

宋代女诗人叶桂女，也对乐天报以同情之理解——“乐天当日最多情，泪滴青衫酒重倾。明月满船无处问，不闻商女琵琶声。”（《琵琶亭》）江西人刘敞（1019—1068）则写道：“江头明月琵琶亭，一曲悲歌万古情。欲识当时断肠处，只应江水是遗声。”（《琵琶亭》）苏门四学士之一的张耒（1054—1114）诗学白乐天，更有切身体会，其《题江州琵琶亭》云：“危亭古榜名琵琶，尚有枫叶连荻花。呜呼司马则已矣，行人往来皆叹嗟。司马风流映千古，当日琵琶传乐府。江山寂寞三百年，浔阳风月知谁主。我今单舸泛江潭，往来略已遍东南。可怜千里伤春眠，不待琵琶泪满衫。”南宋词人张孝祥（1132—1170）咏叹说：“江州司马旧知音，流落江湖感更深。万里故人明月夜，琵琶不作亦沾襟。”可见，因地近长江的空间之便，在琵琶亭里吟赏明月，相沿成为琵琶亭诗词的常见之景。

宋元之际博陵人崔吉父《题琵琶亭》云："移船商妇颜空老，送客监州鬓已华。命薄才高共流落，沾衣应不为琵琶。"陈造（1133—1203）还称赞说："一诗说尽两心事，遗音翻入歌舞筵。此翁诗名自千古，诵诗亦叹琵琶女。"南宋成都进士郭明复，更进而赞许乐天左迁司马却恬然自安、放怀适意的情怀，其《琵琶亭》诗云："香山居士头欲白，秋风吹作溢城客。眼看世事等虚空，云梦胸中无一物。举觞独醉天为家，诗成万象遭梳爬。不管时人皆欲杀，夜深江上听琵琶。贾胡老妇儿女语，泪湿青衫如着雨。此公岂作少狂梦？与世浮沉聊尔汝。我来后公三百年，浔阳至今无管弦（公诗有'浔阳地僻无音乐'之句）。长安不见遗音寂，依旧康庐翠扫天。"

有趣的是，几百年后，海宁人查慎行又唱起郭明复的对台戏，其《琵琶亭次宋郭明复旧韵》云："春江带城沙嘴白，弓势弯环抱新月。我来纵棹半日游，败意眼前无一物。吟诗直入老僧家，小技忽痒难搔爬。分明有句和不得，古调岂叶筝琵琶。先生不作谁与语，白日茫茫变风雨。男儿失路虽可怜，何至红颜相尔汝！与公相去又千年，依旧荒城无管弦。扫空题壁孤亭在，笑指门前浪拍天。"查慎行有《白香山诗评》，可见他对香山诗是下过揣摩之功的。赵翼《瓯北诗话》评价查慎行说："要其功力之深，则香山、放翁后一人而已。或谓古来作诗之多，莫有如香山、放翁者。初白诗之多，亦略相等。”其“平生所作，不下万首”，后经他删定为4600余篇。看来，香山不仅是他的学习榜样，也是他内心想要超越的对象。

岂止查慎行，仅仅是欲以同题或同体来超越香山《琵琶行》者，就有白玉蟾（1194—？）、方回（1227—1305）、吴伟业（1609—1672）、李兰（1692—1736）、曹秀先（1708—1784）。这里单表最后这位新建（今江西南昌）人曹冰持。他路过浔阳，寻访琵琶亭，看到有亭岿然，但不闻琵琶之声，想起白司马歌咏，彼时情景宛然在目。于是引其词而长之，命曰《衍琵琶行》，将香山《琵琶行》的每一句衍为四句，依次而下，逐句扩写，把88句616言的《琵琶行》，衍化成352句2464言的巨篇。这里浅尝开篇和结尾：“浔阳江头夜送客，吴楚中间开水驿。儿童报道司马来，名曰居易姓曰白。枫叶荻花秋瑟瑟，一派秋声吹觱篥。江上凄清总可哀，况是相逢骊唱日。……座中泣下谁最多，乐极悲来泣当歌。怀土思乡全不耐，镜中发白影婆娑。江州司马青衫湿，半世豪雄付歌什。酒阑归散客亦行，商妇回向客船泣。”虽若蜜中羼水，倒也颇为壮观。其门人杨复吉《衍琵琶行跋》云：“浔阳江头，商妇琵琶。自有白傅一诗，遂成双绝。今更得地山夫子引而申之，千秋韵事，鼎足而三矣。”不吝回护其师，情有可原，但在诗史上，《衍琵琶行》实在是默默无闻。历史无言，却述说一切；流水不语，但淘尽尘沙。

人世沧桑，琵琶亭屡经兴废，多次移址。明万历年间，兵巡道葛寅亮曾建琵琶亭于浔阳城东老鹳塘，不久即废毁。清雍正七年兵巡道副使刘均又复建于湓浦口故址，后亦毁。乾隆四年（1739），九江关督唐英新修琵琶亭。唐英是沈阳人，字俊公，自号蜗寄老人，适与白乐天同寿。他素仰白乐天，称其“文章风儒是吾师”“寓私淑于瓣香”。此番司榷江州，驻节亭侧，多次游览其地，不忍古迹荒落，掏自己的腰包做文化建设，于琵琶亭旁更创小楼三楹，以供登眺，“留先贤之遗韵，供后贤之游观”。乾隆八年（1743）主楼修成，唐英撰《春游琵琶新亭唱和序》云：“琵琶亭，唐白香山遗迹也。在九江榷署之左，相距不里许。历久倾圮，间有古今题咏碑揭，半沦没于寒烟蔓草中，孤亭攲仄，旦晚莫支。余司榷江州，数至其地，不忍古迹荒落，因捐俸，新其亭，更创小楼三楹以供登眺。以冬春雨雪，未遽竣工。癸亥二月九日，始得明霁，而楼宇适成，爰偕同事诸君子，泛舟一游，凭栏远瞩，兴会勃然，率成俚语二章，诸君属和。”情绪显然已经超然于前代琵琶亭诗的悲欢，色调显得轻松明朗，其诗曰：

欲开尘眼每登楼，此日登临兴更幽。远水浮来舟似履，孤亭闲立客如鸥。偶捐匕箸留风雅，喜附人文作胜游。却笑当年白太傅，琵琶声里泣深秋。

乾隆十一年（1746），琵琶亭建筑经过“量节匕箸，经营修葺”，全部完工，亭台楼阁一应俱全。“数年来，始得新其亭，培其台，筑以堤，构以楼、槛、廊、庑”，唐英又撰《重建琵琶亭自记》，并手书《琵琶行》，勒诸石，左建楼，手书“到此忘机”“江天遗韵”“忘机阁”“残月晓风”及“大江东去”，榜于亭。陆以湉《冷庐杂识》载，壁刊白傅遗像，是南熏殿本，为嘉庆中歙人方体所摹。登楼四望，前临大江，后对庐山，左则古木千重，右则人烟稠密。楼下回廊旋绕，境极幽旷。唐英题琵琶亭院白太傅祠联云：“枫叶四弦秋，枨触天涯迁谪恨；浔阳千尺水，勾留江上别离情。”题琵琶亭旁的听雨轩联云：“青衫湿尽非因泪，红豆抛残别有情。”诗句云：“今古商船多少妇，更谁重此听琵琶？”皆颇寓感慨。

这位风雅的九江关督还在琵琶亭壁间悬置诗板，上格横书“风雅长留”四字，下画朱丝作格，备置纸墨笔砚，以待骚客题咏，《随园诗话》卷三载：“客过有题诗者，命关吏开列姓名以进。公读其诗，分高下，以酬赠之。建白太傅祠，肖己像于旁。甲辰冬，余过九江，则太傅祠改作戏台，唐公像亦不见。”甲辰指清高宗乾隆四十九年（1784）。袁枚《琵琶亭吊唐蜗寄榷使》诗感慨说：“一曲琵琶白傅赏，千秋过者犹闻响。远望孤亭枕大江，诗人来去都停桨。蜗寄先生抱古欢，来持英簜守江关。洒潸誃台留古迹，多增朵殿对庐山。老去风情尤娓娓，八墨三儒来者喜。懒征商税爱征诗，满亭铺遍研光纸。一纸诗投两手迎，敲残铜钵几多声。姓名分向牙牌记，宾主重申缟纻情。……落日凭栏一白头，荻花风里再来游。关心别有山阳恨，不听琵琶泪亦流。”唐英将所征集之诗编辑为《辑刻琵琶亭诗》一卷四册，内含自己所绘《琵琶亭图》及所撰《重建琵琶亭自记》。

此后，在芒黄荻白、竹绿枫红的浔阳江畔，榷使姜开阳也曾建有琵琶亭。乾隆五十四年（1789）四月十四日，钱泳（1759—1844）停桡这座琵琶亭下，“时江波漾月，柳影翻风，南望庐山，青苍不断。江上时有小舟载妇人弹琵琶，真江行绝景也。友人周竹珊诗云：‘琵琶一样听来惯，听到浔阳便有情。’”两句诗说得真好。钱泳有幸，逮至咸丰三年（1853），一场兵火，琵琶亭荡然无存。清末有人曾在遗址上别建“宣化宫”，将“古琵琶亭”石匾嵌在宫门上，“文化大革命”期间又遭捣毁。现在的琵琶亭建于 1987 年，1989 年 7 月正式对外开放。占地面积 3300 多平方米，位于九江长江大桥东侧，坐北朝南，面临长江，背倚琵琶湖，是一座仿唐建筑风格的园林，整个庭院采取中轴线对称布局，亭台廊楼依地势而建，有平地，有高坡，分主亭、左碑廊、右碑廊三部分。站在朱门翘檐的琵琶亭门口仰望，上方是萧娴女士 88 岁时所题“琵琶亭”金字匾额，两旁挂着启功先生的楹联：“红袖夜船孤，蝦蟆陵边，往事悲欢商妇泪；青衫秋浦别，琵琶筵上，一时怅触谪臣心。”“怅触”二字，不知是否受到沈阳人唐英“怅触天涯迁谪恨”的启发。

缓了一下神，步入门楼，亭外滨江路车水马龙，亭内青瓦翠树，游人寥寥，幽静安闲。走进亭园的那一刻，时光仿佛停止了流动。亭外的喧嚣，好似上面那些前贤们的种种感慨，与亭内此刻眼前的幽静安闲，截然形成反衬。映入眼帘的照壁上，是毛泽东所书《琵琶行》碑刻，其手书原作现藏庐山。

绕过照壁，是一条稍宽的石板路，路不长。庭院正中，竖立着高三米左右的白居易汉白玉立像。只见乐天面朝东南，头戴峨冠，身着长衫，倒背双手，俊雅飘逸，清新不凡。他颌下长须似乎被江风轻轻吹起，眼中神情好像还沉浸在琵琶声里。庭院内小径蜿蜒，花木扶疏。回望照壁背面，乃“白居易《琵琶行》诗意图”大型瓷砖壁画。与之对应，琵琶亭台基正面镶嵌有大型“浔阳宴别”瓷壁画，喧闹豪华的歌宴场面，既非历史写实，亦与眼下的清寂形成反衬。白居易雕像后建有一小池，池内有石。雕像两旁辟有小园，种有翠竹和松柏等常青树，为亭园增添了几许秀色。

登石阶，拾级而上，就是高十余米的主建筑琵琶亭，它坐落在临江七米高的花岗岩石基上，四周环以白石栏杆，八角重檐，攒尖顶，朱柱碧瓦，古朴庄重，造型简洁，分上下两层。二层金字匾额“琵琶亭”是刘海粟所书。底层楹柱则悬挂有沙孟海书联：“一弹流水一弹月，半入江天半入云。”此联原为清代董云岩集唐代卢仝《风中琴》和杜甫《赠花卿》诗句而成，下联原句为“半入江风半入云”。亭里面供奉着观音大士，不免有些不伦不类。时近黄昏，又值淡季，亭院内除了寂静，还是寂静。

琵琶亭的两边建有碑廊，与亭楼相接。东碑廊是历代诗人题咏琵琶亭的诗词和捐款功德碑。西碑廊打头的是壁嵌浅刻白居易曳筇行吟图，题款“九江博物馆陈尚秋绘”，实际上是摹弘安元年（1278）无学翁（即无学祖元）题赞的白居易曳筇行吟图（传赵子昂笔）。其余是当代书法家题写的白乐天江州诗作，有篆有隶有楷有行有草，或洒脱或凝重或飘逸或朴拙，东西碑廊大小不等的碑刻一共六十二块。那些曾经飘落在石碑上的雨滴，早已追着历史的风烟消逝无痕了，而历代白乐天的追慕者在浔阳江畔有过的失落与同感，却依然在江边的秋风中轻轻呜咽着。

与西碑廊相连，还有一片竹林，虽不大，但风韵颇佳，还有石径石雕点缀其间。站在林内，透过竹枝，迎着夕阳，抚摩无声的石碑，静思这乐天人生轨迹的转弯点，又遥想起香山寺的香火之盛、白园里的喧闹，眼下的琵琶亭不免倍增寂寥。不过，转念一想，寂寥也好。诗人不幸诗坛幸，人至寂寞诗便工。《琵琶行》不就是一首抒写寂寞的诗吗？没有天涯沦落的那种寂寞，就没有《琵琶行》；没有胡儿能唱的琵琶篇，文章已满行人耳的白乐天，也就不是完整的广大教化主了。寂寞，其实往往是一个人的狂欢；而喧嚣，则多半是一群人的寂寞。诗人，唯有战胜寂寞，品味寂寞，享受寂寞，才能成为伟大的诗人。

留给云南的云

记忆之不可靠，似乎是上帝对人类开的玩笑。因此，记录才显得重要。但黑泽明的《罗生门》提示我们，视角和立场不同，记录往往大相径庭。从云南回来有些日子了，尽管在那里寄出的明信片尚未收到，不妨趁着冬日的这个暖暖的、闲闲的午后，记下记忆里的雪泥鸿爪，为着他日的追忆，同时感念这规模宏大的考察集体。

一、银杏村的早晨

考察路线不是热门的“昆（明）大（理）丽（江）”，而是刚发展旅游没多久的腾冲和瑞丽。说是眼下云南旅游的常识是：80 年代看大理，90 年代看丽江，新世纪看西部的腾冲和瑞丽。天还没亮，通州小分队就出发了，意想不到的大雾弥漫天际——五夜漏声催晓箭，京郊晓色雾茫茫。一边满是担心飞机是否能正点起飞，一边在大雾里缓缓前行。到达2号航站楼时，大雾方渐渐散去。进入出发厅，同事已集合在“北京青旅”的导游旗下，加上导游和队医，共88人，同乘上东航航班。机上同事排队上洗手间，场面壮观，成为难忘一景。通州小分队尽管就在紧挨卫生间的最后一排，也并无近水楼台之便。

飞抵昆明后，分兵两路：一路继续前进，直抵德宏芒市；另一路暂留昆明，参观游览金马碧鸡坊和东西寺塔。我在第一路，飞抵德宏芒市后，马上乘车，继续赶赴其名始见于《旧唐书》的腾冲——西南古丝绸之路的要冲。因山路崎岖，弯道极多，一路上多人晕车，包括一位山东壮汉。多亏有段子高手和能说会道的导游，高智商的一号车同事才得以嘻嘻哈哈、毫不寂寞地度过漫长的旅途。半路休息，歇脚在梁河县号称“傣族故宫”的南甸宣抚司署，俗称土司府，据说完整展现了边地土司文化。尽管不在此行计划，司署大门也早已关闭，大家也纷纷以照相的方式，表达“到此一游”的意思。吃过晚餐已快八点，入住腾冲县腾越镇东方路南段的双虹酒店，就在县工商局的斜对面。

吃过早餐，我们分坐三辆大客车，从腾冲县城驱车37公里，来到固东镇东南角的江东银杏村。据介绍，全村人少树多，有820户人家、3000余株银杏。五百年以上的树50余株，四百年以上的树70余株，二三百年的树150余株，三十年以上的树600余株，二十年以上的树2100株。还有中幼林1000亩，约33000株。除古老和天然连片等特色外，江东村最大的特点就是“村在林中、林在村中”。停车的所在是银杏村的陈家寨，令我感到分外亲切。下车后，首先映入眼帘的是停车场边上一排硕大无比的树根。我们随着的导游也是第一次来此，走在村民集资修建的整洁的石道上，感受到扑面而来的浓浓的乡土气息。小路上、墙头上、瓦房上、水沟边、菜地里……放眼望去，到处是金黄金黄的银杏树叶，因为是星期天的早晨，村子里很安静。银杏村里游客早，落叶满村黄不扫。漫步村中小巷，不经意间瞥见银杏枝头有几只白鹭，与蓝天、黄叶和晨曦融为一体。几个转弯，踱进一座农家小院，放着几个木凳石桌，依然是满地金灿灿的银杏树叶，一派安详宁静。如果没有那只红色暖水瓶的提醒，宛然陶渊明笔下的世外桃源，难怪有人称这里为“中国最美小乡村”。对了，和在越南看到的一样，这里也是坟茔建在田旁屋侧。

二、火山公园和叠水河

银杏村不远，就是著名的腾冲火山地热国家地质公园。园内据说有97座火山体，形态完整、安详宁静的有25座，有火山口、火山锥，规模之宏大，分布之集中，类型之齐全，居全国之首。快速参观完腾冲火山博物馆，浏览了里面展放的原生火山蛋、索状熔岩、风化玄武岩、火山榕树、玄武岩柱状节理石、火山浮石、赤色熔岩等许多种类的火山石，余下的时间，只够去其中最近的小空山，让人想起“空山不见人，但闻人语响”“空山新雨后，天气晚来秋”“落叶满空山，何处寻行迹”。实际上，小空山的空，要实得多，和顾彬《空山》的理解大不一样。二十世纪九十年代之前，人们一直以为腾冲火山是“新生代死火山群”。1993 年 5 月，新华社发布消息：我国科学家用气体地球化学研究火山，取得重要发现——已熄灭了的云南腾冲火山群不是死火山，而是处在休眠状态的活火山！这一全新的定性一经传播，便给原本已经够威严和神秘的腾冲火山平添了一抹新的亮色，以致人们在游山观景之时心里又多了一份敬畏与刺激。小空山尽管仅 50 米高，但火山口却大得出奇，直径有 150 多米，且深达 70 米。浑圆的锥体空空洞洞，看似无物，却盛满大自然的无穷奥秘。大家顺时针绕小空山转了一圈，半路发现，有人下到了火山坑里，我也不甘落后，下去一探究竟。由于火山已经处于休眠状态，山坡上长出很多植被，坑底有人用火山浮石摆上了“火山欢迎您”“上海”“西站”等文字，同事也摆成“文学所”三个字，不料上来一看，变成了“文字所”。一下一上，寒意全无，近距离感受了一番火山的热度。

午餐后，参观太极桥和叠水河瀑布。据介绍，此地原有古桥，名为“丽泽”。1912 年，松园王姓因设织机，欲借水力于桥下凿石，石中发现肖似“太极”图样的石纹，乡人以为破坏当地风水，一时舆论哗然。时任滇西军都督府都督的张文光出面调停，由王姓出资，改建成新桥，桥顶内镌太极图，取名“太极桥”，以镇风水。太极桥可谓天造地设，桥以江中大石为墩，呈南北跨向，为双孔悬臂式平板石桥。桥面用石条铺砌，从桥墩往两岸前伸，呈悬臂式支撑。两孔之间的桥墩以河底天然巨石为基地。桥墩平台中间有一精巧而美丽的方形石亭，结构为四柱四横枋四斗拱，转角两边横枋又各置一小斗拱，支撑覆斗状顶盖，内顶镌“太极图”。亭北联云：“太极图呈天地瑞；洪涛状出古今奇。”清末秀才康占斗撰。南侧联云：“万丈水高从地落，一拳山小对人蹲。”不知何人所撰。亭东隶书阴刻“民国二年九月滇西都督大理提督张绍三文光创建，李根源题记”。88人的队伍挤上不足100平方米的太极桥和观瀑亭，一时喧闹非凡。

三、国殇墓园和热海温泉

转过观瀑亭旁的仙乐观，西行七八百米，走过一泓潭水，就到了全国唯一的城市瀑布——叠水河瀑布。下了台阶，站在观瀑台上，凭栏东眺，只见大盈江水在此从46米高的断崖飞流而下，跌入深潭，如银河倒泻，似雪花飞落，若万马驰骤、雷霆轰鸣。明崇祯己卯年（1639）四月十六日，徐霞客来游，记云：“其水从左峡中透空平坠而下，崖深十余丈，三面环壁。水分三派飞腾：中阔丈五；左骈崖齐涌者，阔四尺；右嵌崖分趋者，阔尺五。盖中如帘，左如布，右如柱，势极雄壮，与安庄白水河齐观，但此崖更近而逼。从西崖绕南崖，平对而立，飞沫倒卷，屑玉腾珠，遥洒人衣面，白日间真如雨花雪片。”如此看来气势更胜过今朝。郡人清道光拔贡刘晋康《叠水河瀑布》诗云：“半空雷撼下飞泉，撞破寒潭一洞天。神雨神风生绝壑，飞花飞雪满晴田。帘垂鲛室朝霞拥，剑射龙光紫气连。”又诗云：“非烟非雨望浸浸，电走雷轰势撼山。疑是银河新缺口，玉龙挟浪落人间。”极尽形容，但感觉与德天瀑布、通灵大峡谷瀑布和后面的莫里瀑布相比差远了，小倒在其次，主要原因是今日达到叠水河瀑布的路太近太容易！

叠水河瀑布不远的小团坡，是目前全国最大的烈士陵园——国殇墓园，也是滇西抗战纪念馆所在。《我的团长我的团》播出后，这段可歌可泣的历史为大家所熟知。1942 年，日军占领缅甸，为保护西南大后方，10 万中国远征军入缅对日作战，但是战事不利，战火烧到中缅边境，战斗异常激烈，史称“滇缅之战”。1944 年 5 月，为收复滇西失土，打通西南国际运输大动脉——滇缅公路，使盟国的援华物资顺利进入中国，远征军发起滇西反攻。在盟军配合下，围攻腾冲城，经过 43 天浴血奋战，于 1944 年

9月14日将日寇歼灭，收复了抗战以来的第一座城池——腾冲。此次战役歼敌6000多名，远征军官兵阵亡9168名，盟军官兵阵亡19名。为纪念英烈，1945年，腾冲修建了国殇墓园。园内苍松翠柏，林下绿草如茵，环境幽静，庄严肃穆。进入墓园，看到左右两边各有碑文，都是国殇墓园的题词。

大门右手边草地上，有张问德、李根源、史迪威、陈纳德等人的雕塑。最边上还有一座“倭冢”，埋葬着四具日军尸骨。踏甬道前行，就是展览室，里面展放着滇西抗战时期的军事用品和各种史料。沿展览室，循石级而上，迎面是嵌有蒋中正题李根源书之“碧血千秋”刻石的第二级台阶挡土墙，沿墙分两侧上至第二级台阶，建有庄严肃穆的忠烈祠。忠烈祠为重檐歇山式建筑，上檐下悬蒋中正题“河岳英灵”匾额，祠堂正门上悬于右任手书“忠烈祠”匾额，祠内外立柱悬挂何应钦及远征军第二十集团军将领的题联，走廊两侧有蒋中正签署的保护国殇墓园的《国民政府军事委员会布告》、第二十集团军总司令霍揆彰的《腾冲会战概要》“腾冲忠烈祠碑文”、张问德《答田岛书》、李根源《告滇西父老书》等碑刻。祠内正面为孙中山像及其遗嘱，两侧墙体嵌阵亡将士题名碑石。忠烈祠南侧是滇西抗战盟军阵亡将士纪念碑，北侧是寸性奇将军墓，忠烈祠后为31米高的圆锥形小团坡，最高处就是“远征军第二十集团军光复腾冲阵亡将士纪念塔（民族英雄纪念碑）”。阵亡将士的墓碑自下而上，林立于小团坡，碑下葬有阵亡官兵骨灰罐。面对碑林，听一位同事讲起其父亲征战的一段往事，想到先辈为国家和民族的利益毅然走上战场，不惜牺牲自己，那种大无畏的英雄气概和舍生取义的精神令人景仰。现在祖国日益繁荣昌盛，愿英灵安息。

瞻仰国殇墓园结束后，来到盛和玉庄，同事购买了当地著名的翡翠产品。我在附近转了转。不远处的圆形广场上有徐霞客雕塑，他手握巨笔正在书写“极边第一城”五个大字，可这五大字并不见于《徐霞客游记》。可见历史有时就像任人打扮的小姑娘。

下午大家来到热海风景区，享受不菲的温泉，泡去一天的疲倦，品尝了“珍珠泉”，见识了“蛤蟆嘴”，领略了热海的“大滚锅”，果然名不虚传。更让人稀罕的是，当地人将鸡蛋用草拴成五个一串，让游客放在泉边的气孔上，用麻布盖好，不一会儿就能蒸熟，这就是现在还能看到的“云南十八怪”之“鸡蛋拴着卖”。从“大滚锅”沿石阶再上，转过几个弯，来到一个平台，上有一石亭，名“观海亭”，是为张文光修的纪念亭，亭柱对联为：“问苍天少帅音容何在？撼大地将军忠节世存。”亭后靠山处的石碑上刻“张文光殉难处”。从观海亭顺曲曲折折的下山路朝谷底走，沿路还有小滚锅、怀胎井、珍珠泉、姊妹泉、鼓鸣泉、眼镜泉和美女池等各种名目的泉池，景区充斥着臭鸡蛋一般的硫磺味道，有的热泉泉眼里冒着热气，咕嘟咕嘟像开了锅；有的热泉水深只有寸许，但流出的水中，能见气泡随之而出，气泡破裂时时发出卜卜的响声；有的热泉从岩缝中喷出，雾气飞出数米，让人感到在洗露天桑拿。

四、走进和顺

不算盛和玉庄，一天跑了五个景点，晚上实在累坏了，可依然有精力旺盛的同伴自行安排了夜生活。第二天，去著名的和顺侨乡参观。和顺古名“阳温暾”，因境内有一条小河绕村而过，更名“河顺”，后取“士和民顺”之意，雅化为和顺乡，一说源自“云涌吉祥，风吹和顺”。现有人口 6000 余人，侨居国外者却有万人之多，分布在 13 个国家和地区。全镇住宅从东到西环山而建，渐次递升，绵延两三千米。一座座古刹、祠堂、明清古建筑疏疏落落地围绕着这块小坝子。乡前一马平川，清溪绕村，垂柳拂岸，李根源诗云：“远山茫苍苍，近水河悠扬，万家坡坨下，绝胜小苏杭。”2005 年 10 月，和顺被评为中国十大魅力名镇之首。

走进和顺，宛如走进一座开放的博物馆。穿过“文治光昌”牌坊，便看见一条小河绕村而过，正是“一水护田将绿绕，两山排闼送青来”的景色。踏上跨河而建、形似双虹卧波的双虹桥，右手是“中国乡村文化界堪称第一”的和顺图书馆，轩朗雄伟。其前身就是同盟会员寸馥清组织的“咸新社”和1924年成立的“阅书报社”，后经海外华侨和乡人捐资赠书，1928年扩建为图书馆，1938年新馆舍落成。迄今藏书70000多册，古籍珍本10000多册，馆内题字题辞者有胡适、王云五、熊庆来、廖承志、李石曾、龚自知、李根源、李曰垓、钱伟长、顾廷龙、楚图南、李希泌等，可谓名流云集。双虹桥左面则是“和顺小巷”，走进去，先看到的是和顺大马帮博物馆。馆外对联一云：“负重致远南丝路，流光溢彩翡翠城。”一云：“马帮载来朱波友谊，商旅送去华夏文明。”同伴凑趣，即景吟了一联：“双虹桥边草色青，和顺巷口马帮行。”沿河东行，一幢幢各有特色的民居鳞次栉比，处处都可触摸到斑驳的岁月和丰厚的文化气息，令人由衷地慨叹——在这极边之地，居然藏着一个如此辉煌的村落，简直是一个奇迹。和顺现存千余间古老民居，不少是乾隆年间修建的，历经几代，最终形成庞大的民居建筑群。整个民居建筑群依山傍水，利用天然地势精心营造，布局严谨，构思新颖，既相互毗邻，又各自独立，错落有致。在这里，可以领略徽派建筑粉墙黛瓦的神韵，可以欣赏江南古镇小桥流水的身影，还可以看到西方建筑、南亚建筑的元素。一间间民居院落别具特色，格扇门窗大都经过精雕细镂，精致而华美，装饰性与写实性相比衬，造型变化多端，工艺细腻精湛，形象逼真，气韵生动，使人仿佛置身琳琅满目的画廊。房屋里面的古老供桌、椅凳等，无声地叙述着和顺的衰与荣。

当年描绘的金粉已经不再鲜亮，斑驳的雕漆却难掩昔日的辉光。建于清咸丰五年的刘氏宗祠就是这样。这座宗祠风格精致典雅，两侧园中植有梅兰竹菊，环境清幽，尚存乾隆古碑“永免钱粮”“保我子孙”，还有汉高祖刘邦、光武帝刘秀、昭烈帝刘备的三祖遗训碑，目前国内最大的“家堂”上供奉着刘氏祖先的神龛，宗祠内匾联、题词比比皆是，弥漫着浓浓的宗族文化气息。

五、世外桃源

走进和顺，宛如走进一幅天人和谐的世外桃源。整个古镇在晨雾中像个刚苏醒的少女一般，安静而悠远；在清澈的山水间，空气一尘不染；四面青山环抱，蜿蜒的大盈江水白练般镶嵌在广袤的稻浪和黄花之间，静谧而又耀眼；一泓绕村碧水，河畔古柳如烟；鹭鸶、野鸭、水牛、稻花，活现了与尘世隔绝的理想田园。河畔一座座石拱桥和洗衣亭掩映其间，洗衣亭下村妇捣衣，鸭鹅戏水，可别小看这洗衣亭，它代表的是一种文化，就像人们说的那样，洗衣亭是最温柔、最有特色的公益建筑。它是外出闯荡的华侨们为家里守望的女人而建的，全国独有。出刘氏宗祠，有一座水碓李德贵妻百岁石牌坊，背面是云南省主席唐继尧题写的“天姥峰高”。“百岁坊”向南，一路景色宜人，东面是地下涌泉形成的元龙潭，潭方数十亩，碧波荡漾，水体澄澈，游鱼可数，潭周边以精美石栏饰之，潭中石亭翼然，潭畔古木参天。可谓“十亩碧潭一鉴开，天光水影共徘徊”，走着走着，我突然发现，潭水中央有一个稻草人做成的老渔翁正在垂钓，映着晨曦，显得格外悠闲自在，于是唤来同伴，驻足留影。

过了元龙潭，便来到元龙阁。阁前广场中央，树立着巨大的水车，还有一棵婀娜多姿的榕树，像把巨伞。阁下有一清澈的小湖，湖中有六角尖顶重檐木结构的亭阁，结构精美，颇具特色。碧波粼粼的元龙潭如一面明镜，倒映着临潭而建、古色古香的元龙阁，青山如黛，绿影婆娑，潭边依依的杨柳、碧波荡漾的池塘、亭亭玉立的荷花，与亭台楼榭交相辉映，雅趣盎然，一派人间仙境之景。临潭而立的元龙阁建于明崇祯年间，清乾隆二十七年（1762）重修，由山门、龙王殿、三官殿、魁星阁、观音殿组成，是儒释道三教合一的道观，背靠青山，面临绿水，构思奇巧，结构紧凑，众多名家名联增添了高古的氛围。

从元龙阁东上了一个山坡，就到了艾思奇纪念馆。他青年时代所写的《大众哲学》和《哲学与生活》两部著作，曾引导无数青年走上革命道路。他的《辩证唯物主义和历史唯物主义》长期以来都是高等院校的哲学教科书。纪念馆前临元龙幽潭，后枕凤山，地势高旷，建筑占地 2345 多平方米，主体是典型的中式建筑，为其父于1930年所建。艾思奇去世后，其夫人王丹一于1979年专程由北京回到腾冲，将故居献给国家。1984年，腾冲县政府决定在此建立艾思奇纪念馆，当年10月正式对外开放。纪念馆环境清幽典雅，设有若干陈列室，分别陈列有艾思奇青少年读书求学时期、延安参加革命时期以及新中国成立后他学习、著书、讲学等图片资料和文稿实物。

只恨时间短暂，和顺图书馆、滇缅抗战博物馆、李家巷、寸氏宗祠、盛孅幽光牌坊等只能匆匆浏览。即使这样，也成为“打狼”的一员，上车就被揶揄了一番。“细数落花因坐久，缓寻芳草得归迟”，这么美的和顺，值了。摘抄崔永元的介绍，作为小结：

和顺有很多不足：第一历史太短。和顺小镇只有六百多年的历史，比美国的历史才长四百多年。第二开放太早。和顺早在四百多年前就已经开放了，当时乡里人就走出了国门。第三建筑风格比较凌乱，有徽派的、有江南水乡的、有欧式的、也有中西合璧的，建筑不太注意更新，到目前为止还原封不动，原样保留着。第四是对文物不是特别珍惜。第五和顺人都不务正业。经常是放牛的老人清晨上了山，把牛放在山上吃草，自己却到图书馆看书。

六、北海湿地和中缅边境

到达四面环山的国家级保护湿地——北海湿地，已经中午时分。湿地其实就是沼泽地，被称为“地球之肺”“地球之肾”“生命摇篮”和“鸟类乐园”，对生态平衡起了很好的作用。北海湿地一共有 460 000 平方米，可是作为游览区的部分其实已经不是以往意义上的那种泥沼地，上面长满了绿色的植被。在远处的群山环抱中，在飘过几朵白云的蓝天的衬托下，这片湿地就像牧场一样，美极了。可是由于刚刚拖了大家的后腿，只走了一半就匆匆返回了。后来看到同事博客上绝美的照片，后悔得很。

午餐后，远赴西部边陲口岸瑞丽。再次路过南甸宣抚司署，看到了大门后的风景。继续向西南前行，在导游连绵不断的无忌的笑话中，一路无倦。歇脚在一处极美的山坳中，第一次感觉到：云南的云，格外的“云”。于德宏芒市西约 6 千米，抵达金碧辉煌的风平佛塔。德宏傣族信仰小乘佛教，村村寨寨多建缅寺与佛塔，当地傣族人称之为“广姆”。据记载，最早的风平佛塔有东塔和西塔两座，是乾隆六年（1741）芒市傣族土司请来一位长老主持修建。傣语称西塔为“广姆刚勐”，意为芒市坝的中心塔。该塔 1805 年曾遭受地震损坏，但得到及时的修复，1966 年又被毁。1986 年重建了现在这座造型华丽的风平佛塔。主塔高 23 米，四周环列小塔 28 座，犹如众星捧月，拱卫于母塔四周，构成挺拔雄奇的主塔体。主塔和子塔尖部稍下有玲珑剔透的金色宝伞，伞沿系有银铃，随风摇曳，叮咚作响，悦耳动听。夕阳西下，晚霞如火，闪闪发光的金塔着实耀人眼目。美中不足的是，卫生间实在不卫生。

来到畹町的中缅友谊桥，大家纷纷在界碑前留影。“畹町”系傣语音译，意为“太阳当顶”，全市面积 95 平方千米，国境线全长 28.64 千米，隔河与缅甸九谷山水相依，鸡犬之声相闻，为西南陆路通往缅甸和东南亚国家的主要通道，有“西南国门”之喻、“袖珍城市”之称。晚餐后，入住瑞昌酒店。稍事休息，同伴就相约一起去感受一番当地的大排档。歌酒相欢，此乐何极。闹到半夜，方兴尽散去。

七、独树成林和莫里瀑布

次日一早，停车在 320 国道终点，留影于中华人民共和国瑞丽口岸（中缅边境国门），接下来，一上午的主题就是在中缅一条街购物。瑞丽江市区文化广场也成了一景，几个没兴趣照相、有劲儿没处使的壮男，兴致勃勃在广场上打起了篮球。午餐后，参观距市区 20 千米的“独树成林”，只是一棵大榕树，但她垂下的根茎一个个也垂入地面自行生长起来，所以整个占地面积达到了好几亩地那么大，变得好像一个树林一样，打破了“单丝不成线，独树不成林”的习闻。后来知道，西双版纳傣族自治州勐海县打洛镇边境贸易区内的曼掌寨子旁，也有“独树成林”，距中缅219号牌约500米，亦为大叶榕树。和景区里四个六七岁大的缅甸小女孩儿坐了一会儿，只有一个会说汉语，给我留下比“独树成林”更深刻的印象。

下午来到此行最后一处景点——莫里瀑布原始森林，这也是一天中唯一感觉有点儿意思的地方。“莫里”是傣语，意为“美丽的瀑布”，古人称之为“扎朵”，是傣语地名，意即“盲管式峡谷”，缅语叫“姐驮”，巴利语叫“八洞”。景区还有一泓天然温泉，传说佛祖释迦牟尼曾在林区内的温泉旁斋戒沐浴，并留下一只硕大的脚印，趾掌清晰，栩栩如生，俗称“佛脚印”，信徒兴建金塔一座，护卫神迹。走进翡翠谷，只见群山逶迤，峰回路转；曲径通幽，流水潺潺；奇花异卉，触目而见；老茎生花，古木荫天；奇树抱石，枝蔓藤缠；尤其是空气清新，令人飘飘欲仙。走到最深处，才看到莫里瀑布的身影，站在瀑布旁，感受丝细的水珠亲吻肌肤的清凉感觉，眺望盘旋瀑布上空的苍鹰，觉得确实值得走这么远！

参观完德宏潞西市德凤茶厂，乘机飞抵昆明。刚洗完澡，又被叫去吃夜宵。喝了个烂醉，浪费浪费，真是惭愧。但头一次与这么多同事在这么晚喝酒，实在值得记一笔。第二天上午，感受了“首堵”之外的“昆堵”，逛完昆明佳盟花卉市场，告别了云南，飞过滇池，飞过大观楼，飞过“五百里滇池，奔来眼底。披襟岸帻，喜茫茫空阔无边！看：东骧神骏，西翥灵仪，北走蜿蜒，南翔缟素。高人韵士，何妨选胜登临。趁蟹屿螺洲，梳裹就风鬟雾鬓。更苹天苇地，点缀些翠羽丹霞。莫辜负，四围香稻，万顷晴沙，九夏芙蓉，三春杨柳。　数千年往事，注到心头。把酒凌虚，叹滚滚英雄谁在？想：汉习楼船，唐标铁柱，宋挥玉斧，元跨革囊。伟烈丰功，费尽移山心力，尽珠帘画栋，卷不及暮雨朝云。便断碣残碑，都付与苍烟落照。只赢得，几杵疏钟，半江渔火，两行秋雁，一枕清霜”，安全回到北京。

五天里，还有许多记忆，像味道、眼神和一闪而过的感觉，尽管有照片的提示，也难以一一记录在这里，就让他们沉默于脑海深际，或留给云南的云吧。

内蒙古纪行

中国地图上，北京西面，有一匹昂首奔腾的骏马，那就是内蒙古。内蒙古素以辽阔的草原闻名于世，所谓“天苍苍，野茫茫，风吹草低见牛羊”，中学课文有《内蒙访古》，讲的是大约 50 年前翦伯赞的内蒙古之行，介绍了大青山及其南麓的古长城，还有著名的昭君墓。高中同学毕业 20 周年聚会不久，我有机会去了趟内蒙古，将课本和现实融汇，切身体会了草原文明的今貌。

一、内蒙古博物馆

抵达呼和浩特，直奔内蒙古博物馆。考察一个地方的历史文化，最直观便捷的，当然是参观当地博物馆。内蒙古博物馆分老馆和新馆，老馆位于市中心新华街和呼伦贝尔路交叉口，楼顶塑有凌空奔驰的骏马，成立于1957年5月1日，是全国少数民族地区最早建立的博物馆；新馆在东二环路，2007年8月作为向自治区成立60周年献礼工程而新建，外型雄伟壮观，气势宏大。进入博物馆大门，首先映入眼帘的是天穹之下的大厅。右侧是“化石之乡”内蒙古古生物化石陈列，展现古生物化石的概况、生物进化的历程、戈壁沧桑变迁的奇迹，以时代全、门类多、分布广、保存好而著称。近年来，内蒙古地区在恐龙等古生物化石的发掘、研究方面取得突破性进展，查干诺尔龙、古似鸟龙、巴克龙、原角龙、绘龙以及恐龙足迹、恐龙蛋、含胚胎蛋化石等，受到中外科学界瞩目。古生物是指全新世以前（距今约一万年）的生物，全新世以后则称今生物或现生物。古生物死亡后，经埋藏、石化等地质作用，遗体或遗迹有的能保存下来，就形成了化石，分遗体化石（又称实体化石）、遗迹化石、铸模化石及化学化石等。化石具有重要的科学价值，是研究动植物生活习性、繁殖方式、生态环境的实物证据，乃古地理、古气候、地球演变、生物进化之鉴证，能对地球上生物的大批死亡、灭绝事件的研究提供实体和实地。

距今20亿年前的元古宙早期，内蒙古出现最早的生命记录，这里的山川、湖泊、草原、森林，孕育了丰富多彩的远古生命史，经过漫长的岁月，到地质历史的显生宙中生代，这里已是万木参天、绿荫如海的热带亚热带世界，其间活跃着庞大的白垩纪恐龙动物群。作为往昔生命长河中最为成功的类群，恐龙自出现到灭绝，在地球上整整繁衍生息了一亿五六千万年之久，历史辉煌而悲壮。距今二亿二千五百万年到六千五百万年前的中生代，内蒙古是恐龙等爬行类动物生息的乐园，成为当今世界驰名的恐龙化石产区。博物馆中最抢眼的查干诺尔龙，是 1985 年内蒙古锡林郭勒盟的查干诺尔建设化工厂时发现。经鉴定，是生活在白垩纪早期的蜥脚类恐龙，装架后身长 26 米，高 7.7 米，抬起头来有 12 米高。这种恐龙的头比其他蜥脚类龙要大得多，腰带（骨盆）上的肠骨、耻骨与坐骨愈合紧密，大腿骨长达 1.8 米，上面有许多凹穴，使肌肉附着十分有力；肩胛骨长达 1.5 米，显得细长，这在其他蜥脚类恐龙是很少见的。这些结构说明，查干诺尔龙的行动并不迟缓和笨重。白垩纪末期，恐龙日趋衰落，哺乳类逐渐取代其位置而成为陆地上的新主人。距今六千五百万年至一万年前的新生代，是内蒙古哺乳动物鼎盛时代，其中著名的是猛犸象和披毛犀。它们是适应寒冷气候的动物，背部毛长达 50 厘米，长毛下面还有一层绒毛，皮下脂肪厚达 9 厘米。猛犸象的头颈部分还有高耸的大“驼峰”，可以储存大量的脂肪，这些都是对生活在冬季严寒、食物较少的地区的适应。参观完一层和地下的内蒙古远古生物的世界，感受到物种灭绝、生物迁化的巨变。看来，生物与其生活环境是相互作用、相互制约、密切相关的，各种生物只能适应一定的环境。面对今天的森林锐减、土地沙漠化、水土流失、水资源危机、有毒化学品污染，人类已经认识到维护生态平衡的重要性。

接下来的参观，是历史人文方面的内容。内蒙古以草原文明著称，内蒙古博物馆是草原文明的一个缩影。二层的展览，分为草原日出（丝绸之路）、草原服饰、风云骑士（鞍马文化）、苍穹旋律（社会风俗）、草原华章、古道遗珍等六个部分。三层的展览，分为草原烽火、草原风情、草原天骄、草原雄风等四个部分。内蒙古地区自古以来就是北方少数民族活动的大舞台，不同时代的历史文物造型独特，具有鲜明的草原文化特色。匈奴、东胡、鲜卑、突厥、契丹、党项、女真、蒙古等古代北方草原游牧民族的文物，构成历史文物藏品的特色。内蒙古是亚洲古人类文明的发祥地之一，文明的源头一直可以追溯到旧石器时代。距今七十余万年的大窑文化遗址（呼和浩特东郊），是旧石器时代早期古人类打制石器的制造场。在鄂尔多斯高原萨拉乌苏河沿岸，以及呼伦贝尔满洲里市札赉诺尔，则发现距今五万年至一万年左右的旧石器时代晚期古人类的遗存。历史发展到新石器时代，内蒙古东部区发现了距今八千年前的兴隆洼文化，七千年前的赵宝沟文化，六千至五千年前的红山文化，五千至四千五百年前的富河文化、小河沿文化，四千至三千五百年前的夏家店下层文化。在阴山之南黄河河曲一带，距今七千至六千年左右，出现了以白泥窑文化为典型代表的原始聚落，继白泥窑文化后，是距今约五千五百年左右的庙子沟文化，四千七百年前的阿善文化，四千五百年前的老虎山文化和永辛店文化，永辛店文化后距今约四千年至三千五百年出现了朱开沟文化。

与中原的农耕文明和西方的海洋文明不同，内蒙古草原文化极具民族特色。以服饰为例，草原服饰展览中，分战国时期的匈奴族、北朝时期的鲜卑族、辽代的契丹族以及元代和清代的蒙古族几个部分，博物馆展出的各种各样具有鲜明民族特色的服装和饰物，不啻草原文化的一个缩影。儿时学过的赵武灵王“胡服骑射”的故事，在这里也有形象逼真的蜡像。引人注目的还有鄂尔多斯市出土的匈奴王鹰形金冠饰、虎牛咬斗纹金带饰，是匈奴文化的瑰宝；赤峰市出土的曲刃青铜短剑是东胡民族遗物；乌兰察布市发现的金龙佩饰、马头鹿角形金冠饰、牛头鹿角形金冠饰、金步摇冠饰是鲜卑贵族使用过的装饰品；赤峰市出土的双鱼龙纹银盘、鱼龙纹银壶、波斯银壶，是与唐代“草原丝绸之路”有密切关系的重要文物；造型各异的鸡冠壶和赤峰市辽驸马墓出土的鎏金、玛瑙、银质马饰具，是辽代文物的精品。内蒙古博物馆的藏品实在丰富，遗憾的是，限于时间，只能走马观花，不免挂一漏万。

二、王昭君博物院

午餐是在“巴音浩日娲”，汉语的意思是“富饶的宇宙”，据说是呼市最有特色的蒙餐，第一次喝到地道的奶茶是咸的，当然也有甜的，还有肉肠与血肠、烤羊背、烤羊排、压桌小碟的奶皮、奶豆腐、酸奶、凉拌莜面等等，不但丰盛而且地道，更令人难忘的是听到了现场版的蒙古长调和呼麦，令人荡气回肠。宾主十分尽兴，一直持续到三点多，才依依作别。来到著名的蒙牛集团，已经四点多。这家企业尽管只有十年多的历史，但已遐迩闻名。参观了牛奶生产流水线，第一次直观地目击了牛奶是怎样包装的，以及为什么会有“蒙牛奇迹”的诞生——流水线旁巨幅展板上云：“想过成功，想过失败，但从来没有想过放弃。”“只为成功找方法，不为失败找理由。”还看到一个故事——狮子与羚羊的故事。故事告诉我们，在逃避死亡的追逐中，首先要战胜的是自己。在澳亚国际牧场，直观地看到了牛奶是怎样产生出来的——成千上万头奶牛整齐有序地走入现代化挤奶机，耳际是舒缓悦耳的乐曲。

当然这一天最盼望见到的，就是翦伯赞《内蒙访古》中提到的昭君墓——

王昭君已经不是一个人物，而是一个象征，一个民族友好的象征；昭君墓也不是一个坟墓，而是一座民族友好的历史纪念塔。

琵琶一曲弹至今，昭君千古墓犹新。今天的昭君墓，已升格为昭君博物院。博物院位于呼市南六千米处的大黑河南畔，由昭君墓和一系列纪念性建筑组成，包括仿嫱云石雕、汉代阙门、青冢牌坊、董必武题诗碑、昭君雕像、神道石像生、和亲铜像、匈奴文化博物馆（含昭君出塞陈列）、昭君纪念馆、单于大帐、历代诗碑廊等。长长的步道上，董必武 1963 年题写的《游昭君墓》诗碑很有特色：

昭君自有千秋在，胡汉和亲识见高。词客各摅胸臆懑，舞文弄墨总徒劳。

这和前代文人以哀怨为主的调子迥然不同。翦伯赞两年前也有《题昭君墓》："旗亭历历路茫茫，风雪关山道路长。莫道蛾眉无志气，不将颜色媚君王。汉武雄图载史篇，长城万里遍烽烟。何如一曲琵琶好，鸣镝无声五十年。"也是站在历史的高度，赞成和亲。

临行前阅读了林幹等《昭君和昭君墓》（内蒙古人民出版社 1979 年版）、鲁歌等《历代歌咏昭君诗词选注》（长江文艺出版社 1982 年版），了解到王昭君姓王名嫱，字昭君，西汉南郡秭归（今属湖北）人，汉族，匈奴呼韩邪单于阏氏。汉元帝时以“良家子”入选掖庭。呼韩邪来朝，元帝敕以五女赐之。王昭君入宫数年，不得见御，积悲怨，乃请掖庭令求行。呼韩邪临辞大会，帝召五女以示之。昭君“丰容靓饰，光明汉宫，顾影徘徊，竦动左右。帝见大惊，意欲留之，而难于失信，遂与匈奴”。尽管“意态由来画不成”，但无妨想象为“翠眉颦处楚边月，画卷开时塞外云”（吉师老《看蜀女转昭君变诗》）。

建筑面积3000平方米的匈奴文化博物馆，主体以古朴的草原游牧民族风格为表现形式，具有东西文化交流的特色，顶部为匈奴王冠——雄鹰展翅青铜装饰物。陈列内容以出土文物、文献资料及多种表现形式，展示匈奴历史文化的全貌，意在通过了解匈奴历史和汉匈关系，加深对昭君出塞历史功绩的理解。唐人咏昭君多指责毛延寿，写昭君之顾恋君恩，例如杜甫路过昭君故里秭归，有《咏怀古迹》其三，诗云：

群山万壑赴荆门，生长明妃尚有村。一去紫台连朔漠，独留青冢向黄昏。画图省识春风面，环佩空归夜月魂。千载琵琶作胡语，分明怨恨曲中论。

王安石《明妃曲二首》其一却说：

明妃初出汉宫时，泪湿春风鬓脚垂。低徊顾影无颜色，尚得君王不自持。归来却怪丹青手，入眼平生未曾有。意态由来画不成，当时枉杀毛延寿。一去心知更不归，可怜着尽汉宫衣。寄声欲问塞南事，只有年年鸿雁飞。家人万里传消息，好在毡城莫相忆。君不见，咫尺长门闭阿娇，人生失意无南北。

说昭君之美貌，本非画像所能传达，昭君流落异域的命运，未必比终老汉宫更为不幸，结尾更指出，昭君的悲剧是古今宫嫔之共同命运，议论精警，突过前人。当地传说，每年“凉秋九月，塞外草衰”的时候，唯有昭君墓上草色青青，碧绿如茵，所以，昭君墓又称“青冢”，蒙古语称“特木尔乌尔琥”，意为“铁垒”。青冢兀立，巍峨壮观，远远望去，显出一幅黛色朦胧、若泼浓墨的迷人景色，人称“青冢拥黛”。对了，“呼和浩特”在蒙语中的意思就是“青色的城”。

昭君墓前，是并骑的王昭君和呼韩邪单于，一个温柔秀丽，一个威武粗犷。雕像下面刻有蒙汉两种文字的“和亲”。并骑的马头朝向西方。为什么呢？导游说，这和昭君出塞的路线有关，公元前33年他们是从长安出发向西行至甘肃庆阳，经陕西榆林、内蒙东胜、杭锦旗、包头向漠北。从西安出发向西走，所以马头朝西。可是从昭君出塞路线图上看，好像并非如此。还是看看这形制壮观的昭君墓吧。昭君墓最早见载于唐代杜佑《通典》。据考证，汉代由人工积土夯筑而成。墓体状如覆斗，高达 33 米，墓前有平台及阶梯相连，底面积约 13000 平方米，是中国最大的汉墓之一。李白《王昭君》云："汉家秦地月，流影照明妃。一上玉关道，天涯去不归。汉月还从东海出，明妃西嫁无来日。燕支长寒雪作花，蛾眉憔悴没胡沙。生乏黄金枉画图，死留青冢使人嗟。"相传，昭君死后，汉匈人民非常悲痛，纷纷赶来送葬，用衣裳襟包着土，一包包填在坟上。送葬的人成千上万，络绎不绝，每人都想多捧几包土寄托哀思，所以竟垒成一座形似小山的坟墓。王昭君真的葬在这里吗？事实上这只是昭君的衣冠墓，因为古代北方少数民族贵族死后都采取秘密下葬方式，墓前一般不立碑。晚上东方路桥集团宴请大家在蒙古风情园用餐。酒酣耳热之际，我临时将杜甫的《咏怀古迹》其三唱为歌曲，好朋友说好像有"红军不怕远征难"的影子，知音啊。

三、格根塔拉草原

第二天去内蒙古规模最大、距呼和浩特最近（140 千米）的草原旅游景区——格根塔拉。格根塔拉是蒙古语，意为"辽阔明亮的草原"，一说"夏日营盘"，夏季放牧的地方，明显不如前者令人神往。位于大青山北麓的杜尔伯特（四子王）旗草原，是内蒙古唯一跨盟市经营的最大的旅游企业。举世瞩目的载人航天飞船主着陆场距此50千米。格根塔拉始建于1979年，1996年转制民营企业，经过大规模的扩新改建，已形成集食、宿、行、游、购、娱为一体的，独具草原风情的旅游景区。

心随着车里播放的蒙古歌曲《蓝蓝的天上白云飘》而动，窗外掠过一棵棵昂首绽放的向日葵，一路上，零星见到一些蒙古包和放养的牛羊，并无名副其实的“风吹草低见牛羊”，但大家仍充满了对大草原的期待和向往。没见过草原的人，不知道什么是天高云阔。终于到了格根塔拉草原，跳下车，置身这片辽阔的土地，前方的草原、后方的毡包，让人如在梦中。

格根塔拉的公共卫生间现代化程度很高，水龙头都是感应出水，设施均为名牌，沿墙环绕几十面长方形玻璃镜面，洗漱整妆可保留私人空间，这样的公共服务，无疑提升了景区的含金量。西部的变化发展，正像国画中的晕染技法一样，由点及面逐渐铺开。蓝天碧水，绿草如茵，无边无际的绿一直渲染到了天边，给人一种安静和无限的感觉。到处是充满生机的青草，草地间点缀着一些不知名的小花，花香之下，还有虫语。虫，主要是指蚂蚱。碧蓝纯净的天空下，绿色的草原层次分明：嫩绿、草绿、黄绿、油绿、深绿、墨绿，由近及远，一望无边，点缀其间的是成排的蒙古包和一队牛车。空气中夹杂着青草的芳香，混合着草原特有的牲畜味道，沁人心脾。

数百年来，蒙古族居住的蒙古包，无论在功能或外观上，都与游牧民族的习性紧紧贴近。蒙古包早期叫穹庐或毡帐，是草原先祖千年智慧的积累。蒙古包即拆即装，结实耐用，材料简单，便于携带，其造型圆润，能够抵挡10级的大风而不倒。包顶的拱形设计，承受力强，大雨大雪能迅速排除，不至积累，更无坍塌之忧，适合高原气候及游牧生活。

格根塔拉旅游区，设有200多顶传统蒙古包，还建有现代豪华蒙古包50顶和战车式蒙古包100顶，战车包是水泥建成，具有蒙古包外形和宾馆标准间内置。毡包是富含本土色彩的典型民族建筑，由铁棍和毛毡支建搭围，可以盘腿坐在毛毯上，就着华莱士瓜喝奶茶，细细品尝西蒙草原的味道。

从1990年起，每年7月25日至31日，内蒙古一年一度的那达慕大会固定在格根塔拉举行，“那达慕”意为娱乐和聚会，每当丰收季节举行的那达慕是草原各族人民庆贺丰收的盛会、蒙古民族文体习俗的集锦，是体验蒙古民族风情的最佳时选。我们去的时候，那达慕刚刚结束，但是有幸看到了草原牧民最喜好的体育运动项目——摔跤表演。蒙古式摔跤具有独特的民族风格。摔跤比赛时，身穿铜钉牛皮坎肩“昭达格”，头缠红、黄、蓝三色头巾，脚蹬蒙古花皮靴，腰扎花皮带，下身穿套裤，脖子上挂着五彩飘带（飘带越多大概越厉害），出场时，双方摔跤手挥舞双臂，然后互相搏斗。蒙古式摔跤不分等级，采取淘汰方式，决赛出冠军手、亚军手和季军手，分别授予荣誉称号和奖品。格根塔拉摔跤队给大家奉献了精彩的摔跤表演，还有马术表演。马对于蒙古民族有着特殊的意义，蒙古人把马奉若神灵，是马带着这个民族南征北战，带着他们横扫欧亚大陆，他们的骑兵让人不寒而栗，用自己的力量证明了文明的软弱。也许他们的民族性格更像马——沉默、朴实，同时骁勇不羁、桀骜不驯。马上技巧为蒙古民族传统技巧类体育项目。广阔的内蒙古草原和牧场成为马术运动成长的摇篮。牧民在日常生活与生产劳动中均离不开骑马，养成了善于骑马、热爱马上运动的优良传统，在熟练掌握驾驭马匹的各种技能后，已规范形成今天的蒙古族马术运动。格根塔拉马术队精彩的马术表演和熟练的马上技巧动作堪称一流，令我们大开眼界。

来到千人宴会大厅，边欣赏蒙古族民族歌舞表演，边大快朵颐的午餐之后，自然也要体验一下草原驰骋的感觉。目标是几千米外的敖包。从前在家乡骑过马，很过瘾。不过，这次在蓝天白云之下，真正的大草原上驰骋，而且时间较长，感觉就很不一般。开始，我坐在马背上，颠簸得非常厉害；后来，干脆将重心落在马镫子上，半哈着腰，悬空半站着，这才舒服了一些。大家越骑越快，发出原始的呼叫，上了一个山坡，就到了敖包。最早知道敖包这个词，是从《敖包相会》开始的，这是电影《草原上的人们》中的一首插曲，后来才知道，“敖包”是蒙古语，意为“石堆”或“山顶上凸包”，后来演变成为崇拜大自然文化的特定符号而被草原人民信奉。走在茫茫的大草原上，每隔一定的距离，就会看到在相对较高的山坡上，有一个用石头堆砌而成的圆形建筑——敖包。从远古时期形成的敖包，是蒙古民族崇尚大自然的产物，是人与自然和谐共存的灿烂结晶。从那时起，蒙古民族就萌生了强烈的生态意识和人之外的天的旨意。对于草原上的万物百态，萨满教完全视为长生天神灵的显现，无论是静态的、动态的万物，都含有生命内涵，各司其命，相互依赖，缺一不可，和谐共存地支撑着草原的绿色世界。山顶敖包数量一般由 3、7、9、13 等数字来组成，“13”在草原上表示着凯旋吉利的象征，所以，大部分敖包的祭祀日都定在农历 5 月 13 日。但也有随机择日祭祀的敖包，敖包一般一年一祭。敖包分为家族敖包，部落群体敖包，苏木、旗、盟三级扎萨克敖包等。根据人们寄托于敖包使命的不同，分为多种敖包，如“孩子”敖包，就是寄托求子、祈祷赏赐的敖包。还有为纪念战将、战马功绩而设的纪念敖包。祭敖包集会上，有喇嘛主持的兴师动众的祭奠仪式，有赛马、摔跤等古典色彩的传统项目，还有蒙古长调、歌舞表演等现代艺术的精彩表演。格根塔拉草原旅游中心内有一座附近草原最大最有名的敖包，大家绕着这座敖包顺时针转了三周，呼唤心中的“呼瑞”（“好运来”的意思）。

四、大召无量寺

回到呼和浩特，已经五点，我们又补上昨天日程上的遗珠——大召。“大召”蒙语称“伊克召”，意为“大庙”，位于内蒙古自治区首府呼和浩特旧城玉泉区大招前街著名的玉泉井（九边第一井）旁边。大召距今已有四百多年的历史，是蒙古族人民修建的第一座藏传喇嘛教寺院，也是呼市内最大的黄教寺庙，居于明清著名的“七大召”之首。蒙古土默特部首领顺义王阿勒坦汗创建于明神宗万历七年（1579），明神宗朱翊钧赐名“弘慈寺”。据说是“先有召，后有城”，呼和浩特曾经被誉为“召城”。召城有幸在 1586 年迎请到三世达赖喇嘛索南嘉措，这要归功于阿拉坦汗父子。三世达赖喇嘛索南嘉措，成为大召寺第一位也是唯一一位活佛，这位活佛把藏传佛教格鲁派传播到了土默特地区。从那个时候起，大召寺在整个藏传佛教中获得了很高的地位。

清太宗崇德五年（1640），皇太极命土默特都统重修大召，并以满、蒙、汉三种文字，赐名无量寺。这个名称沿用至今。而在民间，除了大召寺而外，人们还把这座寺庙称为“银佛寺”和“大乘法轮召”。“银佛寺”是因大召寺供养着一尊全国最大的银制释迦牟尼佛祖像而得名。而

“大乘法轮召”的得名，则与阿拉坦汗和三世达赖喇嘛索南嘉措之间的一段佳话有关。在清朝，大召寺享有特殊的尊宠：清政府为管理喇嘛教，在全国设立5个喇嘛印物处。这5个印物处是北京雍和宫、山西五台山、沈阳小故宫、呼和浩特大召寺，另一处在今蒙古人民共和国乌兰巴托。大召寺作为五大印物处之一，在呼和浩特地区享有政教合一的权利。喇嘛印物处职位最高的掌印扎撒克达喇嘛，不仅掌管87座寺庙的所有事物，还可以调动呼和浩特城的所有兵马。作为皇家寺院，大召寺还享有在寺庙顶上铺设黄瓦的资格。

大召是少有的不设活佛的寺庙。这主要是因为康熙曾在此住过几日，为了表示对皇帝的尊敬，僧侣们取消了活佛的转世规定。大召占地面积约30000平方米，现存建筑物有4145平方米。寺院坐北向南，分东、中、西三路，沿中轴线的中间一路为主体建筑，建有牌楼、山门、天王殿、菩提过殿、藏经楼、佛殿等建筑。左右附属建筑有东西配殿、九间楼、厢房、乃琼庙、家庙等，是呼和浩特市现存最大最完整的木结构建筑。寺院外面还建有环绕召庙的甬道及东西仓门。大雄宝殿为寺内的主要建筑，采用藏汉结合的建筑形式，整个殿堂金碧辉煌、庄严肃穆。大召寺院建筑考究，为藏汉结合式，大殿是常见的藏汉式喇嘛庙形制，其余部分依照传统中式庙宇的式样而建。进入山门后，可以看到一座非常雄伟的大殿。殿前竖有两根裹满五色布的旗杆，蓝色代表蓝天、白色代表白云、红色代表火焰、绿色代表绿水、黄色代表大地，寓意镇妖禳灾、祈福降安。大殿屋顶上有着藏传佛教的标志“法轮”，两边还有聆听大乘妙法的小鹿和藏传佛教另一个标志三叉戟。据说只要看到屋顶上有三叉戟，那么百分之百那就是藏传佛教的建筑。

进入殿内，尽管已经黄昏，但殿内规定不许开灯，所以看不太清楚墙上的壁画。转着法轮，大家来到佛像前。整个供奉佛像的部位上，耸立着三尊高大的佛菩萨铸像，后面是达赖四世、土默特部蒙古人云丹嘉措和达赖五世的塑像，明清两佛像，木雕两佛像和木雕二龙戏珠。大召的珍藏品极为丰富，包括佛殿内的各种彩塑、金铜造像、晾佛节展出的巨幅唐卡、108 部甘珠尔经卷以及宗教活动使用的铜铸镀金的各种法器、面具等，都是珍贵的历史文物和艺术珍品。最著名的则是大召“三绝”。第一绝：大召寺佛殿神龛中高 2.55 米、一吨半白银铸就的释迦牟尼像，距今已有 400 余年历史，是中国现存最大的银佛之一，落成时，西藏的达赖三世索南嘉措曾亲临大召，为银佛举行了“开光法会”，大召也因此有了“银佛寺”之称。第二绝：蟠在银佛前侧高大红柱上、用黄泥纸浆塑成、作双龙戏珠状的金色蟠龙。第三绝：殿壁上绘制的有关佛教典故的壁画。银佛、龙雕、壁画这三绝都是与大召寺同龄的历史遗物，然而在大召寺的荫护下，经受四百载时光剥刻，银佛的庄严宝相还能透过信徒身体的每个毛孔渗到心里，龙雕依然神完气足、威武遒劲，壁画却颜色黯淡，现出斑驳之相，形貌已然模糊。在导游的指示下，亲眼看见这三绝，在场的人无不为古代劳动人民的智慧和工艺所惊叹。

来到菩提过殿，你会发现，用金碧辉煌来形容大召毫不为过。藏传佛教是以西为尊，因此，不管是转经，还是进入正殿，都应该遵守西进东出的规则。据说在讲经传教时，喇嘛也会根据各自级别分成东西两面而坐。小喇嘛们会定期接受对功课的测试，只有测试成绩优秀的人，才能喝上鲜美的肉汤。经堂门前阶下，有明天启七年（1627）铸成的一对昂首扬威的空心铁狮，铸造水平高超。看过《大召寺怀古》诗碑，已经六点了，一个小时的游览也告结。走出大召，坐上大巴，一路上繁华无比，据说以这里为中心的玉泉区是呼和浩特市旧貌的活化石，在 5.64 平方千米的老城区内，名胜古迹甚多，堪称“庙宇林立，比似佛国”，素有“七大召八小召，七十二个免名儿召”之说，而其点睛之处就是大召寺。毗邻的席力图召、五塔寺、乃莫齐召和观音庙等，也是驰名中外的旅游胜地，此番只能割爱，希望以后有机会再来参观。

五、成陵旅游区

第三天一早，大家告别呼和浩特，赴鄂尔多斯，参观成吉思汗陵。路上，经过包头市以南 50 千米鄂尔多斯达拉特旗的响沙湾。因景区内有东西 500 米长的沙湾，呈弯月状，沙丘高度为 110 米，坡度为 40 度，从沙丘顶部滑下，沙子会发出轰鸣声，故名“响沙湾”。响沙的成因众说纷纭，科学工作者进行过多次考察，得出的理论有筛匀汰净理论、摩擦静电说、地理环境说、“共鸣箱”理论等，莫衷一是。这里沙丘连绵，景色壮观，浩瀚的库布其大漠风光无限，嫩黄色的沙漠一望无垠。因为时间有限，略作停留之后我们便继续赶路了。

在东方路桥集团属下的速 8 酒店安顿好。吃过午餐，略作午休，下午 2 点继续出发，先在车上游览了鄂尔多斯的新城区。作为一个城市，鄂尔多斯十分年轻。2001 年 9 月 28 日伊克昭盟撤盟建市，这才有鄂尔多斯市。鄂尔多斯是蒙古语，意为“众多的宫殿”。鄂尔多斯市位于内蒙古自治区西南部，西、北、东三面被黄河环绕，属黄河上中游地区，境内黄河流长 728 千米。鄂尔多斯历史悠久，是人类文明的发祥地之一，萨拉乌苏文化和青铜文化源远流长。35000 年前，古河套人就在这块广袤的土地上繁衍生息，创造了著名的河套文化。十三世纪，一代天骄成吉思汗亲征西夏，途经鄂尔多斯，被这里的美丽景色所打动，选为长眠之所。

历史上的鄂尔多斯，是一个水草丰美、“风吹草低见牛羊”的富庶之地，后来因自然气候变迁、战乱、放垦等原因，生态环境遭受严重破坏。新中国成立后，虽历经几代人不懈奋斗，但直到2000年时，全市植被覆盖率仍不足30%。进入二十一世纪后，鄂尔多斯抓住国家实施西部大开发的历史机遇，通过农牧业生产方式的全面变革，生态环境脆弱的状况发生质的逆转，开始由不断恶化向整体遏制、局部改善转变，植被覆盖率达到目前的70%以上，占全市国土面积48%的沙漠、48%的丘陵沟壑和干旱硬梁区全部披上了绿装，形成生产发展、生活改善、生态恢复、人与自然和谐相处的新局面。

作为内蒙古第三大城市，鄂尔多斯拥有丰富的自然资源，以“扬眉吐气”著称。“扬”指羊毛和羊绒制品，有“纤维宝石”和“软黄金”之称的阿尔巴斯白山羊绒就产自这里，是温暖全世界的鄂尔多斯羊绒衫的主要原料。鄂尔多斯羊绒制品产量约占全国三分之一、世界四分之一，已成为中国绒城和世界羊绒产业中心。“眉”指煤炭，预测总储量7630亿吨，已探明储量1496亿吨，占全国储量的六分之一。“吐”指稀土，也是当地的重要资源。“气”指天然气，探明储量8000多亿立方米，占全国储量三分之一，全国最大的世界级整装气田——苏里格气田位于境内。由于“扬眉吐气”的关系，鄂尔多斯发展速度飞快，经济实力超强。路过乌兰木伦河，主人（东方路桥集团工作人员）下车给我们介绍了政府的远景规划。

来到伊金霍洛旗甘德尔草原上的成吉思汗陵旅游区，

正好是下午四点钟。成吉思汗即元太祖，原名铁木真，公元 1162 年出生于蒙古部乞颜孛儿只斤氏的一个贵族家庭，凭借机智勇猛，经过多年征战，统一了漠北草原各部。1206 年，蒙古各部落首领在斡难河畔召开大会，共同推举铁木真为大汗，建立大蒙古国，尊号“成吉思汗”，意为“像大海一样伟大的领袖”。成吉思汗是威震欧亚、叱咤风云的杰出政治家、军事家，他戎马一生，征战中亚和南俄，建立的地跨欧亚大陆的蒙古帝国是迄今为止世界上疆域最为广阔的帝国，几乎占全球三分之一的土地面积。1227 年，成吉思汗征讨西夏时死于军中，时年 66 岁，恰与欧阳修、王安石、苏轼同寿。

因为成吉思汗死后被秘密安葬，其真正的灵柩究竟埋在何处，至今仍是一桩历史悬案，虔诚的子孙只好把成吉思汗生前用过的宫帐，安放在阿尔泰山和肯特山之间的高原上，建起八座白色的毡帐，人称“八白室”。这八座白色的毡帐，便成为成吉思汗象征性的陵寝，几百年里，接受着成吉思汗后代的祭祀。元朝灭亡后，“八白室”随负责守护的鄂尔多斯部迁移。清顺治六年（1649），清朝授予鄂尔多斯左翼中旗额林沁以郡王的爵位，任伊克昭盟盟长，他为了会盟的方便，把“八白室”迁移到他所辖的境内，即现在的伊金霍洛旗。伊金霍洛，就是“帝王的陵墓”或“主人的陵园”的意思。抗日战争时期，成吉思汗的灵柩曾迁到甘肃省榆中县兴隆山安放，后又迁到青海省滨中县的塔尔寺。1954年春，内蒙古自治区组织迎接成吉思汗陵寝代表团把成吉思汗灵柩迎回原地安葬。1956年正式建为成吉思汗陵，一直由成吉思汗的后裔达尔扈特蒙古人专门担任守护，如今是他第35代子孙守陵，现在每年举行四次祭奠活动，其中农历三月二十一日为传统祭奠日。

成陵旅游区以陵宫为核心，由苏勒德祭坛和“三区”“两道”“八景”等组成。“三区”，即文物保护观光游览区、生态恢复保护区、视觉景观控制区。“两道”即从“气壮山河”入口门景到成吉思汗陵宫的4千米长的“成吉思汗圣道”和环绕巴音昌霍格草原、连接各景点的16千米长的“风景道”。八景，即游客活动中心、游客教育中心、祭祀观光游览区、蒙古民俗村、神泉风景区、休闲度假中心、那达慕马术活动中心和热气球俱乐部。

首先看到的是“气壮山河”。“山”字形的建筑，犹如巨大巅峰至顶劈开，圣山如崖，壁刻粗犷豪放的十三世纪蒙古文字和草原岩画，一段段史实映入眼帘。成吉思汗跃马雕像，矗立中央，英武神威，直入苍穹，颇具特色的蒙古文化门景显示出开天辟地、气壮山河的宏伟景观。

其次来到“铁马金帐”。这里完整展示了成吉思汗军阵行宫的大型实景雕塑群，再现成吉思汗一生戎马、征战南北、横跨欧亚、浩浩荡荡、气势磅礴、创建伟业的历史画卷，令人仿佛感受到成吉思汗指挥百万大军，奋勇出征、统一蒙古的真实场景。

再次进入“亚欧版图”。这是世界上最大的以版图形式重现蒙元帝国疆域的景点。成吉思汗及其子孙创建的广袤疆域横跨亚欧，地括3200万平方千米，打通东西方文明通道，促进了世界文明进程和历史文化的发展。

最后则是“蒙古人家”。以最典型的蒙古六大部落文化特征为代表，集中展示蒙古族古老而传统的生产生活、礼仪服饰、歌舞娱乐、宗教信仰等习俗，犹如进入草原深处、蒙古人家，让我真切地感受到马背民族的独特文化和千年神韵。

六、蒙古历史文化博物馆

蒙古历史文化博物馆是目前国内外唯一专题收藏、研究、展示蒙古历史文化的博物馆，建筑造型独具匠心地设计为蒙古文“汗”字形状，即帝王之意，颇具蒙古民族文化特色。建筑面积5800平方米，南北长150米，东西最宽处90米，分为序厅、尾厅、曲廊式和五个阶梯式展厅。2004年完成馆建工程，2005年6月18日正式开馆。

博物馆的展览内容，分为历史和文化两大部分，包括蒙古族的历史进程、草原放牧、游牧生活、文化娱乐、风俗礼仪和宗教信仰。序厅以金色为基调，画龙点睛式的穹顶浮雕、圆雕表达了蒙古族起源和图腾之意，两侧以两块大幅画面分别简略地表示了蒙古族的历史和文化特征。序厅前以飞腾起伏的勒勒车组合寓意了蒙古族的发展和文化的辉煌。展览形式以文物和辅助展品、《蒙古历史长卷》油画、动态展示为三条展览主线，以生态环境、场景道具、现场表演、参与体验为背景。

馆中最抢眼的，是一幅目前世界上最长最大的油画——《蒙古历史长卷》，幅长 206 米，高 2.5 米，由 137 个画面组成，以成吉思汗及其子孙业绩为主题，以草原、森林、山川、河流为背景，展现了蒙古族起源、成吉思汗出生及成长、蒙古高原各部统一、成吉思汗建立蒙古帝国及其扩张、元朝建立及繁荣发展、蒙古族退居漠北草原、建立北元政权等场景，将蒙古族 206 年（1162—1368）的历史以连续不断的结构形式绘制成为一幅完整的长卷，沿墙壁悬挂，到第五展厅结束，可谓一部形象化的《蒙古秘史》，真实地反映了蒙古民族最辉煌的一段历史进程。该油画是由蒙古族油画家王延青主创，这位内蒙古美术馆馆长是内蒙古草原画派的代表人物，参与绘制的还有 20 多位画家，历时一年完成。油画采用写真的手法将蒙古族的历史画面有机地融为一体，场面宏大，气势浩荡。

博物馆收藏文物千余件（套），复制文物近千件，收藏品专一化、系统化，以蒙古民族为主题，收藏有大量蒙元时期的珍贵历史文物、近现代蒙古族各部落民族民俗文物。文物展线贯穿展览始终，以先蒙古族的早期游牧民族为序言，以示蒙古族文化的继承性，紧接着以蒙古民族的历史和文化顺序陈设。文物精品主要有蒙古汗国的铁制矛类兵器、铜火炮、皮制弓服箭囊、板耳金杯和银杯、贵族妇女姑姑冠头饰、回鹘文石刻；有元代的铜火铳、锁子甲、织锦袍服、女奴顶灯石雕像、莲花纹石臼、石螭首、鎏金龙首铜辕饰、玉壶春瓶、褐釉葡萄瓶；还有明清以来的蒙古族妇女头饰、龙柄马头琴、蒙医皮药包和药袋、马驼用具、狩猎工具、蒙古式木雕、彩绘家具等。在这里，我想起翦伯赞在《内蒙访古》中说的："他们像鹰一样从历史上掠过，最大多数飞得无影无踪，留下来的只是一些历史遗迹或遗物，零落于荒芜蔓草之间，诉说他们过去的繁荣。"

动态线从曲廊展厅尾部开始，利用右侧展线直达尾厅，设计有参与类、制作类等。出口右侧为通联展柜，是临时展线，包括商品展销。尾厅为蒙古可汗纪念堂，以五彩斑斓的蒙古图案和鹿首圆雕为基调，体现出绚丽多彩、吉祥富裕的蒙古文化和独特的民族精神，展示有蒙古民族历史上的 38 位可汗画像和简介，说明自成吉思汗以来的黄金家族后裔对蒙古族乃至对中华民族和世界文明历史和文化的发展所做出的贡献。可汗（合汗）突厥语意为皇帝，源于鲜卑族。成吉思汗是蒙古族第一位可汗。蒙古历史共 38 位可汗，历蒙古汗国和元明两个时期，计 429 年，其中汗国时期有 4 位，即成吉思汗、窝阔台汗、贵由汗、蒙哥汗，历 65 年。元代有 11 位可汗，从忽必烈始，到顺帝妥欢帖木尔止，历 97 年。明代蒙古族退居漠北，史称北元，历 281 年，共有 23 位可汗。公元 1634 年，蒙古历史最后一位大汗林丹汗去世。38 位可汗中成吉思汗黄金家族 35 位，卫拉特蒙古部首领 3 位。另外，还有成吉思汗季子拖雷等 3 人临时监国执政。走出蒙古历史文化博物馆，便来到成吉思汗中心广场，它是成吉思汗陵旅游区与成吉思汗陵之间的过渡。

七、成吉思汗陵

继续乘车，来到真正的成吉思汗陵，这是 2007 年重修的。宽 9 米、高 2.3 米、厚 1 米的“成吉思汗陵重修记”碑，由蒙、汉、英、日四种文字书写，气势恢宏、古朴典雅，碑文由鄂尔多斯市委书记、市人大常委会主任云峰撰稿，书法家康庄书写：“成吉思汗，历史伟人。圣主陵园，天地仰之。世纪伊始，鄂尔多斯政通人和，乃重修成吉思汗陵，新建文化博物园，洵为时势之所趋，民心之所归。遂划地百里，斥资数亿，历时五载，终成巨制。观圣殿，穹庐金宫，拱角飞檐，星斗文字，匾额高悬。八宫以序列，四殿互通联。神灯佑大地，圣桶祭长天，强弓配利箭，镂镫饰雕鞍，更有祭坛高筑，圣纛俨然。此皆圣主之所遗，绝世而空前。再览文博园，宏厅荟文化之璀璨，长卷凝历史之绵延。铁马嘶鸣，恍若耳际，金戈挥舞，犹在目前。弓挽月满，箭鸣星寒。遥想一代天骄，纵马扬鞭，驰骋欧亚，声震宇寰，功名耸玉阙，青史著河山。看圣地今朝，泽被苍生，茫茫大漠，绿野新妆。神奇热土，华章竞显。百姓相与乐，天人共和谐。圣主之裔，当秉天骄精神，赋历史新篇。钟灵毓秀，文韬武略，豪气贯长虹，胸襟纳百川。路漫漫，争光日月。风浩浩，直挂云帆。成吉思汗，英名永垂天地。鄂尔多斯，走向世界，正一往无前。”

走进成吉思汗陵，首先映入眼帘的，是古色古香的门牌坊，后面就是成吉思汗的骑马铜雕。跨上九十九级台阶，是一代天骄的陵寝。陵园主体是三座互相连通的蒙古包式大殿，黄色圆形穹顶，下由绿色八角飞檐楼阁组成，占地1500多平方米，坐北朝南，殿宇飞檐，金碧辉煌，似一只展翅欲飞的雄鹰。正殿纪念堂高26米，悬挂蒙汉文写成的“成吉思汗陵”金字匾。东西殿高23米，后殿和东西走廊高20米。整个建筑具有蒙古民族传统建筑艺术风格，显得雍容大方，雄伟壮观。

正殿殿堂正中，有一座5米高的成吉思汗彩色塑像，神态威严。雕像两侧，陈列着成吉思汗时代的珍贵文物。后殿里的三个蒙古包式的灵包里，供奉着成吉思汗与三位夫人以及两位胞弟的灵柩。东殿的灵包里，供奉着成吉思汗四子——拖雷及其夫人伊希（忽必烈父母）的灵柩。西殿供奉成吉思汗的军徽苏力德、象征其九员大将的九面旗帜以及成吉思汗时期的鎏金银马鞍。陵宫各殿和两廊内墙上，均有大型彩色壁画，描绘成吉思汗非凡的一生，以及当时蒙古族的社会情况、宗教信仰和生活习俗等。陵园东侧平台上，展放着成吉思汗时期的遗物——木制双轮巨车、铸铁锅、铁制战车轮等。

大殿的西侧，是新建的苏力定（苏勒德）祭坛。东侧则是商更斡尔阁白宫。从苏力定祭坛出来，西侧还有一座1977年树立的碑亭，记载着成吉思汗不平凡的一生。成吉思汗陵也有一座敖包。在敖包附近，我们邂逅了一匹雪白无比的“天马”，这是此次成陵之行难忘的压轴一笔，大家纷纷与之合影留念，流连忘返。

最后的晚餐是在一座蒙古包大帐里。一群粗犷的蒙族歌手，捧着洁白的哈达，手持银制的酒碗，伴和着马头琴的弹奏，引吭高歌，转着圈，向在场的客人敬酒，为客人送上真诚美好的祝愿。学着草原人喝酒的模样，我也用无名指蘸上碗中的酒，敬天、敬地、敬自己、敬周围人，然后一气饮下，留下祝福，也留下了心愿，希望有朝一日可以再来蒙古草原。

出访荷兰

金秋九月的第一天，乘坐着中国南方航空公司的飞机，我们顺利抵达荷兰首都阿姆斯特丹市的史基浦（Schiphol）机场。在接待教授田海先生引领下，随即踏上城际列车，不久便到了莱顿。这座风景优美的小城位于阿姆斯特丹市和海牙市之间的古莱茵河畔，与鹿特丹市、乌特勒支市相毗邻，公共交通极为便利。莱顿全市面积只有 23 平方千米，人口只有 11.6 万。之所以出名，并非因为它是风景秀丽的度假胜地，也不是因为十三世纪这里兴起了欧洲最早的纺织、冶金和印刷等工业并一度是欧洲的纺织工业的中心，而是因为这里拥有一所世界著名的高等学府——莱顿大学。莱顿大学成立于 1557 年（在中国，正是明朝万历三年），是荷兰历史最久的大学，也是声望和学术地位最高的大学。莱顿城与莱顿大学已融合在一起，变成了名副其实的大学城，全城 11.6 万人口中，大学生就有 1.5 万余人，教职员工 7000 多人，莱顿大学 130 多座建筑设施分布在莱顿市各个角落。

莱顿大学汉学研究院（Sinological Institute of Leiden）成立于 1930 年，是举世闻名的欧洲乃至西方汉学研究重镇。戴闻达（Jan Julius Lodewijk Duyvendak, 1889—1954）、何四维（Anthony F.P. Hulsewé, 1910—1993）、许理和（Erik Zürcher, 1928—2008）、伊维德（ Wilt L. Idema，1944—）、田海（Barend ter Haar, 1958—）先后出任汉学院院长。现任院长是柯雷教授（Maghiel van Crevel）。莱顿大学汉学院是荷兰重要的对华交流基地，虽然名为学院，但实际上是一个系的级别，属于文学院，按照正常理解，应该叫莱顿大学中文系，事实上，这是荷兰唯一的中文系。不过，因为汉学院是其最早的名字，已有相当久远的历史，而且因为除了莱顿大学校内的一些经费以外，汉学院有时候能直接从荷兰政府获得资助，所以人们习惯上还是称之为汉学院。汉学院现有学生 180 人，教职员工 10 余人。莱顿大学汉学院的历届毕业生，有的出任驻华大使或国务秘书，有的担任驻华记者或重要商务代表，也不乏分赴哈佛大学、伦敦大学等世界名校汉学教育基地执教者。

汉学院与日文系、韩文系位于同一栋建筑。这是一栋结构别致的建筑，其材料大部分是木制的，屋顶是整片的玻璃天窗，采光充足。宽敞的中庭摆着藤桌藤椅，是师生平常休息和吃午饭的地方。中庭的墙上悬挂三块字迹已经磨灭的石碑。另一面墙上悬挂着一副高大的黑漆金字中国对联，上联“窃愿官清民乐通国欢声歌化日”，下联“惟期政简讼平满堂和气引春风”，横批是“政贵有恒”，在对联左侧还有五块木匾。对联和木匾都是十八世纪从印度尼西亚华侨会馆引进，2001 年 9 月悬挂时，请了印尼华侨及有关人士前来参观，并举行庆祝酒会。在走廊墙壁上，悬挂着题有隶书“真理探求”（二楼）、篆书“学海最高峰”（一楼）的书法作品，远远从落款上看，皆为“七十八翁计南”所题。

莱顿大学汉学院有三个结构性的教授席，分别是中国语言文学教授席、中国历史教授席和现当代中国教授席。相应有三个组。最大的组是中国语言和文学组，有八九个人。柯雷《荷兰莱顿大学汉语教学和汉学研究的历史及现状》（《国外汉语教学动态》创刊号，2002 年 12 月）介绍说，任务有三：一是语言习得，包括古代汉语和现代汉语的语言习得；二是语言学，是对语言有意识的一种理解，并不是学习那种语言本身，而是把语言作为一个现象去研究；三是文学，各种文体、各种背景，古代、近代、现代、当代都包括在内。第二组是中国历史组，也包括一些宗教学，有三四个人。第三组是现、当代中国组，有五个人，研究现、当代中国的政治、经济、社会问题等等。在汉学院入口处的教职员工姓名牌上，中文系（Department of Chinese Studies）在职教师有柯雷（Maghiel van Crevel），施耐德（Axel Schneider），田海（Barend J.ter Haar），麦约翰（Jan De Meyer），雷哈诺（Hanno E. Lecher），章因之（Y. Z. Zhang），A. J. D. L. Sison，J. M. Wiedenhof，M. van der wijk，Tak-wing Ngo，O. J. Moore，C. H. Lin，S. R. Landsberger，K. Aalderink，A. B. Amir，R. V. Cristini，C. J. Gallacher，A. Keyser 和 P. N. Kuiper 等，共计二十人左右。

此次出访是中国社会科学院与荷兰皇家科学院（Royal Netherlands Academy of Arts and Sciences，简称 KNAW）签订的学术交流协议项目，为此拟定了两个计划：第一，调查《通报（*Toung Pao*）》的办刊历史和现状，交流办刊经验。第二，调查莱顿大学汉学院所藏荷兰汉学家高罗佩有关中国古代典籍方面的藏书。

一、《通报》的历史和现状

接待教授田海先生就是《通报》两位主编之一。2006 年 9 月 4 日上午，我们就这一出访计划专门与田海先生进行了交流。田海教授，1958 年出生，毕业于莱顿大学汉学院。1994 年，任德国海德堡大学汉学系非主任教授职位（C3 级），方向是社会和经济史。六年以后他回到母校，就任莱顿大学汉学院中国历史教授席，2002 年 8 月 15 日至 2004 年 10 月 15 日，曾担任莱顿大学汉学院院长，卸任后，就任《通报》主编。田海教授的主要研究领域是中国民间宗教和秘密社会，也做一些人类学方面的研究，著有《中国宗教史上的白莲教》(*The White Lotus Teachings in Chinese Religious History*, Leiden: E.J. Brill, 1992; paperback edition: Honolulu: University of Hawaii Press, 1999)、《天地会：事实和神话》(*The Ritual and Mythology of the Chinese Triads: Creating an Identity*, Leiden: E.J. Brill, 1998; paperback edition: Leiden: Brill, 2000)、《讲故事》(*Telling Stories: Witchcraft and Scapegoating in Chinese History*, Leiden: Brill, 2006）和 24 篇学术论文。

《通报》创刊于 1890 年，以英、德、法语出版，是西方汉学史上最早的学术刊物，在西方汉学界有很好的声誉，被公认为目前国际上最具权威性的三种汉学杂志之一。另两种，一种是由哈佛燕京学社主办的《哈佛亚洲研究》(*Harvard Journal of Asiatic Studies*)，1936 年创刊；另一种是哥伦比亚大学出版社的《亚洲研究杂志》(*The Journal of Asian Studies*)，原名《远东季刊》(*Far Eastern Quarterly*)，由 1941 年 6 月创建的远东协会于 1941 年 11 月创刊于安阿伯，1956 年第 16 卷第 3 期改为现名。这两种杂志都是在美国发行，历史都比《通报》要晚。欧洲还有一种比较有影响的汉学杂志，即伦敦大学的《亚非学院院刊》(*Bulletin of the School of Oriental and African Studies*)，1917 年创刊。不过《亚非学院院刊》涵盖范围比较广，除亚洲之外，研究领域还涵盖非洲和中东，而《通报》则如其副标题“INTERNATIONAL JOURNAL OF CHINESE STUDIES”所昭示，是国际性的、纯粹的中国学研究杂志。

《通报》创办者是莱顿大学汉学院首任汉学教授施古德（又译薛力赫 Gustaaf Schlegel，1840—1903）与法国汉学家、莱顿布雷尔出版公司老板考狄（又译为高第 Henri Cordier，1849—1925）。目前是每年发行两卷（册）。从1890年第一期起，一直采用两位主编负责编辑的方式，一位是莱顿大学汉学院教授，另一位则是法国汉学家，不一定是由某一大学或单位出面，但大约从20世纪40年代起，法国的汉学家几乎都是出身于巴黎的法兰西学院（Collège de France），譬如现任法方主编就是法国社会科学高等学院研究导师、法兰西学院汉学研究所所长魏丕信（Pierre-Étienne Will, 1944　）教授，他著有《十八世纪中国的官僚制度与荒政》（*Bureaucracy and Famine in Eighteenth-Century China*）。回溯起来，汉学家伯希和（Paul Pelliot, 1878—1945）、戴闻达（Jan Julius Lodewijk Duyvendak, 1889—1954）、戴密微（Paul Demiéville, 1894—1979）、何四维（Anthony F. P. Hulsewé, 1910—1993）、谢和耐（Jacques Gernet, 1921—2018）、许理和（Erik Zürcher, 1928—2008）都曾参与其事或出任主编。莱顿大学汉学院促成了《通报》的发行，而《通报》也维护并增益了莱顿大学汉学院的声望与地位。

田海先生介绍，目前《通报》的用稿内容及题目涉及文学、历史、哲学、考古、语言、宗教等汉学研究的各个领域，刊登范围不拘于某一特定的内容或题目，唯以质量和水平决定采用与否。不过，原则上一般不刊登单纯讲学术方法的文章，也不刊登单纯的理论性而没有新的文献或文献分析的论文，这里所说的文献分析是指按照文言文而非外语译文的文献分析。这也是《通报》与《哈佛亚洲研究》《亚洲研究杂志》的不同之处。向《通报》投稿的学者队伍中，欧洲大约有三四十位，美国大约有一二百位。从 1890 年第一期开始，《通报》就由 E. J. Brill 出版社负责出版。其出版经费原来是由荷兰政府出资，直接拨入 E. J. Brill 出版社的户头，自 20 世纪 60 年代之后，荷兰政府财政逐渐窘迫，无力负担《通报》出版的所有经费，便与法方商议，法国政府愿意出资一半，因此目前《通报》是由荷、法双方政府共同出资所办的杂志。为维护传统，依然由莱顿大学负责编务，依然交 E. J. Brill 出版社出版。由于经费问题，目前没有稿酬，只奉送八份抽印本。同样是由于经费问题，所以没有专门的编辑部或秘书等行政人员，专门的编辑人员只有两人，即两位主编。而两位主编也有自己的研究任务，必须在完成好本职研究任务之余，来承担《通报》的编辑工作。因此，尽管有许多审稿专家，尽管目前已有大量的网络投稿，但是回复投稿作者的周期还是比较长。接着这一话题，陶文鹏先生也向田海先生介绍了《文学遗产》的历史和现状，并交流了彼此的办刊经验，此不赘述。

二、高罗佩及其藏书

因为莱顿大学汉学研究院是荷兰唯一的汉学研究中心，所以，莱顿大学汉学图书馆也是荷兰唯一的中文图书馆，集中了荷兰全国的中文书籍和期刊，在欧洲各国中文图书馆中，藏书量仅次于法兰西学院汉学研究院图书馆，政府在此集中了人力、物力和相关各种资料。随着汉学研究院的扩大，汉学图书馆也随之诞生。最初的藏书，来自莱顿大学图书馆的全部中文书籍以及有关汉学的西文书籍。1883 年莱顿大学出版的第一本中文图书目录上，仅有藏书 234 种，到 1930 年，汉学图书馆有中文藏书 850 种，西文藏书 500 种，目前又增加了数十倍。总共收藏中文图书 25 万余册，中文报刊数百种，此外还有关于中国的外文图书 3 万余册。汉学院图书馆共有三层，屋里套屋、几进几出，到处是分门别类储藏的中文书报和期刊。已整理编目的图书不过 6 万余册，其余图书待编的工作量很大，但是他们还是要千方百计引进更多的中国出版物。图书馆的管理者认为：收藏工作应该尽量丰富而及时，多多益善。

整理和编目工作滞后是正常的。

按照计划，我们首先来到高罗佩特藏室。荷兰汉学家高罗佩（Robert Hans van Gulik，1910—1967）也是一名外交家，幼年随父生活于荷属东印度，1923 年回国。从中学开始他就自学汉语，后入莱顿大学攻读法律。他对东方文化极感兴趣，其毕业论文的内容是如何改良荷属东印度有关华侨的法律。从莱顿大学毕业后，他又进入乌德勒支大学研究院修读中、日、藏、梵文及东方历史文化。1935 年以论文《马头明王诸说源流考》获博士学位。在任荷兰驻日使馆秘书时，他开始致力于中国文化的研究，探索中国文化进入日本及其对日本的影响。太平洋战争爆发后，他被迫离开日本。1943 年任荷兰驻华大使馆一等秘书，任职期间，他热衷于搜集中国图书字画、古玩乐器，同年与中国京奉铁路局局长水钧绍之女水世芳结婚。其后历任驻美大使馆参事、驻日军事代表团顾问、驻印度尼西亚大使参事等职，又任驻马来西亚、日本、韩国大使等职。他虽然一直在外交界工作，但醉心于中国文人雅士的生活情趣，又以收藏和研究明清中国春宫画而闻名。高罗佩先后在世界各地出版有关东方文化研究的论著共 16 种。其中，最为人称道的是一套英文系列侦探小说《狄公案》和两本中国性学专著《秘戏图考》和《中国古代房内考》。他对明清春宫画的搜集促成了两书的撰写。高罗佩逝世后，他的中文藏书由莱顿大学汉学院图书馆收购，据有关资料介绍，计有藏书2500种，近1万册，大部分为文学艺术与音乐书籍，包括琴谱30余种，有海内外孤本多种。但遗憾的是，我们看到的高罗佩特藏室中的藏书数量比较有限，粗粗估量，大概有一二百种。

我们联系了现任汉学研究院图书馆雷哈诺（Hanno E. Lecher）馆长，提出寻找出访计划中的一部“孤本”《明末义僧东皋禅师集刊》，馆方工作人员在高罗佩特藏室中没有找到。带着遗憾的心情，我们只好浏览汉学图书馆中的其他藏书。有一天，正当我浏览至三楼的明清两代古籍时，这部《明末义僧东皋禅师集刊》突然跃入眼帘，真是令人喜出望外。这部高罗佩生前编辑并题签的《明末义僧东皋禅师集刊》是当时重庆的商务印书馆1947年7月印行的，由许世英和王芃生作序。在书的最后一页，用英文写着“此为本书作者自行刊印的100部复本中的第8部”，看来并非有人所说的孤本。尽管并非孤本，但馆方因其数量毕竟有限，还是拒绝了复印的请求。经协商，馆方答应了照相的要求。对此书的详情，我们拟另文介绍。

在上述计划之外，我们还拜见了汉学研究院现任院长柯雷教授和章因之女士。在9月7日上午，我们参观了欧洲另一个汉学研究的重镇——法兰西学院汉学研究所及图书馆，并拜访了戴文琛（Vincent Durand-Dastes）、费飏（Stephane Fenillas）、洪怡沙（Isabelle Ang）、华蕾立（Valérie Lavoix）等同行。法兰西学院汉学研究所是1927

年由伯希和（Paul Pelliot, 1878—1945）与葛兰言（Marcel Granet, 1884—1940）所创立，1972 年始，隶属于法兰西学院。研究所附设的图书馆，因为 1951 年收进当时驻北京的巴黎大学汉学研究中心之藏书，大大增加了藏书品质和数量，目前总量已过 25 万册，以中国古典汉籍及研究著作为主，以方志及丛书之收藏最丰富。另外还有期刊 1300 种，其中 300 种为现行期刊。汉学研究所下设中华文化资料研究组、中国科学史组、中国古典文学组。每组也藏有相关的研究文献及资料。9 月 15 日，我还采访了汉学研究院唐代历史和宗教方面的专家麦约翰（Jan A. M. De Meyer）先生，他刚刚出版了《吴筠之道：一位八世纪的道教宗师的生平和作品》（Leiden: E.J. Brill, 2006）。9 月 11 日，又专门赴德国波恩大学，采访了汉学系著名汉学家顾彬（Wolfgang Kubin）先生，访谈录《我喜欢中国古典意象诗》发表在《文学遗产》2007 年第 2 期。时间匆匆，半个多月的出访很快结束了。但是，这次出访的许多收获，还需要慢慢地来品味。

第三辑 节令之思

唐诗之春

春天是一幅美好的画卷，春天就是一首诗，诗意的春天在唐诗里绽放，春光无限，生机盎然。春天是最有生命力的季节，百花盛开，万物生长。在早春的日子里，已经闻得出温暖土地的气息，雪融化了的地方，激流发出愉快的喧哗声，从一个溪谷奔向另一个溪谷，春天的景色是那样的多姿多彩。正如杜甫《绝句》所描绘：

迟日江山丽，春风花草香。泥融飞燕子，沙暖睡鸳鸯。

春风送暖，草本滋生，家燕归来，呢喃报春。“天时人事日相催，冬至阳生春又来”（杜甫《小至》），“假定冬天来了，春天还能远吗”（雪莱《西风颂》）。春天一定会来的，至少不因咱们不提起它而就此不来。于是江南的莺花和北地的风尘将同邀春风的一笑了。

在今天这个经济、科技快速发展的时代，忙得已经分不出一年四季了，这对于任何人来说都是一种遗憾，但是我们可以在唐诗中弥补这种遗憾。比如跟着白居易，走一走钱塘湖边。《钱塘湖春行》：

孤山寺北贾亭西，水面初平云脚低。几处早莺争暖树，谁家新燕啄春泥。乱花渐欲迷人眼，浅草才能没马蹄。最爱湖东行不足，绿杨阴里白沙堤。

在孤山寺北、贾亭之西，春水新涨，湖面刚刚漫平；在水色天光的混茫中，天空舒卷的白云和湖面荡漾的水波连成一片，云彩显得是那样的低。有几处地方，黄莺争着栖身在向阳的树枝上；谁家刚飞来的燕子正忙于啄泥衔草，营建新巢？树上、地上，各种各样的花儿，有的含苞待放，有的争已吐艳，渐渐地有让人眼花缭乱之势；遍地的小草，绿绿茵茵，刚刚能没过马蹄。我最爱的还是湖东，在那白沙堤上，杨柳吐翠，绿树成荫，徜徉其间，总让人流连忘返，怎么游也游不够。“最爱”，潜台词是所有的景物都很可爱。“白沙堤”，即通常所说的白堤，又叫沙堤，或断桥堤。西湖三面环山，白堤中贯。此堤并非白居易倡导修筑，但记录着刺史白居易大人的美名，因为这诗里刻录着醉吟居士的诗情画意。白居易在杭州时，曾在钱塘门之北修堤蓄水，灌溉民田。后人常常误以西湖白堤为白氏所筑。这首诗的妙处不在于穷形尽相的刻画，而在于即景寓情。不仅写出了西湖早春景物之美，而且传达出内在的生机与意态，写出自然美景带给人们的美好、愉悦的感受。

唐诗里的春色，触目可见。王维的《鸟鸣涧》：

人闲桂花落，夜静春山空。月出惊山鸟，时鸣春涧中。

春天时节细雨后带晴，阳光沐浴大地，春雨柔润了绿色的希冀，生命从长久的蛰伏中苏醒，仿佛空气中早就有春天的脉动。杜甫“春水船如天上坐，老年花似雾中看”（《小寒食舟中作》）或许还不常见，常见的是《春夜喜雨》：

好雨知时节，当春乃发生。随风潜入夜，润物细无声。

阳光下的春色一切都是崭新的，仿佛一幅油画，把纤细无声的春雨演绎得那样缠绵富有意境。和着春雨的旋律，在唐诗里悠然心会，读出了春天的温暖和灿烂，盛唐春天的花儿也在心中惊艳地开放起来。杜牧《江南春》：

千里莺啼绿映红，水村山郭酒旗风。南朝四百八十寺，多少楼台烟雨中。

站在高处俯视辽阔的江南大地，草长莺飞，有依山傍水的城郭和村庄、迎风招展的酒旗和雨中朦胧的寺庙。诗中景物动静结合，描绘出生动形象的江南春画卷。尤爱贺知章那首《咏柳》：

碧玉妆成一树高，万条垂下绿丝绦。不知细叶谁裁出，二月春风似剪刀。

修长的柳树像是用碧玉装扮而成，下垂披拂的柳枝犹如千万条绿丝带。知道这细叶是谁裁出的吗？就是那像剪刀的二月春风啊！杨柳柔美和精巧的形象在诗中体现得淋漓尽致，一个“裁”字，则把春天的活泼俏皮刻画得栩栩如生。

有的唐诗虽无春的字眼，但亦满纸春光，比如李白《送孟浩然之广陵》：

故人西辞黄鹤楼，烟花三月下扬州。孤帆远影碧空尽，惟见长江天际流。

寓离情于写景，在一代名胜黄鹤楼送好友去游赏“烟花三月”的春色和东南形胜的“扬州”，孤帆远去，只留一江春水，绚丽斑驳的烟花春色在浩瀚无边的长江背景下，绘出一幅意境开阔、情丝不绝、色彩明快、风流倜傥的诗人送别画。“烟花三月下扬州”，正如蘅塘退士所评：“千古丽句!”

这些都是大家比较熟悉的，而有一个与春天相关的词儿，比较不常见——泥［nì］，唐人陈标《赠祝元膺》一诗之残句曰：“长把酒杯凭夜月，每将诗思泥春风。”泥者，迷恋也，留连也，此意乃袭自白居易诗《感樱桃花，因招饮客》“共泥春风醉一场”，《山石榴寄元九》“姹女新嫁娇泥春”。说到迷恋，或怀恋，白居易笔下的大唐之春，更分外令人怀恋。欲知其详，请看拙作《春随乐天赏牡丹》。

我们曾有科学的春天，令人难忘。1978 年，中国科学院第一任院长郭沫若以诗人的豪情预言：“我们民族历史上最灿烂的科学的春天到来了。”当时新华社负责科技报道的记者亲历并记录了这一历史时刻。科学的春天之外，也有政治的春天。中国现存最早的一部编年体史书《春秋》，以“春王正月”起笔，具有“贵微重始”之大义。即常言所说，一年之计在于春，也就是说春光之中一切还都来得及，一点一点地把梦想种在现实的土地上，看它开花，看它抽穗，看它结果，这个过程你还可以企望，例如韩愈《早春呈水部张十八员外》所描绘：

天街小雨润如酥，草色遥看近却无。最是一年春好处，绝胜烟柳满皇都。

每个人都可以想象那种酥软酥麻的感觉，真是早春的景致，野草已经苏醒，在春雨之中发芽吐绿，有了清新的颜色，但它是那样的轻微，那样的若有若无，在近处甚至不容易看得出来，但它是那么顽强有力量，充满着生机，因此，也是春天里最美好的东西。

春随乐天赏牡丹

四时最好是春天。白居易笔下的大唐之春，更分外令人怀恋。他的成名作就是描写春天的，“春风吹又生”可谓他走入大唐诗坛的第一张名片。《钱塘湖春行》则是杭州西湖的最佳代言。翻开《白氏文集》还会发现，春天最受诗人偏爱，单就诗题而论即可见一斑（春 150 首，夏 35 首，秋 112 首，冬 31 首），而对“春尽日”的独创性描写，更熔铸着其惜春的别样体验，影响深远。作为春天当仁不让的主角，春花当然最是抢眼，正所谓春风催放春花鲜。白居易是多情之人，爱花惜花是其多情的自然流露和表现。“乐天长于情，无一春无咏花之什”（宋陈振孙《白文公年谱》引《唐阙史》），这是毫无夸张的礼赞。

二十四番花信风。白居易诗中直接咏花者有 110 多首，既有白槿花、白莲花等象征纯洁的白色之花，也有红辛夷花、红樱桃花等象征热情的火红明艳之花，更有傲霜斗雪、迎寒怒放的梅花。不像陶渊明仅爱菊，也不似陈子昂、张九龄独以兰若、桂华自比，白乐天是爱花“不限桃杏梅”（《东坡种花二首》其一），“逐处花皆好”（《樱桃花下叹白发》）。其中，作为大唐真国色的牡丹，格外为白乐天所青睐。

“牡丹篇咏，至唐人始盛”（宋赵与虤《娱书堂诗话》）。牡丹栽培史很早，但惊动朝野、举世为之疯狂，还是在大唐，所谓“自李唐来，世人盛爱牡丹”（周敦颐《爱莲说》）。李树桐、费海玑、翁俊雄、郭绍林、刘航、李雄等学者论之详矣。然唐代牡丹诗130余篇，白乐天一人即有12首，数量夺冠。“牡丹令人豪”（张潮《幽梦影》），白乐天曾经称许好友刘禹锡为“诗豪”，而他自己也屡被后人称作“诗豪”，他笔下的牡丹风神独妙，堪称声色与性情完美融合的大唐精神之写照。

一、直咏牡丹

“最好花常最后开”（欧阳修答王君贶句），在群芳斗艳的花季，国色天香的牡丹总是姗姗开迟，待到她独断春光的时候，一春花事即告谢幕，正所谓“牡丹最贵唯春晚”（详见拙作《白氏集还是百氏集？——兼论“牡丹最贵唯春晚”是否为白居易诗佚句》，《古籍研究》第61卷，凤凰出版社，2015年版）。多愁善感的诗人，因之倍加伤春而惜花。白居易110多首咏花诗中，诗题有“惜”字者就有12首，其中直接以“惜”字开头者多达9首。其中最知名的就是《惜牡丹花》二首。其自注云：“一首翰林院北厅花下作，一首新昌窦给事宅南亭花下作。”诗云：

惆怅阶前红牡丹，晚来唯有两枝残。明朝风起应吹尽，夜惜衰红把火看。

寂寞萎红低向雨，离披破艳散随风。晴明落地犹惆怅，何况飘零泥土中。

“日月忽其不淹兮，春与秋其代序。惟草木之零落兮，恐美人之迟暮。”花落意味着季节的轮换，联系着岁月易逝、青春难驻之感。“可怜颜色经年别，收取朱阑一片红”（元稹《赠李十二牡丹花片因以饯行》），花落往往令人倍起惜花之情，诗即以此立意。两首分别作于不同的牡丹花下，一是诗人值夜班时看到的“唯有两枝残”的衰红，一是去同事家里看到的“破艳散随风”的萎红，前者由今夜之衰想到明朝之萎，乃把火夜照，令人想起《古诗十九首》所云：“人生不满百，常怀千年忧。昼短苦夜长，何不秉烛游。”李白《春夜宴诸从弟桃李园序》径袭为：“古人秉烛夜游，良有以也。”在引起李白“浮生若梦，为欢几何”深慨桃花、李花开后已是“一年春色摧残尽”的暮春时节，白居易既无《古诗十九首》及时行乐的态度，亦无李白《古风》“三万六千日，夜夜当秉烛”那般潇洒浪漫，与之相似的，是好友元稹的《牡丹二首》其二“繁绿阴全合，衰红展渐难。风光一抬举，犹得暂时看”，以及同调王建的《惜欢》“岁去停灯守，花开把烛看”。白居易两首《惜牡丹花》诗，两个“惆怅”，深深隐含着诗人的哀伤。这惆怅和哀伤，后来继续飘荡，衍为李商隐的“客散酒醒深夜后，更持红烛赏残花”（《花下醉》），情调变得凄艳迷惘；衍为司空图的“五更惆怅回孤枕，自取残灯照落花”（《华下》），格致愈加惆怅衰残；至宋代，苏东坡有“只恐夜深花睡去，故烧高烛照红妆”（《海棠》），一下子又转为豁达开朗，范成大有“欲知国色天香句，须是倚阑烧烛看”（《与至先兄游诸园看牡丹三日行遍》），更为斩绝，真是创造性的反仿！但不应忘记，是白乐天笔下那簇夜照衰红的烛光，将李商隐、司空图、苏东坡和范成大点亮。

永贞元年（805），三十四岁的白居易在长安任校书郎，有《看浑家牡丹花戏赠李二十》：

香胜烧兰红胜霞，城中最数令公家。人人散后君须看，归到江南无此花。

诗末所谓“归到江南无此花”，即晚唐李咸用《同友生题僧院杜鹃花得春字》“牡丹为性疏南国”及其《牡丹》“少见南人识，识来嗟复惊”之意。浑家，指浑瑊（736—800）家。香胜烧兰，比喻牡丹花香气艳丽浓烈，胜过烧燃蜜膏所制成的烧兰，典出庾信《灯赋》“香添然（燃）蜜，气杂烧兰”。“红胜霞”，与白居易《忆江南》“日出江花红胜火”异曲同工。“令公”指中书令浑瑊。《唐两京城坊考》卷三朱雀门街东第四街大宁坊：“河中节度使、兼中书令浑瑊宅。”注云：“白居易有《看浑家牡丹花》诗，疑浑令之宅也。”刘禹锡有《浑侍中宅牡丹》：“径尺千余朵，人间有此花。今朝见颜色，更不向诸家。”又有《送浑大夫赴丰州》，中云：“其奈明年好春日，无人唤看牡丹花。”后一首诗题之“浑大夫”即浑瑊第三子浑鐬。可见浑家牡丹花，亦驰名长安，宜刘、白一再以之为诗料也。李二十，指李绅。元稹有《赠李十二牡丹花片，因以饯行》诗云：“莺涩余声絮堕风，牡丹花尽叶成丛。可怜颜色经年别，收取朱栏一片红。”李十二是“李二十”之倒错。同为以牡丹为题寄赠李绅，同样两句咏物，两句抒怀，白诗的格调气韵明显略胜一筹，这与白诗后两句将视野推开不无关系，这后两句——“人人散后君须看，归到江南无此花”，还被后人王直方推为与“惟有牡丹真国色，花开时节动京城”媲美的描写牡丹的佳句。

《秋题牡丹丛》也是直咏牡丹：

晚丛白露夕，衰叶凉风朝。红艳久已歇，碧芳今亦销。幽人坐相对，心事共萧条。

此诗白居易集归为感伤类，所谓“有事物牵于外，情理动于内，随感遇而形于叹咏者”（白居易《与元九书》）。作于元和五年（810）秋，白居易三十九岁，在长安任京兆户曹参军、翰林学士。在一个晚秋的黄昏时分，诗人独对牡丹花丛，只见红艳久歇，碧芳尽消，回想刚刚逝去的绚烂花季，令他倍起萧条之感。幽人，一作忧人，颇有杞人忧天、我忧牡丹之意。他的好友元稹时在江陵贬为士曹参军，有《和乐天秋题牡丹丛》：“敝宅艳山卉，别来长叹息。吟君晚丛咏，似见摧隤色。欲识别后容，勤过晚丛侧。”摧隤，意同摧颓，指摧折衰败。敝宅即元稹靖安坊之宅，宅中植有数株牡丹。此前的元和五年春，时任左拾遗的白居易曾专门撰有《微之宅残牡丹》：

残红零落无人赏，雨打风摧花不全。诸处见时犹怅望，况当元九小亭前。

所谓“残牡丹”不是残破之牡丹，乃剩余未谢之牡丹。残者，剩也。与上面提到的“晚来唯有两枝残”和“更持红烛赏残花”之“残”同义。小亭，一作小庭。后两句用对比和递进，倍进一层写微之宅之牡丹不同别处，盖因白居易深知其好友也是多情人、惜花人。如今身在江陵贬所，元稹忆起故宅的牡丹，忆起好友的《微之宅残牡丹》，忆起曾经红妆艳丽、如今摧颓香销的绝世花王，于好友之诗同声相应、同气相求、惺惺相惜之外，恐怕伤心人别有独怀——别有加倍之伤怀吧。

以上是红牡丹，白居易诗直咏牡丹的还有《白牡丹》:

白花冷淡无人爱，亦占芳名道牡丹。应似东宫白赞善，被人还唤作朝官。

这一首作于元和十年（815），白居易44岁，正在长安任太子左赞善大夫。唐代长安豪贵多喜红牡丹、紫牡丹，即所谓“君看入时者，紫艳与红英”（白居易《白牡丹·和钱学士作》），“一丛深色花，十户中人赋”（白居易《买花》），不太在意素朴的白牡丹。天下文宗王维有《红牡丹》:“绿艳闲且静，红衣浅复深。花心愁欲断，春色岂知心。”大历才子卢纶有《裴给事宅白牡丹》:“长安豪贵惜春残，争玩街西紫牡丹。别有玉盘承露冷，无人起就月中看。”时称绝唱，尽管有人以为“语句凡近”，却正是唐代牡丹市场重深轻浅世风的真实写照。其“无人起就月中看”的寂寞之感，正与白赞善“白花冷淡无人爱”的萧条冷落异时而同调。南唐李中《书小斋壁》诗云：“其谁肯见寻，冷淡少知音。”此情此景，也是宋代词人李光《减字木兰花》所道“冷淡谁看，月转霜林怯夜寒”的情与境，尽管怜赏的对象换成了梅花。异代不同时、怀才不遇之感，乃如斯之类似。

吴仰贤《小匏庵诗话》评云：“咏花诗刻画颜色，易落下乘，惟唐贤最工此体。如裴士淹咏白牡丹云：‘别有玉盘承露冷，无人起向月中看。’此烘托之法也。薛能咏黄蜀葵云：‘记得玉人初病起，道家装束压禳时。’此比喻之体也。陆鲁望咏白莲花云：‘无情有恨何人觉，月晓风清欲堕时。’此传神之笔也。白乐天咏白牡丹云：‘应似东宫白赞善，被人还唤作朝官。’则现身说法，自写寄托。后操觚家，大率不能脱此诸窠臼。喜涂泽者，每用紫玉、绿珠、绛仙、息夫人等字以为效。广平之咏梅花，其实皆筌蹄也。王渔洋咏白莲花云：‘香来月白风清里，花放丛祠水驿前。’不脱不粘，最为高致。金匮孙平叔咏绿牡丹云：‘千叶相扶不辨花。’此句不用渲染，自然移置他花不得，然亦意尽句中，不若王又曾咏白莲花云：‘莫怪花容浑似雪，看花人亦鬓成丝。’洗尽铅华，遂推绝唱。”在白居易现身说法、自比己喻之后，白牡丹乃为素心人所留意。至晚唐，徐夤有《追和白舍人咏白牡丹》：“蓓蕾抽开素练囊，琼葩熏出白龙香。裁分楚女朝云片，剪破姮娥夜月光。雪句岂须征柳絮，粉腮应恨帖梅妆。槛边几笑东篱菊，冷折金风待降霜。”其《惜牡丹花》，与前引白居易《惜牡丹花二首》其一韵脚相近，立意相仿，诗题亦云“惜牡丹花”，也可视为变相的追和。王贞白有《白牡丹》：“谷雨洗纤素，裁为白牡丹。异香开玉合，轻粉泥银盘。时贮露华湿，宵倾月魄寒。家人淡妆罢，无语倚朱栏。”描画更加细腻矣，但远不如白诗的知名度高。正如清人吴铭道《沈石田画白花牡丹一枝》所云：“老笔狂居士，清于剪水刀。白香山妙句，最洁最孤高。”

二、借花抒情

其实，所谓直咏，并非单纯咏写牡丹，只是侧重点在花而已。而借花抒情，则侧重点在人。上面分析的《秋题牡丹丛》《微之宅残牡丹》，已显露白居易牡丹诗里寄寓着的与好友元稹的深挚友情。微之宅植种的牡丹，还见于白居易元和五年（810）的另两首诗。一首是元和五年春任左拾遗时所撰《见元九悼亡诗因以此寄》：“夜泪暗销明月幌，春肠遥断牡丹庭。人间此病治无药，唯有楞伽四卷经。”另一首是元和五年秋任京兆户曹参军时所撰《和元九悼往（感旧蚊帱作）》，中云：“旧宅牡丹院，新坟松柏林。”悼亡对象是元和四年去世的元稹发妻韦丛。此前的永贞元年（805），白居易有《西明寺牡丹花时忆元九》：

前年题名处，今日看花来。一作芸香吏，三见牡丹开。岂独花堪惜，方知老暗催。何况寻花伴，东都去未回。讵知红芳侧，春尽思悠哉。

当时白居易在长安任秘书省校书郎。“前年”指贞元十九年。“一作芸香吏”，宋陈景沂《全芳备祖前集》作“一作云游吏”，“芸香吏”即校书郎。元、白二人俱贞元十九年登科，授校书郎，至永贞元年，正好三年整。去年冬，元稹赴洛阳，本年春末，犹未回长安，故诗云：“何况寻花伴，东都去未回。”西明寺，位于长安外郭城北部，在朱雀门街西第二街街西，自北向南第七坊延康坊西南隅，日僧空海曾居于此寺。西明寺的牡丹艳绝长安，元和元年（806）以前，元稹有《西明寺牡丹》：“花向琉璃地上生，光风炫转紫云英。自从天女盘中见，直至今朝眼更明。”元和四年，白居易《新乐府·牡丹芳》有“西明寺深开北廊”之句。《西明寺牡丹花时忆元九》中，真正让作者“春尽思悠哉”者，并非牡丹花，而是昔日同寻共赏牡丹花的“寻花伴”，牡丹在这里退居配角，成为元白友谊的见证。此诗白居易集归为感伤类，感伤诗注重表现聚散丧亡等使人悲悼之事，意在自我排遣或与亲朋挚友交流，展示的是“本我”的一面；闲适诗注重表现兼济之志以外的独善之义、闲适之情，意在公诸同僚，展示的是“自我”的一面；讽谕诗注重反映社会现实问题，意在奉呈皇帝进行讽谏，展示的是“超我”的一面。直到五年后的元和五年春，白居易在长安任左拾遗和翰林学士时，又有《重题西明寺牡丹》，白居易集归为律诗，其自注云：“时元九在江陵。”

往年君向东都去，曾叹花时君未回。今年况作江陵别，惆怅花前又独来。只愁离别长如此，不道明年花不开。

钱泳《履园谈诗》云："咏物诗最难工，太切题则粘皮带骨，不切题则捕风捉影，须在不即不离之间。"咏物诗一般应该是体物言志，形神兼备，不粘不脱，既紧扣所咏之物的特点，又在其中有所寄寓。这样的作品，白居易集亦有，例如《晚桃花》："一树红桃亚拂池，竹遮松荫晚开时。非因斜日无由见，不是闲人岂得知。寒地生材遗较易，贫家养女嫁常迟。春深欲落谁怜惜，白侍郎来折一枝。"全诗着眼诗题中的"晚"字，自写襟期，满怀秋士迟暮之感，读之令人惘然。王揖唐《今传是楼诗话》称许说："咏物之工，此为绝调。"但《重题西明寺牡丹》和五年前的那首《西明寺牡丹花时忆元九》一样，摆脱套习规定，舍去物态刻画，唯存情语抒写，不见咏物写景，读者难觅诗题中的"牡丹"的踪影，即使它是西明寺的骄傲、大唐春色的代表。这也可以理解，当我们面对良辰美景，赞叹玩赏之余，恐怕第一念头就是若能和家人亲属或知音挚友同玩共赏，那该多畅快。为何当年冠盖满京华，而斯人独憔悴？因为没有太白，子美焉能不寂寞！元白贞元十九年春同登科第，俱授秘书省校书郎，始相识也，并定交分，自此"行止通塞，靡所不同；金石胶漆，未足为喻。死生契阔者三十载，歌诗唱和者九百章"（白居易《祭微之文》）。

有过同赏牡丹花经历的元白二人，理同境近，情亦相似。元白同赏牡丹不仅在西明寺，还有崇敬寺。元和五年，白居易《代书诗一百韵寄微之》“唐昌玉蕊会，崇敬牡丹期”句下自注：“唐昌观玉蕊，崇敬寺牡丹，花时多与微之有期。”唐昌玉蕊会，还涉及元和年间的一段奇闻。康骈《剧谈录》“玉蕊院真人降”条载：

上都安业坊唐昌观，旧有玉蕊花，其花（一作甚繁）每发，若瑶林琼树。元和中，春物方盛，车马寻玩者相继。忽一日，有女子，年可十七八，衣绣绿衣，乘马，峨髻双鬟，无簪珥之饰，容色婉约，迥出于众。从以二女冠，三小仆，仆者皆丱头黄衫，端丽无比。既下马，以白角扇障面，直造花所，异香芬馥，闻于数十步之外。观者以为出自宫掖，莫敢逼而视之。伫立良久，令小仆取花数枝而出。将乘马，回谓黄冠者曰：“曩者玉峰之约，自此可以行矣。”时观者如堵，咸觉烟霏鹤唳，景物辉焕，举辔百步，有轻风拥尘，随之而去。须臾尘灭，望之已在半天，方悟神仙之游。余香不散者，经月余日。时严给事休复、元相国、刘宾客、白醉吟，俱有《闻玉蕊院真人降》诗。严给事诗曰：“味道斋心祷至神，魂消眼冷未逢真。不如满树琼瑶蕊，笑对藏花洞里人。”又云：“羽车潜下玉龟山，尘界无由睹蕣颜。惟有无情枝上雪，好风吹缀绿云鬟。”元相国诗曰：“弄玉潜过玉树时，不教青鸟出花枝。的应未有诸人觉，只是严郎卜得知。”刘宾客诗云：“玉女来看玉树花，异香先引七香车。攀枝弄雪时回首，惊怪人间日易斜。”又云：“雪蕊琼丝满院春，羽衣轻步不生尘。君王帘下徒相问，长记吹箫别有人。”白醉吟诗云：“嬴女偷乘鸾去时，洞中潜歇弄琼枝。不缘啼鸟春饶舌，青锁仙郎可得知。”

这如真似幻的奇闻，也是元、白共同拥有的美好回忆。只是奇闻发生的时间“元和”当为“大和”，具体而言应是大和三年。二人集中歌咏牡丹之作都很多，正源于其中多有二人的美好回忆。良辰美景独自赏，赏心乐事谁堪伴？五年前，君在洛阳，吾在长安。现如今，吾再访牡丹，君更远在江陵。牡丹再好，可奈何无君共赏；重逢有日，犹难料可值花期？“眼看吹落地，便别一年春”，这是元稹《牡丹二首》其一的诗句，适可移摘此处，聊解乐天的“惆怅花前又独来”。

“今年况作江陵别”之“况”字，颇堪玩味，白居易诗颇爱用此连词，在对比之间更递进一层。如前面《微之宅残牡丹》“况当元九小亭前”，有时径曰“何况”，如前面《西明寺牡丹花时忆元九》“何况寻花伴”，《惜牡丹花》其二“何况飘零泥土中”。

散见于白居易集中的咏牡丹诗句，也多是借花抒情，作为背景或点缀。例如“应过唐昌玉蕊后，犹当崇敬牡丹时”（《自城东至以诗代书戏招李六拾遗崔二十六先辈》），

“数日非关王事系，牡丹花尽始归来”（《醉中归盩厔》），“奔车看牡丹，走马听秦筝”（《邓鲂、张彻落第》），“攀枝摘樱桃，带花移牡丹”（《秦中吟十首·伤宅》），“醉娇胜不得，风袅牡丹花”（见《燕子楼》诗序），“荔枝非名花，牡丹无甘实”（《叹鲁二首》其二），“花房腻似红莲朵，艳色鲜如紫牡丹”（《画木莲花图寄元郎中》）等，从元和元年（806）到元和十四年（819），从长安到周至，再到江州、忠州，牡丹的国色天香，始终伴随着白居易。

三、意在讽喻

“乐天因事托讽，殆得风人之遗者，又不独以其善咏物也。”（佟赋伟《二楼纪略》卷四）白居易诗在后世诗歌发展史上重要的影响和贡献有二：一是早年倡导讽谕诗创作，掀起一场新乐府运动；一是晚年实践闲适诗创作，乐天知命，独善其身，对孟子“穷则独善其身，达则兼济天下”加以实践、发挥和改造，成为后世“老干部体”的不祧之祖。所谓讽谕，亦作讽喻，是指托辞婉劝，也就是用委婉的言语进行劝说。

把讽谕引入牡丹诗，并非白居易首创，但是发扬光大之功，舍白莫属。白居易咏写牡丹之诗十余首，篇幅较长的三首均为讽谕诗。先来看《白牡丹（和钱学士作）》：

城中看花客，旦暮走营营。素华人不顾，亦占牡丹名。闭在深寺中，车马无来声。唯有钱学士，尽日绕丛行。怜此皓然质，无人自芳馨。众嫌我独赏，移植在中庭。留景夜不暝，迎光曙先明。对之心亦静，虚白相向生。唐昌玉蕊花，攀玩众所争。折来比颜色，一种如瑶琼。彼因稀见贵，此以多为轻。始知无正色，爱恶随人情。岂惟花独尔，理与人事并。君看入时者，紫艳与红英。

钱学士，指翰林学士钱徽。此诗元和三年至六年作于长安。如果说前面那首七绝《白牡丹》“白花冷淡无人爱，亦占芳名道牡丹”，是写给自己的，自况自嘲，借白牡丹受到的冷淡，对眼下的境遇发一发牢骚，对未来的仕途表示担忧，那么这首五古《白牡丹》则是写给同事的，已经因同病相怜而推己及人，由花而入人情，再由人情推至物理，即诗中所云“岂惟花独尔，理与人事并”。白居易的讽谕诗，特别善于运用对比手法。这首《白牡丹》亦然，一层对比是在“看花客”与“钱学士”之间，另一层对比是在白牡丹和深色牡丹之间——“彼因稀见贵，此以多为轻。”入时者乃紫艳与红英，攀玩众所争；我独赏者乃素华皓然质，正色自芳馨。其中“留景夜不暝”四句，画出钱学士对白牡丹的倾情之恋，值得圈点。“留景夜不暝”与白居易“夜惜衰红把火看”的爱之狂相比，“迎光曙先明”点出白有白的特点，不亚于“紫艳与红英”的光芒，“对之心亦静，虚白相向生”，赏花而能入人心，悟道理——虚白，典出《庄子·人间世》“虚室生白，吉祥止止”，谓心中纯净无欲。

再来看《秦中吟》十首中的《牡丹》：

帝城春欲暮，喧喧车马度。共道牡丹时，相随买花去。贵贱无常价，酬直看花数。灼灼百朵红，戋戋五束素。上张幄幕庇，旁织笆篱护。水洒复泥封，移来色如故。家家习为俗，人人迷不悟。有一田舍翁，偶来买花处。低头独长叹，此叹无人喻。一丛深色花，十户中人赋！

诗题从《才调集》，白居易集题为《买花》。元和三年或四年作于长安，时任左拾遗、翰林学士。这是一首颇有叙事因素的讽喻诗，在主角——面朝黄土背朝天的“田舍翁”出现之前，是叙事发展的第一个阶段，写京城贵游买花。“帝城”点出事件发生的地点，“春欲暮”点出时间。芳春欲暮之时，田里正青黄不接，农事加倍繁忙，而京城贵游所在的长安城中，却是车马喧喧，杂沓驰过，争相买花，一派男颠女狂，笑语欢呼。这景象可以引白居易《新乐府·牡丹芳》“花开花落二十日，一城之人皆若狂”、刘禹锡《赏牡丹》“惟有牡丹真国色，花开时节动京城”、白派及门弟子徐凝《寄白司马》“三条九陌花时节，万马千车看牡丹”、王叡《牡丹》“牡丹妖艳乱人心，一国如狂不惜金”共参，白居易晚辈李肇《唐国史补》亦可互证：“京城贵游，尚牡丹三十余年矣。每春暮，车马若狂，以不耽玩为耻。执金吾铺官围外寺观，种以求利，一本有值数万者。”灼灼，形容鲜艳光彩。戋戋，典出《易经·贲卦》“六五，贲于丘园，束帛戋戋”。朱熹本义：“戋戋，浅小之意。”一说为堆积貌，形容众多的样子，见李鼎祚集解引马融注。这里应取后一种解释。一株开了百朵花的红牡丹，价值相当于五束白绢，何等昂贵！那么“上张幄幕庇，旁织笆篱护。水洒复泥封，移来色如故”，其珍惜无异珠宝，自不言而喻。“上张幄幕庇”，即《新乐府·牡丹芳》所云“共愁日照芳难驻，仍张帷幕垂阴凉”。以上客观描绘至“人人迷不悟”，始露作者倾向。酒不醉人人自醉，花不迷人人自迷。正如冯班评《才调集》所云：“白公讽刺诗，周详明直，娓娓动人，自创一体，古人无是也。凡讽谕之文，欲得深隐，使言者无罪，闻者足戒。白公尽而露，其妙处正在周详，读之动人，此亦出于《小雅》也。”

叙事发展的第二个阶段，田舍翁，也就是庄稼汉出场，他一句话都没说，但一声长叹，却蕴含着身后观察者白居易作为左拾遗、翰林学士的全部深思。如果这深思戛然而止于此，作为诗人已经可以收笔了。不过作为“忝备谏官位”的左拾遗、作为翰林学士，他还需要尽而又露，才能使闻之者戒，“权豪贵近者相目而变色”，因此也就“但伤民病痛，不识时忌讳”（《伤唐衢》其二）了。不仅如此，结尾十字揭出作诗本旨，乃振聋发聩之名言，“劲直沈痛，诗到此境，方不徒作；若概以浅率目之，则谬矣。”（潘德舆《养一斋诗话》卷十）《汉书·文帝纪》载：“百金，中人十家之产也。”“中人”语本此。《新唐书·食货志》载：唐初，授田一顷者，每年输粟二斛，稻三斛，绢二匹，绫二丈，棉三两，麻三斤；不产丝麻之地，折银十四两。此外还有徭役，中唐之后，剥削更多。以此推算，十户中人的赋税钱以万计（千钱为一贯）。后来郑遨乐府旧题短诗《富贵曲》“美人梳洗时，满头间珠翠。岂知两片云，戴却数乡税”。正从“一丛深色花，十户中人赋”而来。而从谢赐履《帝京元夕》尾句“莫道骄奢让往年，一灯尚费中人产”，也可看出《秦中吟》的讽喻精神在清代得以重光！这正如清人王必达《牡丹三绝句》所云：“一丛深色中人赋，试咏看花白傅篇。”

最后来看《新乐府·牡丹芳》：

牡丹芳，牡丹芳，黄金蕊绽红玉房。千片赤英霞烂烂，百枝绛点灯煌煌。照地初开锦绣段，当风不结兰麝囊。仙人琪树白无色，王母桃花小不香。宿露轻盈泛紫艳，朝阳照耀生红光。红紫二色间深浅，向背万态随低昂。映叶多情隐羞面，卧丛无力含醉妆。低娇笑容疑掩口，凝思怨人如断肠。浓姿贵彩信奇绝，杂卉乱花无比方。石竹金钱何细碎，芙蓉芍药苦寻常。遂使王公与卿士，游花冠盖日相望。庳车软舆贵公主，香衫细马豪家郎。卫公宅静闭东院，西明寺深开北廊。戏蝶双舞看人久，残莺一声春日长。共愁日照芳难驻，仍张帷幕垂阴凉。花开花落二十日，一城之人皆若狂。三代以还文胜质，人心重华不重实。重华直至牡丹芳，其来有渐非今日。元和天子忧农桑，恤下动天天降祥。去岁嘉禾生九穗，田中寂寞无人至。今年瑞麦分两岐，君心独喜无人知。无人知，可叹息。我愿暂求造化力，减却牡丹妖艳色。少回卿士爱花心，同似吾君忧稼穑。

这是白居易咏牡丹诗最长的一首，也是唐牡丹诗篇幅之冠，长达 49 句 327 字。元和四年（809），白居易在长安任左拾遗、翰林学士时所作。诗序云：“美天子忧农也。”讽谕诗将“所遇所感”发于“美刺兴比”，并非都是投枪匕首，直刺现实，揭露黑暗，也有颂美，也就是委婉地进谏。平心而论，白居易进谏的对象唐宪宗算是个奋发有为的皇帝。在元和初年，宪宗励精图治，广开言路，信用裴垍、李绛等忠介之士，一改德宗一揽天下细务的做法，推心委政事于宰相，同时察纳雅言，虚心求谏，故而白居易等人虽常常言语激切，仍获宪宗优容。国家政治因此一度回到正轨，史称“元和中兴”。诗中所云“元和天子忧农桑，恤下动天天降祥”“去岁嘉禾生九穗”“今年瑞麦分两岐”，稽之史籍无可考实，惟《唐会要》载：“元和二年八月，中书门下奏，诸道草木祥瑞及珍禽异兽等，准永贞元年八月敕。自今以后，宜并停进者。伏以贡献祥瑞，皆缘腊飨告庙，及元会奏闻，若例停奏进，即恐阙于盛礼，准仪制令。其大瑞即随表奏闻，中瑞下瑞，申报有司。元日闻奏，自今以后，望准令式，从之。七年十一月，梓州上言，龙州界嘉禾生，有麟食之。每来，一鹿引之，群鹿随焉，光华不可正视，使画工就图之，并嘉禾一函以献。”或可参看。

全诗用三分之二篇幅极写牡丹之秾丽，“绝道花之妖艳”（《容斋随笔》卷二），雕镂万状，如化工肖物，其中“红紫二色间深浅，向背万态随低昂”，形态与色泽并胜，“映叶多情隐羞面，卧丛无力含醉妆”，反李白《清平调》以花写人之道，而拟人写花，花容将人意同醉，为诗评家所津津乐道。直至“花开花落二十日，一城之人皆若狂”两句精彩绝伦之笔，方稍稍收束了这场大唐牡丹的饕餮之赏。以下转入美刺兴比，《唐宋诗醇》析云：“忽接‘三代以还文胜质’四句，迂腐语耸然夺目。下乃接‘元和天子忧农桑’一段正意，便觉峭折有波澜。若低手为之，则一直说下耳。”这首诗可谓全面反映了中唐社会牡丹在世人，尤其是文人士子中的不二地位。首先，人们对牡丹的观感更加细腻，牡丹的娇艳与姿容无不体现得更为细微。其次，人们对牡丹的热爱堪超盛唐，“花开花落二十日，一城之人皆若狂”，这种满城迷狂，即使盛唐诗人笔下也未看到。再次，对牡丹的痴迷反映的是人心的尚华不实，所谓“重华直至牡丹芳，其来有渐非今日”，华而不实的风气是逐渐积累下来的，到了中唐渐至顶峰，这样的社会风气对于农业社会来说弊害可想而知。对于李唐这样一个农业大国，对农桑的重视应该远超过对牡丹的重视，这是本和末问题。最后，白居易身兼左拾遗和翰林学士，同时又是心灵敏感的年轻诗人，更清楚地感觉到这一不良社会动向，意识到应该加以调整。从颂美天子的角度来提出，比自己站出来疾呼要有效得多。而“我愿暂求造化力，减却牡丹妖艳色”，希望借助造化的神力，减却牡丹的妖娆之色，使社会戒除奢靡浮华的不良风气，而对农桑更加重视，自是诗人浪漫之口吻。在白居易和同代诗人其他牡丹诗中，这一立意也有不同程度的表达，只是在《牡丹芳》中表现得尤为完整和真切。红牡丹与白牡丹，华与实，牡丹与农桑，奢靡与节俭，一组组鲜明的对立，正是中唐社会的真实写照。

唐宪宗没有回应白居易的颂美，倒是千年后的清高宗在诗歌史上独一无二地回应了白居易的“愿”。弘历在避暑山庄长夏消暇之余，撰《用白居易新乐府成五十章并效其体》，序云：“白居易新乐府五十章，少即成诵。喜其不尚辞藻，而能纪事实，具美刺；一代政要，略见梗概，有《三百篇》之遗意，所谓为君臣民物而作，不为文而作，非虚言也。……咨政之余，积以月余而成，读者亦不必以重僮议之矣。”其《牡丹芳》诗云：“牡丹芳，世人甚爱牡丹自李唐。谱传其名，盖不可以屈指数。纵有绘事，谁能貌其丰韵与艳香。上始紫禁下朱邸，无论寺观及村庄。开落二十日之内，举国游人诚若狂。牡丹芳，元和天子忧农务，不赏牡丹，惟是农务蘉。一念之诚天降祥，瑞麦两岐为表扬。是以白傅因有牡丹芳之章，乃至愿减牡丹色，以回卿士爱花心。心其君心忧稼穑，我闻此语增叹息。白傅岂弗列乎卿士中，岂弗闻风行草偃，君令而臣从，弗爱牡丹惟忧农。君心如是臣心犹弗格而移，世道人心日流日下斯可知。”臣子颂美其作“询足藻金石，而絣万祀”，但历史证明，其诗品之庸劣，堪与其书品共比，这里就不庸置评了。还是宋代翰林学士李昉说得好：“白公曾咏牡丹芳，一种鲜妍独异常。眼底见伊真国色，鼻头闻者是天香。”

综上，状物、抒情与讽喻，这三点就是白居易笔下的12首咏牡丹诗的主要路数，这也可以说是《全唐诗》全部140余篇牡丹诗的主要路数。但白诗自有其独特个性，例如手法上，善用对比，爱用递进，侧面烘托，多方比喻，传神写照，现身说法，自写寄托，巧用拟人，不脱不粘，诗风浅切，语词平易。牡丹本是一种自然存在物，而成为诗歌意象，便有了诗人的审美过滤和情感投入。诗中的牡丹意象，不仅呈现着诗人对牡丹的咏赞，而且寄托着诗人特殊的人生感慨和社会思考。同时，牡丹意象在唐诗中的发展变化，反过来也折射了唐代不同时期的士子文化心态。值得补充的是，白居易不仅爱牡丹、惜牡丹、赏牡丹、咏牡丹，而且还亲自动手移栽牡丹。其《移牡丹栽》云：“金钱买得牡丹栽，何处辞丛别主来？红芳堪惜还堪恨，百处移将百处开。”牡丹栽，也叫牡丹栽子，或称花篦子，即野生牡丹幼株，加以嫁接，培植一年，开花更佳。欧阳修《洛阳牡丹记》载：“大抵洛人家家有花，而少大树者，盖其不接则不佳。春初时，洛人于寿安山中斫小栽子卖城中，谓之山篦子。人家治地为畦塍，种之，至秋乃接。”有人以为这是一首讽喻诗，借花喻人，讽刺那些弃旧恩媚新主者，这未免深文周纳了。作为名贵花卉，被人买卖移栽，培育欣赏，自是无可非议。非要将红芳理解为屈于金钱、乐意任人摆布者，未免堪惜堪恨。

惟有牡丹真国色，诗豪吟咏妙风神。杭州虚白堂前的牡丹，相传是白乐天手植。唐范摅《云溪友议》所载颇具传奇色彩的徐凝、张祜较文公案，开篇就事关杭州牡丹。本来杭州并无牡丹，长庆中，开元寺僧惠澄自京师乍得一本，始栽植于庭，谓之洛花。时春景方深，惠澄设油幕以覆其上，牡丹自此东越分而种之。徐凝《题开元寺牡丹》云：“此花南地知难种，惭愧僧闲用意栽。海燕解怜频睥睨，胡蜂未识更徘徊。虚生芍药徒劳妒，羞杀玫瑰不敢开。惟有数苞红萼在，含芳只待舍人来。”张祜亦有《杭州开元寺牡丹花》：“浓艳初开小药栏，人人惆怅出长安。风流却是钱塘寺，不踏红尘见牡丹。”白居易来到开元寺看牡丹花，乃命徐凝同醉而归。那两句——“惟有数苞红萼在，含芳只待舍人来”，可谓恰到好处的恭维。至宋代，杭州牡丹渐多，而吉祥寺独盛。苏轼通判杭州时，有《牡丹记叙》，略云：“熙宁五年三月二十三日，予从太守沈公观花于吉祥寺僧守璘之圃。圃中花千本，其品以百数。酒酣乐作，州人大集，金盘彩篮，以献于座者，五十有三人。饮酒甚乐，素不饮者皆醉。自舆台皂隶，皆插花以从，观者数万人。”可谓盛矣。历史上，苏轼是白居易诗风最合适的承继者，即使仅仅限于牡丹这个小小的窗口，也可领略大唐的无限春光，以及那一脉相承的绝世花王真国色的风神！

有月多同赏

——中秋与乐天相约

万古流云，惟经典常新；世界渐小，而诗道正宽。一年四季，十二个月，每个月都有月圆，但只有中秋的月圆，最为特别。因为它不仅是整个秋季的中间点，也是一年寒暑转换的关节点。今月曾经照古人，古今婵娟是一轮。在白居易笔下的中秋佳节，有年轻时写下的：

人道中秋明月好，欲邀同赏意如何？华阳洞里秋坛上，今夜清光此处多。（《华阳观中八月十五日夜招友玩月》）

诗味隽永，且浑健有力。这时他在长安任校书郎。黄生（1622—1696）《增订唐诗摘钞》卷四评论此诗："章法错叙，以四句为二句。此诗顺说，则云'人道中秋明月好'，况华阳洞里云云，欲邀同赏，君意如何？却将邀赏意说在前，后找出华阳观，味便隽永，且第三句用实接，更觉浑健无比。”中秋月，既是时间上的八月十五夜晚，又是空间上的圆月夜空，两者之间有着必然联系，圆月当空的清境，是人们对八月十五夜的最为深刻的印象，而华阳观这一地点，对白居易而言又有着不同寻常的纪念意义，他和好友元微之应试制举，就在长安华阳观。所以，一提到和朋友中秋赏月，首先就会想到约在华阳观。

除了华阳观，白居易在长安的赏月地点，还有翰林院：

秋月高悬空碧外，仙郎静玩禁闱间。岁中唯有今宵好，海内无如此地闲。……（《八月十五夜闻崔大员外翰林独直对酒玩月……》）

清景如现，且意境遥深。还有：

银台金阙夕沈沈，独宿相思在翰林。三五夜中新月色，二千里外故人心。（《八月十五日夜禁中独直对月忆元九》）

这是元和五年（810），京兆户曹参军、翰林学士任上的白居易，在长安挂念远在两千里地之外江陵的好友元稹，所谓明月千里寄相思，虽清光不同见，然心意无两端。在此前后，白居易还有《代书诗一百韵寄微之》，其中也写道：“有月多同赏，无杯不共持。”

相比于春月，例如《春江花月夜》里“落月摇情满江树”的春情泛滥，中秋之月，更加温馨清亮，更适宜家人团聚，也适合思索人生。中年时期，元和十二年（817），白居易在江州作有《中秋月》：

万里清光不可思，添愁益恨绕天涯。谁人陇外久征戍？何处庭前新别离？失宠故姬归院夜，没蕃老将上楼时。照他几许人肠断，玉兔银蟾远不知。

中间两联四句，备述虽值佳节，然世间每每有失意者，最后，以照人肠断的明月来开解人世间的遗憾。正所谓：悲欢人自尔，月是一般明。

第二年，元和十三年（818），又作有《八月十五日夜湓亭望月》：

昔年八月十五夜，曲江池畔杏园边。今年八月十五夜，湓浦沙头水馆前。西北望乡何处是，东南见月几回圆？临风一叹无人会，今夜清光似往年。

在江州回忆在京城长安的曲江池畔、杏园之边的同一轮明月，将不同地点相互对比，同时还与往年相对比。结尾，那淡淡的临风一叹，虽历经一千二百多年的风烟，依然回荡在每个有心的知音者心头。

晚年的大和八年（834），白乐天安居洛阳，又写下《八月十五日夜同诸客玩月》：

月好共传唯此夜，境闲皆道是东都。嵩山表里千重雪，洛水高低两颗珠。清景难逢宜爱惜，白头相劝强欢娱。诚知亦有来年会，保得晴明强健无？

暮年心境，又别是一番风景。人间无岁不中秋，明月看人渐白头。可见，中秋之月是白乐天创作生涯里贯穿始终的一个意象，其中寄寓着他的亲情，他的友情，他的乡情……情有悲欢离合，月有阴晴圆缺，此事古难全。所以，“但愿人长久，千里共婵娟”，这是千百年来人们共同的美好心愿。

伴随着这美好的心愿，独具魅力的白乐天其人其作，随着汉语文化的传播、汉学研究的拓展，走出东亚，扩及全球，而且拥有持续未断、格外众多的异代知音，他们接受白乐天滋养、融会于自身修养和创作的同时，也不断提升拓展了白乐天的影响力。我们有理由相信，站在更为广大的文化视野之下，白居易的传播、接受与研究，将迎来前所未有的突破之机。随着接受史研究的深入开展，白居易其人其文的魅力，必将获得新的理解、阐释与认知。

新旧更替，而今古相承，当今社会，个体的孤独、焦虑、困顿等负情绪，日益蔓延；人与人之间的隔膜、疏离、对立的张力，日益加大。因此，对闲适安宁的渴望与追求，相应更为强烈。在白居易经历了人生的宦海浮沉之后，还能以闲情雅趣来淡然相对，人如其名其字，乐天知命，安闲顺事，其处变不惊的人生态度，善于自我调节的处世之道，其中所独具的智慧富于启迪，令人深思。白居易其人其诗所独具的知足保和的人生观念、闲静适世的志趣选择、和光同尘的哲学思想，正愈来愈显现出夺目的当代价值。正所谓“野火烧不尽，春风吹又生!”

明月照千古

——琵琶亭里说中秋

时光之轮滚滚向前，转眼又是一年的秋天。中秋在即，秋分亦将至。汉代大儒董仲舒《春秋繁露·阴阳出入上下》里说："至于中秋之月，阳在正西，阴在正东，谓之秋分。秋分者，阴阳相半也，故昼夜均而寒暑平。"是的，这是寒暑平衡的节点，阴与阳势均，夜与昼等长，光明与黑暗在此平分秋色，正所谓"半江瑟瑟半江红"，在呈现均衡之美的同时，也悄悄提醒着人到中年的你我——人生至此过半，节候今日秋分。

年年岁岁秋相似，岁岁年年月不同。值此中秋佳节，欣逢三五夜中的新月，正所谓"此夜十分满，中秋万古情"（王寂《中秋月下有感戏效乐天》）。东坡曾云"何夜无月"，不妨引申一下：何地无月。由时间转为空间，为的是引出这里要谈的，在琵琶亭里赏月。

距今 1205 年前，深秋的一个傍晚，一帆客船，停泊在浔阳江岸。船篷里透出灯光，微弱而惨淡。寒蝉凄切，渔舟唱晚，岸边的枫树上红叶绚烂，与水中芦荻一起点缀着秋色，映衬着离帆。这时，被贬为江州司马的白乐天，送客来到江边。主客登船饮酒，酒过三巡，珍重的话恰好已经说完，但离别的悲叹，似乎还压在心间。推窗望去，水波微澜，寒江茫茫，一轮明月浸在江间。

忽然，水上传来动人的琵琶声。诗人和他的朋友都听得入迷了，一弹流水一弹月，半入江天半入云。顺着声音找去，原来是一位独守空船的妇人，用琵琶排遣自己的寂寞和哀愁。于是诗人移船相近，邀请她过来相见，并且拨亮灯火，重新安排了酒宴。这琵琶女带几分羞怯，推辞着，迁延着，酝酿着，“千呼万唤始出来，犹抱琵琶半遮面”……

彼此不交一言，琵琶代替了交谈。随着“大珠小珠落玉盘”，最后转为“此时无声胜有声”，江边的背景，也由“别时茫茫江浸月”，转为“唯见江心秋月白”，琵琶女自述身世，又转为“春花秋月何时了”“春江花朝秋月夜”。几度出现的月色，烘托着诗意，映衬着诗情，成为这首千古名篇的一个亮点。

一曲琵琶万古情。白居易的《琵琶行》流传千古，于是又有了琵琶亭。琵琶亭在江西九江，正是“浔阳江头夜送客”那个地方，正因白居易《琵琶行》而修建。建亭时间最迟是在北宋，因为北宋仁宗朝的宰相夏竦已有《题江州琵琶亭》诗作，留存至今。缘事成诗，因诗建亭；亭借诗宣，诗因亭传。在白居易留下的众多诗迹中，琵琶亭的知名度可谓首当其选。

登亭四望，极目长天；前临长江，后对庐山；左有千重古木，右为万井人烟。亭园回廊旋绕，境极幽旷。凡舟过九江，多半要来琵琶亭踏访。据拙编《白居易资料新编》，今存琵琶亭诗词近千首，其中以琵琶亭为题者近半。这些蔚为大观的琵琶亭诗歌，围绕叙写故事与遗迹咏怀两大主题，从《琵琶行》原作所抒发的天涯沦落之感，逗惹出不同身世境遇诗人的千姿百态的情感取向，呈现出各饶风韵的表达样态，是白居易接受史上一道靓丽的风景线。

近千年前，欧阳修落第还乡途中，经过九江，写下《琵琶亭上作》：

九江烟水一登临，风月清含古恨深。湿尽青衫司马泪，琵琶还似雍门琴。

抒发登临怀古之情，虽情调略有感伤，但当时毕竟年轻，哀而无怨。“雍门琴”用雍门子周以善琴见孟尝君的典故，借指哀伤的曲调。今徐州城东南有雍门村，相传即其鼓琴之地。昔雍门子周以琴见孟尝君，陈辞通意，抚心发声，孟尝君为之增欷歔唈，流涕交横，韩娥曼声，哀哭十里，老幼悲愁，垂涕相对，三日不食；还为曼声，长歌十里，长幼喜跃抃舞，难以自禁。白乐天湿尽青衫，倾情之程度，欧阳修认为不亚于此。九年后，欧阳修被贬夷陵（今湖北宜昌），途经长江，再过浔阳，中秋节前不久，重登琵琶亭，又写下一首《琵琶亭》诗：

乐天曾谪此江边，已叹天涯涕泫然。今日始知予罪大，夷陵此去更三千。

和乐天相似，欧阳修被贬也是因为“越职言事”，所以同病相怜，不免倍感凄凉。怅触天涯的迁谪之恨，意在言外，十分显豁，可谓哀而含怨。若非真情流露，何以如此伤感？联系欧阳修《玉楼春》亦有“露湿浔阳江上月，不知商妇为谁愁”之慨，于是奠定了琵琶亭里赏月的一个基调——同情之理解。

宋代女诗人叶桂女，也对白乐天报以同情之理解——“乐天当日最多情，泪滴青衫酒重倾。明月满船无处问，不闻商女琵琶声。”（刘攽《中山诗话》引《琵琶亭》）江西人刘敞（1019—1068）则写道：“江头明月琵琶亭，一曲悲歌万古情。欲识当时断肠处，只应江水是遗声。”（《公是集》卷二八《琵琶亭》）南宋词人张孝祥（1132—1170）咏叹说：“江州司马旧知音，流落江湖感更深。万里故人明月夜，琵琶不作亦沾襟。”（《于湖集》卷十一《琵琶亭二首》其一）可见，因地近长江的空间之便，在琵琶亭里吟赏明月，相沿成为琵琶亭诗的常见意象。

琵琶亭赏月，最好当然是在中秋。就像前人说的那样：琵琶一样听来惯，听到浔阳便有情。人类的情思总有着适合其生发的空间和时间。中秋不仅是整个秋季的中间点，也是一年寒暑转换的关节点。所以白居易写到中秋，就说："岁中唯有今宵好"（《八月十五夜闻崔大员外翰林独直对酒玩月……》），"人道中秋明月好……今夜清光此处多"（《华阳观中八月十五日夜招友玩月》），这都是在长安。又说："月好共传唯此夜"（《八月十五日夜同诸客玩月》），这是在洛阳。他还说"东南见月几回圆……今夜清光似往年"（《八月十五日夜湓亭望月》），诗题中的湓亭，应该正是后来琵琶亭的原型，这是他在江州回忆在京城长安曲江池畔的同一轮明月。那淡淡的感叹，虽历经一千二百多年的风烟，依然回荡在有心的知音者心头。

琵琶亭里话中秋，难以避开适与白乐天同寿的一位清代九江关督，他就是我的同乡唐英（1682—1756），这位清代罕见的全才型官员，在诗文、戏曲、书画、篆刻、陶艺、收藏和语言学等众多领域均颇有建树。他素仰乐天文章风雅，称其"文章风雅即吾师"（《琵琶亭乐天祠小跋》），来到江州任职，驻节琵琶亭附近，不忍古迹荒落，于是捐出自己的俸禄，重葺琵琶亭，在亭园里还兴建了乐天先生祠，壁刊乐天先生遗像，说："余兹建此祠，而范此道貌者，实由仰其才德，寓私淑于瓣香，为天下后世之才德似先生者，留一风雅楷模。"（《琵琶亭乐天先生祠像告竣小诗志事序》）不仅重修琵琶亭，撰《重建琵琶亭自记》，并手书《琵琶行》，勒诸石，左建楼，手书“到此忘机”等，榜于琵琶亭。其自撰琵琶亭诗100多首，还在琵琶亭壁间左右悬置诗板，供文人雅士、游人过客留题，上悬匾额“风雅长留”，不愧是“喜附人文作胜游”的一位风雅关督。作为优秀的艺术家，唐英是琵琶亭物质文化与精神文化的双重建设者，乐乐天之所乐，而无须忧乐天之所忧，由此以文采风流著称于世。

275年前的中秋，唐英接连写下三题四首七律（《中秋日同事诸君子有琵琶亭之游余以病目不得附骥怅而有作》二首、《中秋病目忆琵琶亭用张蕉衫中秋燕集原韵》《和前韵送别》），表达因为眼病，无法偕同事诸君子至琵琶亭共赏中秋之月的遗憾，嗟叹“一年好景成虚度”，同时宣称：“但有照心千古月，何须放眼半分秋。”在匡山浔水间处处留下遗迹的先贤白乐天，对在此间任职多年的唐英影响至深。他编刻的《辑刻琵琶亭诗》（清乾隆十一年古柏堂刊本），也拉近了我们与大唐诗坛教化主白居易的距离。这位风雅的九江关督的墓碑就在北京，位于奥运村附近一处雅致的园林深处，庚子年疫情期间与之邂逅，为之惊叹有日，深感有缘。

人间无岁不中秋，明月看人渐白头。不久前，蒙海滨兄介绍，与一位女编辑相识，她刚刚责编了《一阳来复》这本书，作者是庚子年过世的井波律子，一位博学、温情又充满生活乐趣的日本女作家。询问读后感的同时，女编辑发来问卷，希望谈一谈秋分这一节令会使人想起哪首古诗哪位古人，这个时节会做些什么有趣的事情，会唤起怎样的情感和记忆。答曰：人间素秋方半，天上明月正圆。和“一阳来复”相对，秋分真是一个恰如其分的美好时节，它立刻令我想起“半江瑟瑟半江红”的诗句，也勾起几年前与三五好友在琵琶亭赏月的美好回忆。《辑刻琵琶亭诗》的压卷之作，正是此情此景：

琵琶亭子夕阳边，红粉青衫已窅然。江上月明秋最好，于今司马正芳年。

斯亭斯月，斯景斯情；秋月高悬碧空，顿惹怀古之思。扬州文人方梦骐（1700—？）这首《游琵琶亭唱和》，当时引发了唐英等十八人的酬和，是一场规模不小的文人雅集，从此牢固奠定了琵琶亭这一名胜在文学与文化“双遗产”的不朽地位。由于人杰地胜，又因为诗歌、故事、胜景等诸多元素的融入，琵琶亭由诗歌胜迹逐渐衍为文学意象，并通过琵琶亭唱和文本的不断叠加，从物质空间（第一空间）和历史空间（第二空间），升格为真实与想象交织的“第三空间”，一个真正永垂不朽的空间。中秋明月琵琶亭，千古风流千古情。乐天风流亦长垂未朽，映彻千古。当空间之琵琶亭，与时间之中秋、节令之秋分邂逅，便是历史与美好恰如其分的佳偶天成。

大寒与乐天相伴

大寒深处春水生，千山万径阅枯荣。按照中国传统节令，二十四节气里最后的是大寒，过了大寒，意味着又过了一年。古人讲，有始者必有终，自然之道也。但是，靡不有始，鲜克有终。大寒的意义之一，就是善始善终。《授时通考·天时》引《三礼义宗》说："大寒为中者，上形于小寒，故谓之大……寒气之逆极，故谓大寒。"大寒的物候有三个，一是鸡始乳，二是征鸟厉疾，三是水泽腹坚。就是说，母鸡提前感知到春气，开始孵蛋了；鹰隼之类远飞之鸟正处于捕食能力极强的状态，盘旋于空中到处寻找食物，以补充能量抵御严寒；在一年的最后五天，寒至极点，水中的冰一直冻到水中央，最厚最结实。而物极必反，坚冰深处春水生，冻到极点，也意味着开始走向消融了。过了大寒，就是立春，气温回暖，新的一年也即将开始。

唐代诗人生前就享盛名者，无人超过白乐天。在大寒这个节令，不妨与乐天相伴，看一看这位广大教化主如何与大寒相处，怎样乐于应命顺天。白居易，字乐天。《礼记·中庸》云："君子居易以俟命。"这是白居易名的来历。《周易·系辞上》云："乐天知命，故不忧。安土敦乎仁，故能爱。"这是白居易字的来历。从字面上看，"乐天"就是乐于顺应天命，"居易"则是安土之意，而二者是密切相关的，因为《礼记·哀公问》云："不能安土，不能乐天；不能乐天，不能成其身。"从反方面解释了安土与乐天的关联。汉代经学大师郑玄注曰："不能乐天，不知己过而怨天也。"苏轼《大寒步至东坡赠巢三》说"努力莫怨天，我尔皆天民"，怨天尤人，怨恨命运，不反思己过，就会责怪别人，非君子之道也。明代王廷相《慎言·作圣篇》云："随所处而安，曰'安土'；随所事而安，曰'乐天'。"再来看《孟子·梁惠王下》："惟仁者为能以大事小，是故汤事葛，文王事昆夷……以大事小者，乐天者也。"与郑玄同时代的经学家赵岐注云："圣人乐行天道，如天无不覆也。"将乐行天道这层意思再引申一步，"乐天"还可以理解为安于处境而无忧虑，也就是陶潜《自祭文》所谓："勤靡余劳，心有常闲。乐天委分，以至百年。"以上这些典籍均可帮助我们理解"乐天"一词的内涵。

作为唐代最有生活情调的大诗人，白乐天可谓人如其字，对节令物候非常留意和关注。如果调查一下白居易笔下的节令物候描写，就会发现，他的诗歌基本上涵盖了二十四节气，这当然与他的诗作留存数量是唐代之冠有关，但他留心身边日常、勤于创作，也是不可或缺的重要原因。这里想和大家分享两首他笔下与大寒相关的诗作。先来看《村居苦寒》：

八年十二月，五日雪纷纷。竹柏皆冻死，况彼无衣民！回观村闾间，十室八九贫。北风利如剑，布絮不蔽身。唯烧蒿棘火，愁坐夜待晨。乃知大寒岁，农者尤苦辛。顾我当此日，草堂深掩门。褐裘覆絁被，坐卧有余温。幸免饥冻苦，又无垄亩勤。念彼深可愧，自问是何人。

据《白居易年谱》，这首诗作于元和八年（813）十二月，地点是在下邽，也就是今天的陕西渭南市北下邽镇东南。当时白居易因母亲逝世，回家居丧，退居于下邽渭村老家。退居期间，白居易身体多病，生活也十分困窘，多亏得到元稹等友人的人力接济，雪中送炭，才幸免饥冻之苦。

这是一首讽谕诗。在当时文坛上，白居易最早出名就是凭借着讽谕诗。什么是讽谕诗呢？白居易自己的界定和理解是：“凡所遇所感，关于美刺比兴者；又自武德迄元和，因事立题，题为《新乐府》者，共一百五十首，谓之讽谕诗。”“谓之讽谕诗，兼济之志也。”“至于讽谕诗，意激而言质。”可见，所谓讽谕诗，内容的规定性是旨意可观，稍存寄兴，与讽为流，凡所遇所感，关于美刺比兴；其创作意图是要成兼济之志；其艺术特征是意激而言质。按照这个理解，我们来对照着阅读这首《村居苦寒》。

在白居易题材广泛的讽谕诗中，这一首《村居苦寒》叙写流畅，不事藻绘，而格外真切感人，具有纪实的史诗性质，在当时确实属于“意激”，意见很激烈，思想很前卫，其中包含着热烈的心肠、伟大的抱负，闪熠着推己及人的人道主义光辉。这首诗的写作年代正处于唐代中期，当时虽然相对安稳，但内有藩镇割据，外有吐蕃入侵，中央政府控制的地域已经大为减少，可是还要供养大量军队，加上官吏、地主、商人、僧侣、道士等，不耕而食的人甚至占到人口的一半以上。在这种情形下，农民负担之重、生活之苦，可想而知。来自普通世家的白居易对此深有体验，诗中所写“回观村闾间，十室八九贫”，同他在另一首《夏旱诗》中所写的“嗷嗷万族中，唯农最辛苦”一样，正是他亲眼所见的现实生活的实录。

开篇“八年十二月，五日雪纷纷”，据宋人王楙《野客丛书》卷二三：“乐天诗有记年月日者，于以见当时之气令，亦足以裨史之阙，如曰：‘皇帝嗣宝历，元和三年冬。自冬及春夏，不雨旱爞爞。’有以见宪宗即位三年，久旱如此。又诗曰：‘元和岁在卯，六年春二月。月晦寒食天，天阴夜飞雪。连宵复竟日，浩浩殊未歇。’又以见元和六年二月晦为寒食，当和暖之时，而雰霈大雪，其气候乖谬如此。又诗曰：‘八年十二月，五日雪纷纷。竹柏皆冻死，况彼无衣民！’又见元和八年十二月五日大雪寒冻，民不聊生如此。仆按：《东汉书》，延熹间大寒，洛阳竹柏冻死，襄楷曰：‘闻之师曰，柏伤竹槁，不出三年，天子当之。’乐天此语正所以纪异也。”可见白居易诗歌具有很强的写实性。

《村居苦寒》这首诗的结构十分简单，完全可以分成两大部分。前一部分主要写农民，后一部分主要写自己，二者同样是处于北风如剑、大雪纷飞的寒冬，可是冷暖对比十分明显。农民缺衣少被，夜不能眠。而自己在这样的大寒天却是深掩房门，有吃有穿，又有好被子盖，既无挨饿受冻之苦，又无下田劳动之勤。诗人把自己的生活与农民的痛苦作了对比之后，深感惭愧和内疚，以至发出“自问是何人”的慨叹，自剖自责，这不能不说难能可贵。“乃知大寒岁，农者尤苦辛”二句，可谓画龙点睛之笔，凸现出诗人对农民饥寒交迫的深切同情。查慎行《初白庵诗评》卷上评论道：“诗境平易，正以数见不鲜。”正因为眼中屡次所见，所以叙写流畅，情真意实，体现出白诗独特的平易通俗的艺术风格。

白居易不但讽谕诗平易通俗，其他类型的诗也具有同样的特色。比如，同样是在大寒之节撰写的《问刘十九》：

绿蚁新醅酒，红泥小火炉。晚来天欲雪，能饮一杯无？

这是一首知名度极高的邀请朋友喝酒的诗，作于元和十二年（817），白居易时年46岁，已经从中央朝廷的高官被贬为地位卑微的江州司马。刘十九大概是作者在江州时的朋友，“十九”是指排行，名字不详。很多选本认为是彭城人刘轲，据朱金城考证，非也。元和十二年白居易另有《刘十九同宿（时淮寇初破）》诗：“唯共嵩阳刘处士，围棋赌酒到天明。”可知刘十九为嵩阳（今属河南洛阳）人。淮西吴元济诛于元和十二年十一月，此诗作于淮寇初破之时。元和十三年（818）春，白居易在江州又有《雨中赴刘十九二林之期及到寺刘已先去因以四韵寄之》《蔷薇正开春酒初熟因招刘十九张大崔二十四同饮》，其中的“刘十九”，应该都是指这位白居易在江州时的友人——嵩阳刘处士。

在诗体上，这是一首五言绝句。作为篇幅和字数最少的一种诗体，如何以少纳多，值得考量。此诗堪称典范。全诗简练含蓄，轻松洒脱，信手拈来，即成妙作，而其间脉络十分清晰。从层次上看，首句先点出酒，二句再示温酒之具，三句又说寒天饮酒最好，末句问对方能否来共饮，而且又点破诗题中的“问”字。从关系上看，首、末句相呼应，二、三句相承递。诗句之间，意脉相通，一气贯之。诗作写尽人情之美，从日常生活中的一个侧面落笔，以如叙家常的语气、朴素亲切的语言、富于生活气息的情趣，不加雕琢地写出朋友间恳诚亲密的关系。至今读来，仍有余温。

对这首诗的意境和情调，后代的批评家在钦羡之余，可谓好评如潮。比如，明代黄周星《唐诗快》评论说："岂非天下第一快活人。"清代孙洙《唐诗三百首》评价："信手拈来，都成妙谛。诗家三昧，如是如是。"邹弢（1850？—1931）《精选评注五朝诗学津梁》："气盛言直，所谓白诗妇孺都解也。"王文濡（1867—1935）《唐诗评注读本》卷三曰："用土语不见俗，乃是点铁成金手段。"俞陛云（1868—1950）《诗境浅说》曰："寻常之事，人人意中所有，而笔不能达者，得生花江管写之，便成绝唱。此等诗是也。即以字面论，当天寒欲雪之时，家酿新熟，炉火生温，招素心人清淡小饮，此境正复佳绝。"

白居易《招东邻》："小榼二升酒，新簟六尺床。能来夜话否？池畔欲秋凉。"梁启超（1873—1929）批点《白香山诗集》认为，此诗与"晚来天欲雪，能饮一杯无"是"同一意境"。读《招东邻》《问刘十九》二诗，可知白居易之好客，有酒则呼友同饮。今存长沙窑瓷器有两首题诗：

二月春丰酒，红泥小火炉。今朝天色好，能饮一杯无？

八月新风酒，红泥小火炉。晚来天色好，能饮一杯无？

可以明显地看出拟仿改写白居易原诗的痕迹，这正是此诗流行一时的最佳案例。原迹字体的俗写，乃至讹误，充分透露出白诗在走入世俗民间时产生的变形轨迹，这一点颇有《诗三百》重章叠韵的遗韵。

“愿保乔松质，青青过大寒。”（耿湋《晚登虔州即事寄李侍御》）在自己远贬江州之际，46 岁的诗人白居易能够苦中作乐，寒中送暖，期盼一份最最平凡的友情，这与他 42 岁时，在村里的农民苦寒之际，愿意站出去、写下来、同情并呼喊，其实是心同此理、情同此怀的，皆岁寒然后知乔松之后凋也。被视为充满“寒气”的鲁迅，在《为了忘却的记念》里面曾说：“天气愈寒了，不知道柔石在那里有被褥吗？我们是有的。”也和白居易《村居苦寒》一样，是对比着自己来写的，这不仅是面向已逝友人的亡灵，也是面向所有需要温暖的天下苍生。鲁迅惯于在浩歌狂热之际中寒，但寒的极点后面就是春天，所以他也曾说：寒凝大地发春华。时当岁末，令在大寒，愿我们运转春华至，岁来嫩蕊青。

苏海拾贝

——和苏东坡一起跨年

所谓“苏海”，是指苏东坡之海，喻指苏轼其人其作那种海涵地负的浩瀚气象。苏轼曾云“万人如海一身藏”，这句诗正可谓其自家写照，一如“苏海”之恰切。苏轼是文化史上罕见的全才、通才和天才，对这位来自祖国西南的大文豪，作为东北人，我由衷喜爱，十分景仰。从做硕士论文开始，就希望可以由喜爱、景仰，转向深入了解和研究。转眼已经二十余载，回首向来萧瑟处，也有风雨也有晴。庚子年末，笔者应邀参加海南广播电台“但愿人长久——解读苏轼传承经典”跨年特别直播，和几位同道一起，相约东坡一起跨年，趁机也回顾了自己走过的苏轼研究之路。

值得一提的是，苏东坡的生日也是“跨年”的，怎么讲呢？因为从公历讲，他是出生在公元 1037 年 1 月 8 日，但是按农历，则是在宋仁宗景祐三年（1036）十二月初九。

从苏轼生日的“跨年”，我不由得联想到，他的身份也是跨领域的。为什么呢？因为，在苏东坡的身上，既有官员的身份、文人的气质，同时他也是一位重量级的学者。纵观《三苏全书》《苏轼全集校注》各洋洋 20 册及《苏轼著述考》，就可以感知苏轼非常全面的学者素质和成就，诗词文赋、经史子集以及传统的中国学术研究领域，他都有所涉及，且堪称专家。可以说，苏轼是中国历史上罕见的“三位一体”者，也就是将学者、文人以及官员这三种身份完美融合于一身者，他做过翰林学士，也做过三部（吏部、兵部、礼部）尚书，还做过八州（密州、徐州、湖州、登州、杭州、颍州、扬州、定州）太守，又前后八次进京做过朝官。

在中国历史上，“三位一体”地将三种身份合于一身的名人，苏轼不是第一位。前面，有他的老师欧阳修，同时，还有同僚王安石，他们都被称为政治家、思想家和文学家，也都是这样的“三位一体”的人物（巧的是，欧、王、苏三人皆享年六十六）。尽管苏轼不是第一个“三位一体”者，但是他的名气最大，因为他背后有“天下第三行书”——《寒食帖》，有《赤壁赋》，有《念奴娇 · 大江东去》《定风波 · 莫听穿林打叶声》和《水调歌头 · 明月几时有》，还有在杭州写下的“水光潋滟晴方好，山色空蒙雨亦奇。欲把西湖比西子，淡妆浓抹总相宜”，在庐山写下的“横看成岭侧成峰，远近高低各不同。不识庐山真面目，只缘身在此山中”……这些作品，但凡仅留一篇，即足以名垂千秋，就像他平生所慕的唐代大诗人白乐天是以《长恨歌》和《琵琶行》知名一样，作品就是他们作为文人的符号、代表和象征。

一

研究苏轼其人其作，窃意最恰切的概念就是“苏海”，这一概念可以完美地统摄、把握这样一位中国历史上罕见的文艺全才和天才，这样一个“三位一体”的通才，这样一位英魄长存、影响深远的重量级人物。

千年英魄在，代代昭后人。五百年出一个英雄，而千年才能出一位苏东坡。也就是说苏轼的身后寿已达千年。中国文化讲，五百年出一个英雄，《孟子·公孙丑下》所谓“五百年必有王者兴，其间必有名世者”。杜甫眼中，诸葛亮是英雄，所以《蜀相》诗说：“出师未捷身先死，长使英雄泪满襟。”但是，与诸葛亮同时的曹操眼中，他和刘备才是英雄：“天下英雄，唯使君与操耳。”白居易对好友元微之引述过这句话。刘禹锡去世时，白居易《哭刘梦得》又说：“杯酒英雄君与操，文章微婉我知丘。”于是，金元之际著名文人元好问（1190—1257）《感兴四首》第二首里说：“并州未是风流域，五百年中一乐天。”意思是说，并州五百年才出了一个白乐天，并州是九州之一，主要指山西太原一带，白居易常常自称“太原白居易”，因为太原是他的祖籍。明代华亭人宋存标（1601？—1666）在《古英雄三语赞》里也引白居易为英雄，赞云：“琴一张，酒一壶。月为镜，云为图。天地宽，任浩歌。琵琶行，池上篇。陶然醉，不参禅。香山老，白乐天。”但是清代桐城人刘开（1784—1824）《琵琶亭》却说：“白傅风流迹尚存，萧条亭外又黄昏。人间多少英雄眼，不把青衫拭泪痕。”可见，白居易并非是众口一词所公认的英雄，苏轼则不同，他是无可争议的英雄。

什么是英雄？英雄的概念，我们有中国人的理解，也有外国人的理解。牛津字典所给英雄（hero）的字义大要有四：第一是具有超人的本领，为神灵所默佑者；其次是声名煊赫的战士，曾为国争战者；第三是其成就及高贵性格为人所景仰者；最后是诗和戏剧中的主角。可见，凡是英雄必定是非常人，得天独厚，能人之所难能，在艰危时代能为国家杀敌御侮，在承平时代他的事业和品学也能为民族的楷模，在任何重大事件中，他必是倡导推动者，如戏剧中的主角。名称有时不是很一致，圣贤、豪杰、至人，所指则大致相同。

苏格兰历史学家托马斯·卡莱尔（Thomas Carlyle, 1795—1881）著有《论英雄、英雄崇拜和历史上的英雄业绩》（*On Heroes and Hero-Worship, and the Heroic in History*），他认为：“伟人一个重要的基本品质就是：他本身是伟人，他这个人是伟大的。”“伟大人物总是像天上的闪电，普通人只是备用的燃料，有了伟人这个火花，他们才能燃烧发光。”但是，中国人向来相信“时势造英雄”，没有天时、地利、人和，英雄的闪电不过是一种徒劳的光亮而已，历史很可能会重新安排。无人响应的闪电和奇迹只能在寂寞的原野里自生自灭。所以托尔斯泰《战争与和平》认为：“英雄只是贴在历史上的标签，他们的姓名只是历史事件的款识。”

英雄的概念，也有如张艺谋导演的电影《英雄》建构的荧屏上的英雄，也就是李连杰饰演的那个角色。追溯英雄的词源，有影评者认为，就是能“以一敌众”。（徐皓峰《刀与星辰》，凤凰文艺出版社 2021 年版）其实我理解，那个角色的英雄性格，一言以概之，即明知其不可为而为之，也就是法兰西哲人罗曼·罗兰（Romain Rolland，1866—1944）所说的：

Il n'y a qu'un héroïsme au monde: c'est de voir le monde tel qu'il est, et de l'aimer.

There is only one heroism in the world: it's to see the world as it is, and to love it.

陈筱卿先生译为：“世上只有一种英雄主义：那就是看出世界的本来面目——并且去爱它。”傅雷先生译为：“世界上只有一种英雄主义，便是注视世界的真面目——并且爱世界。”有人认为，英雄主义者不是诗人。对此，朱光潜（1897—1986）表示异议，专门撰写了《诗人与英雄主义》，认为与诗的精神相悖的不是英雄主义，而是犬儒主义。他引述卡莱尔的话说：“英雄崇拜就是对于伟大人物的极高度的爱慕。在人类胸中没有一种情操比这对于高于自己者的爱慕更为高贵的了。”正所谓高山仰止，景行行止，虽不能至，然心向往之。

至于“千年英雄”的称号和概念，则来自域外，是法国的一家报纸在公元2000年那个时间点上回溯甄选公元1000年前后的英雄。法国这家《世界报》的副主编回忆说：“我们决定写一篇专栏文章，分为十二期，讲述在公元1000年前后生活的世界知名的十二位重要人物的生活，覆盖欧洲、阿拉伯—伊斯兰世界以及亚洲。”十二位世界伟人，中国只有一位，就是苏轼。法国纪念历史的活动，反馈到中国，我们觉得，确实和我们从前认识的苏轼很契合。《人民日报》为此还专门刊发《西方人眼中的苏东坡》的评论员文章，给予介绍。从此，苏轼有了一个新的称呼——千年英雄。

千年英雄也好，天才、通才、全才也罢，确实是有尺度的。就算重要和重量，也是有档次的，不是所有人都可以进入到重量级这个级别的。像唐代，我们讲李白、杜甫、白居易，这是我们现在中国文学史公认的重量级，那么宋代呢，就是苏轼、陆游、辛弃疾，不但作品好，而且人格没有瑕疵又魅力十足。有一个概念叫“文如其人”，但在历史长河当中，经常有文与人不对称不对等的现象。我举个例子，明代有一个严嵩，在历史上是一个负面人品的典型，但是他的诗作得非常好，文品和人品极不对等。这种人物就无法进入到重量级的行列，不像苏陆辛、李杜白，都是经得起历史考验的，人和文都值得我们去学习效仿。

在这一点上，苏轼不愧是一位令人尊重的英雄。他回顾自己的平生功业，径直忽略上面提到的种种显赫要职，只提到黄州、惠州、儋州三个人生的低谷，正是在这三个低谷里，才激发出中国历史上这位千年英雄最亮丽的文学光芒和“大江东去，浪淘尽，千古风流人物”的吟唱。千古风流人物，也正是“千年英雄”的同位语。

从黄州、惠州、儋州这三个苏轼总结平生功业的地方，再放大了看去，今天的中国有 18 个城市在轮流举行纪念苏轼的活动，看似毫无联系的 18 个城市，因为东坡曾经涉足而被联系在了一起。从东坡的出生地眉山，到他的仙逝之地常州、归葬之地郏县（今属河南平顶山市），算下来，苏轼一生经行之地，或者说到过的地点，有具体地名或名称者近千处，包括上面提到的 18 个城市：眉山、成都、开封、凤翔、杭州、密州、徐州、湖州、黄州、登州、颍州、扬州、润州、定州、惠州、儋州、英州、常州。此外，还有真州、江宁（金陵）等地。统计下来，苏轼一生约有八年时间是走在路上，整个行程超过三万千米。

地不自美，借诗而显；迹难自胜，因诗而彰。山川名胜，因为诗歌吟咏而魅力倍增。苏轼的文学作品，与祖国的大好河山之间，更是如此。苏轼一生“身行万里半天下”，其中长期停留和居住过的地方只有两个，一个是出生与成长的四川眉山，一个是宦游为官之地，其中开封是最重要的地方，他前后八次进入汴京开封，多数是在京城担任朝官。而乌台诗案时，被关开封御史台大牢 134 天。他在外当过签判的地方有一处，在陕西凤翔；当过通判的地方是杭州。他当过太守的地方，有八处，包括山东密州、江苏徐州、浙江湖州、浙江杭州、山东登州、安徽颍州、江苏扬州、河北定州。贬居地有四处，包括黄州、惠州、儋州和廉州苏轼的一生是伟大的一生，也是坎坷的一生。从他 26 岁任凤翔签判算起，到 66 岁逝世为止，在苏轼 40 年的仕宦生涯中，有 28 年在地方任职。

关于苏轼一生行踪轨迹与文学地理的研究，目前最为翔实的成果是李常生先生的《苏轼行踪考》。这是一位横跨建筑和文学研究领域的常州籍台湾地区学者，目前已经基本考察过苏轼行踪所到的 18 个城市，非常值得钦佩和学习。有老人家在前引路，我们后辈责无旁贷。庚子年可以算是我的苏轼年，为什么呢？因为尽管深受疫情影响，但我还是沿着苏轼的行踪、李常生先生的行踪，踏访了眉山、开封、徐州、扬州和海南的海口、儋州等地，此外，还有苏轼好朋友黄庭坚的家乡——江西修水等等。有些是第一次来，更多的是第二次、第三次，甚至是第六次到访。

二

庚子年夏，我们在扬州召开了“苏东坡与扬州文化”学术研讨会。当时，虽然疫情尚未结束，但是扬州的街上已经很少能看到戴口罩者。在后疫情的时代，扬州人民为什么要纪念苏东坡？仅仅是因为苏东坡曾经做过扬州太守吗？还是因为苏轼给了我们在最低境遇中活出最高境界的榜样？因为苏轼给了我们如何面对绝境的鼓舞？因为苏轼给了我们把一蓑烟雨走成清风徐来的启示？或许后三者才更为重要。

每到扬州思坡翁。扬州对于东坡而言，意义重大。他的老师欧阳修在扬州建了著名的平山堂，东坡紧随其后，在平山堂后面建有谷林堂。他的弟子秦观就是扬州下面的高邮人。坡翁总结一生功业，写下“问汝平生功业，黄州、惠州、儋州”，这首《自题金山画像》的金山，就在扬州的对岸，所谓“京口瓜洲一水间”的地方。虽然东坡在扬州做官时间不长，只有半年，但来往次数之多却是喜爱下江南的乾隆皇帝的两倍，因此，东坡与扬州也结下了不解之缘。除了广陵和江都之外，扬州还有一个别名——“海西头”，即孟浩然所谓“遥寄海西头”。无论在大运河的脉络里，还是我们谈论的“苏海”泛舟，扬州都是不可忽略的重要码头。扬州，与中国的香道文化有着不解之缘，这座以烟花三月著称的城市，在华夏嗅觉审美史上占有特殊地位，其中也留下苏轼对香道文化的独特贡献。在扬州秀丽的湖山背后，是深厚的人文积淀，而吸引东坡的自然还有他的老师留下的遗迹和诗词。从醉翁的“手种堂前垂柳”（《朝中措·平山堂》），到坡翁的“仍歌杨柳春风”（《西江月·平山堂》），可以一窥中国文学一脉相承的传承谱系。

我的家乡天辽地宁，也有杨柳依依，可惜没有坡翁遗迹，因此在学习和理解坡翁其人其作时，常有缺乏现场感和无法身临其境之憾，为了弥补遗憾，我几乎走遍苏轼曾经走过的城市，其中六访广陵，数探坡翁遗迹。来到名闻天下的瘦西湖，沿湖北上，即谷林堂、平山堂，因此，欧苏遗范尚可謦欬遥闻，一如其文字和书迹之可观可亲。以瘦西湖闻名天下的扬州，其实在中国文艺思想史上，也是美学风范由丰满之神向瘦癯之韵转变的关节点，一如杭州西湖与扬州瘦西湖在外形上的环肥燕瘦之别。

瘦西湖之湖，与苏海之海，可谓境界迥别。观夫水者，至海而止。千古文人一东坡，苏轼诚可谓海纳百川，他所师法和景仰的历代前贤，如涓涓细流，漫漫清河，在一代坡仙这里汇为江海，“苏海”二字，正可形象地用来喻指苏轼其人其作那种海涵地负、海纳百川的浩瀚气象。这种浩瀚气象，非海不足以言其大，非海不足以言其深，非海不足以言其广。因此，苏门弟子张耒《赠李德载》诗云："长公波涛万顷海。"宋代蜀人赵夔《集注东坡先生诗前集》序言中说，诵东坡先生诗文，"其初如涉大海，浩无津涯，孰辨淄渑泾渭，而鱼龙异状，莫识其名，既穷山海变怪，然后了然无有疑者"。可见苏轼与大海之间，有着不解之缘，用"苏海"二字来形容其成就与影响，正是水到渠成的恰切之喻，因为，非海之广不足以道其"波澜浩大，变化不测"，非海之深不足以称其"力斡造化，元气淋漓，穷理尽性，贯通天人"。

三

《四库全书总目》提到，"世传'韩文如潮，苏文如海'……皆惯用而昧其出处，今检核斯语，亦具见于是书。盖其初本为世所传诵，故遗文剩语，口授至今。"而与其所引文字稍异，元初李淦的这部《文章精义》的原文是："韩如海，柳如泉，欧如澜，苏如潮。"在学术源流上，李淦是朱熹再传弟子，生活时代在许衡稍后，身为元朝国子助教，他在《文章精义》所表达的论文标准、重韩轻苏的倾向兼具学术理念和官方意志，既代表元初理学家对文章风格的取向，又是元朝推尊朱子之学为官学的要求，从“韩海苏潮”的定位可以看出程朱理学在元初的上升态势。

在李淦之后，元人陈绎曾《文式》云：“韩如海，柳如泉；欧如澜，苏如海。”将“苏如潮”升级为“苏如海”，与韩并列称海。这是目前文献中第一次出现的“苏如海”，从中可见，“苏海”一称，其源有自。与之相映，他格外钦慕的白乐天则以白家池而闻名。池与海，当然不是意在评骘白、苏二人之高下，但时代与境界之别于此亦可见一斑。

明末崇祯四年（1631），吴伟业（1609—1672）为《苏长公文集》写了一篇序，《苏长公文集》是他的老师张溥（1602—1641）所编，吴伟业在序中认为，《文章精义》之说非确论也，他说：

李耆卿评文有云：“韩如海，柳如泉，欧如澜，苏如潮。”非确论也，请易之曰：韩如潮，欧如澜，柳如江，苏其如海乎！夫观至于海，宇宙第一之大观也。虽然，以长公之文而不出吾师之手眼，为之选定，以示后世，大海洋洋，谁涉其涯？亦徒有向若长叹而已。然则宇宙之第一文字，固非真第一人不能知也，是集所为选也。

这样一来，韩柳欧苏的顺序，变为韩欧柳苏；“柳如泉”变为“柳如江”，包容更广，格局更大，显示出柳文地位有提升；最重要的是，韩愈和苏轼对应的形容词，恰好作了调换，“韩海苏潮”变为“韩潮苏海”，体现出元代初期崇尚韩文到明代末年推尊苏文的转变。

晚清学者俞樾（1821—1907）对“苏海”一词亦有所辨析，他在《茶香室丛钞》卷八“韩海苏潮”这一则中说：“国朝萧墨《经史管窥》引李耆卿《文章精义》云：‘韩如海，柳如泉，欧如澜，苏如潮。’然则今人称‘韩潮苏海’，误矣。”尽管他忽略了吴伟业的分析，对“苏海”表示“误矣”之指责，但也未能改变人们习用的“苏海”这一评价，例如，清末才女汪藕裳（1832—1884）《子虚记》即曰：“苏海韩潮文字美。”晚清张佩纶（1848—1903）《涧于日记》辛卯上卷亦云：“吾颇疑坡公以孟郊诗为彭蚏、以山谷诗为江珧柱皆有贬词，试问能与韩潮苏海较耶？”

清代康熙间，蔡方炳《东坡文选序》云：“昔人之言曰：韩如潮，苏如海。今夫海，世之珍怪奇宝，无不出其中；巨细美恶，污洁之物，江、淮、河、汉之水，以至畎浍之流，纳之而皆不见其迹。潮亦海之所生也，然其来也，汹涌澎湃，浴日月而震天地，虽智者不能测，勇者不能撼。人可以入海，而不能逆潮，则学者难易之别也。”嘉庆间，海阳郑昌时《韩江见闻录》“韩庙苏碑”一则，也继承了“韩潮苏海”的说法，他说：

苏文如海，韩文如潮。海言所就之宏深，潮言其气之盛大也。韩庙而苏碑之宜哉！人传苏文忠公在惠州作韩文公庙碑之时，沉吟良久，及得“匹夫而为百世师，一言而为天下法”二语，拍案而起曰：“文成矣！”是为作文争起手法。然篇中议论之精，尤在“公之所能者天也，其所不能者人也”数行。予题碑阴，有句曰：“两代文章配潮海，千秋穷达证天人。”谓此也。

“韩潮苏海”由此沿用至今。但需要说明的是，苏轼的韩文公庙碑，并非作于惠州，而是作于“海西头”的扬州。而大家之所以开始以讹传讹，后来又习误为是，其内在的理路，不仅仅是因为“韩潮苏海”中，与苏轼同为摩羯座的韩愈作过潮州太守，今天的韩文公祠已经成为潮州的地标，因此韩潮更容易为人熟悉，而是因为，只有苏轼才当得起这个“海”字。因为韩文以气势雄奇盛大见长，行文充满力度，有时一唱三叹，波荡往复，以水为喻，更似汹涌澎湃的潮水。韩愈弟子皇甫湜评曰：“韩吏部之文，如长江大注，千里一道，冲飙激浪，污流不滞。然而施灌溉或爽于用。”汹涌澎湃的潮流，的确不适于浇灌田亩。苏洵评韩文“如长江大河，浑浩流转，鱼鼋蛟龙，万怪惶惑”，也看到韩文浩荡如潮的特点。而苏文内容广博，风格多样，以悠游从容为主，妙趣横生，少激烈澎湃之作，无事无意不可传达，自非潮、澜、泉可以形容。万流归海，也只有海，能状其千变万化，无所不包。再者，韩文最初由其门人李汉编集，收罗已完备，加上后人陆续所得，共 358 篇；而苏文今存超过 4000 篇，数量上也比韩文更称得上这个“海”字。因此，清代诗人查慎行（1650—1727）《送史儆弦前辈视学粤东二首》之二有“班香宋艳才相嬗，苏海韩潮量校宽”之诗句，清代著名戏曲家孔尚任（1648—1718）的《桃花扇》中，侯方域自称：“早岁清词，吐出班香宋艳。中年浩气，流成苏海韩潮。”随着这部雅俗共赏的剧作成为经典的影响力，“苏海”一词流传渐广渐远，更加深入人心。

晚清岭东杨毓辉《郑观应〈盛世危言〉跋》称：“观其上下五千年，纵横九万里，直兼乎韩潮苏海，则不啻读《经世文编》焉。”清代洛阳弓翊清《（道光本）斜川集序》所谓：“一堂星聚，绵井里之馨香。三代云联，成诗歌之盛举。此渊源以续，宜附斜川，浩翰无涯，益钦苏海也。”可见，作为历史上少有的文艺天才、全才和通才，苏东坡实在无愧于“苏海”这一誉称。

“苏海”，除了喻指苏轼本人海涵地负的浩瀚气象之外，还可以用来借指已如汪洋大海般的苏学研究。十几年前，为一探苏海之深，我曾类编《苏轼研究文献》，涉及其人其作，包括诗词文赋及书画，分为文本整理、年谱传记、研究论著等，几番增补，所用检索手段还比较原始。最近出版的《三苏文化大辞典》和《三苏文化研究资料索引》则比较全面地展示出“苏海”之深之广。今天，检索海量数据组成的读秀数据库，以“苏轼”为书名的中文图书多达 1123 种。中国知网以“苏轼”为篇名的文献共计 6793 篇（1957—2019）。其中期刊论文 5819 篇（1957—2019），会议论文 132 篇（1984—2019），学位论文 425 篇（2000—2019），报纸文章 93 篇（2011—2019）。同一时段，维普期刊 7958 篇，万方数据 7316 条（其中期刊论文 6808 条、学位论文 391 条、会议论文 117 条）。这还不包括与之相关的其他检索词，诚可谓“苏海”。所以，王水照老师和巩本栋先生都曾写过题为《走近苏海》的文章，或归纳东坡的思想学术与文学，或反思苏轼研究。

苏轼具有多方面的才能、深邃精微的人生思考、丰富的文化性格。就像研究《红楼梦》有“红学”，研究《文心雕龙》有“龙学”，研究莎士比亚有“莎学”，研究苏轼自然也可以称之为“苏学”，例如薛瑞生先生撰有《苏门、苏学与苏体——兼论北宋的党争与文学》，曾枣庄先生撰有《论苏学——纪念苏轼逝世 900 周年》。不过，相比“苏学”，我更青睐用“苏海”来概括我们对东坡的学习和研究，因为“苏海”较“苏学”更具包容性。《阿含经》云：“四河入海，与海同流。”日本五山禅僧笑云清三所编的苏诗讲义录集，亦名为《四河入海》。虽取义有别，但与苏海有异曲同工之妙。从“走近苏海”到“走进苏海”，虽然只有一字之别，但也是境界顿异。

四

走进“苏海”的途径和道路很多，例如，可以在故宫（包括沈阳故宫、北京故宫和台北故宫）寻找苏东坡，也可以通过“重走东坡路”这样的游学方式，寻访东坡遗踪，参观眉山三苏祠、郏县三苏坟、扬州谷林堂、苏州白苏二公祠、杭州苏轼纪念馆、黄州东坡赤壁、惠州苏东坡纪念馆、海口五公祠、儋州东坡书院、常州东坡公园……这时你会发现，自己随时可能在祖国秀丽的山水名胜中与“身行万里半天下”的东坡不期而遇，诚可谓“江山何幸，但经宦辙便千秋”（金安清题湖北黄州苏公祠联），只要是苏轼做官的地方，即使只是路过，哪怕他是贬谪，那个地方也会成为风景，衍为名胜，与苏轼结缘，既是那里山水的幸运，也是后人走进“苏海”的通途。

当然，也可以参加同龄人之间的各种读书会的活动，与同好、朋友交流，同时向老师和专家讨教，或者参加中国苏轼研究学会举办的学术会议和纪念活动，也可以借助阅读、观赏、吟诵、书写等在疫情之下更易采取的书斋方式，与东坡进行跨越时空的对话和交流。而无论哪种走进“苏海”的方式，都需要重视已有的研究成果，只有站在这些已有成果之上，我们才能有效地亲近苏东坡。也就是说，只有首先了解第二个义项“苏海”，才能更准确地深入把握第一个义项的“苏海”。当然，首先是对东坡的兴趣，才能从“走近苏海”升级为“走进苏海”。

巍巍苏学，浩浩苏海，如果沿流溯源的话，较早使用“苏海”第二个义项者，是《苏文忠公诗编注集成》的作者——清代学者王文诰，他在《编注集成》附录的《苏海识余》开篇说：

苏海之说旧矣。绍圣四年，东坡公发惠州，迁儋耳，自新会赴新康，至古劳，河涨不可渡，休于鹤山之麓者数日。公既去，而所居遂为坡亭，地曰苏公渡，见前明陈献章诗中。邑令黄大鹏又手劖“苏海”二字于厓之上，嗣是更名苏海，至于今盖三百年矣。曩者予访公渡海轶事，尝亲至其地，察视所由，则汪洋渺弥、横无涯际。观于海者，亦足致朝宗之意焉。然公神在天上，犹水之无往不在。公既自为发之，岂于一驻足间，独眷眷于兹土。且其诗文，跨越唐汉，衣被天下，已昭然载四库中。若由今以稽之于古，是所谓苏海者，当穷其所至观之，必不囿于一隅也。

王文诰径直省略了元代李淦、明代吴伟业以来对“韩潮苏海”的辨析，另辟蹊径，从地理遗迹上“苏海”二字的起源说起。明代地方官黄大鹏曾在东坡当年于古劳（今广东鹤山古劳镇）渡江处的崖壁上刻“苏海”二字，以名该地。王文诰就此追忆自己访东坡渡海轶事，曾经亲至其地，察视所由，则汪洋渺弥，横无涯际。“若由今以稽之于古，是所谓‘苏海’者，当穷其所至观之，必不囿于一隅也。予招工设局，写刻本集，凡五年而工垂成。此五年间，续有所得，皆补葺旧事，诚当以‘苏海’名之。而自顾闻见短浅，囿于峤外，尤当以‘苏海’名之。下揖陈、黄，而上追赵宋，则庶几有以自处矣。爰随笔录之，名‘苏海识余’云。”王文诰《苏海识余》全稿共四卷，卷末曰“凡所笺未及入载者，详《苏海识余》中。其有续考人事，补《案》所不备者，亦附见焉”，其所补所附，涉及东坡诗文本事、诗集编刻、人事交游、时政背景、身后评论等各类内容，与《苏文忠公诗编注集成总案》以诗文为纲详述东坡行实不同。由此可见，王文诰所云“苏海”，早已超越苏轼及其诗文，扩大至与苏轼相关的一切。

五

苏轼《六月二十日夜渡海》曾写道“天容海色本澄清”，澄清与波涛汹涌，是大海迥然不同的两个样态。苏轼这样的奇才、天才、通才、全才，善于将两种迥然不同的风貌，有机而完美地融合起来。在介绍了“苏海”的概念之后，我想谈谈理解“苏海”的几对关键词。第一对关键词，是苦难与超越；第二对关键词，是日常与风流；第三对关键词，是绚烂与平淡。我认为，以上三对关键词，是成就东坡那种温暖却不刺眼、热烈而不张扬的文学个性的源泉，可以作为解开苏子瞻如何成为苏东坡这一问题的钥匙。

正如学者、文人和官员三位一体地完美融合于一身，这三对关键词，也辨证有机地融合于苏子瞻走向苏东坡的成长之路上，使得“苏海”包容着潇洒的人生、思想的包容、超然的审美、温和的改革、实干的精神、亲和的人性、智慧的观照等东坡之为东坡的一些要素，也包容着陶渊明的平淡悠然、李太白的旷逸超凡、杜子美的坚守执着、白乐天的随缘自适等东坡之不仅为东坡的一些要素，正如大海的朵朵浪花一样，反映出博大精深的苏海的种种面向，也正如苏东坡之才与智，如此广泛而迷人。在他身上，有敏捷的诗才、词才、文才，以及书法、绘画、美食等多方之才，正所谓“语及长公，其人已往而其神日新，其行日益远，千古一人而已，古今文人一人而已”，加上其幽默的风格、渊博的学识、从容的气度、刚正的气节、洒脱的气质，无不吸引前人和你我，就像大海一样。这就是我眼中的苏轼。

面对中国文化史上这位罕见的全才、通才和天才，人们不免感慨“说不全的苏东坡”“说不尽的苏东坡”“说不透的苏东坡”。确实，苏海浩瀚，然渡海可期，泛舟有方，就像苏轼《日喻》所说的那样，要想学会游泳，就要“日与水居”，这样才能“得其道”，也就说，只有认真细读苏轼留下来的文字和书画等文本，全面清理与苏轼相关的各类遗迹，把握第一手材料，还原第一现场，才能从心所欲，自由地苏海泛航。当然，海外有海，天外有天，茫无涯际，而时间有限。好在前有先贤，今有同道。因苏海而结缘，吾道不孤，行无寂寞。虽有研究路数不尽相同，学术风格亦有学院派和非学院派之别，但爱苏之心同、慕苏之意同。衷心祝愿有心的读者，也可以走近苏海，再走入或走进苏海，找到自己与这位千年英雄的共鸣点，享受这位一代文豪带给我们的诗性智慧。

第四辑　嘤鸣相召

怎样向《唐诗三百首》致敬

选者之权力，能使人归。作为古老的古典文学批评方式，选本与评点、序跋、诗话等，共同构成中国文学批评的形态，其影响力不可小觑。留存至今的300余种唐诗选本，有的只选诗作，有的选诗之外另附作者小传，有的选诗兼夹圈点和评点，还有的选诗兼夹注释，更有加以综合性评价者，这几种形式有时还相互交叉，不少选本更是兼具两种以上功能，风格形式，可谓多种多样，真是一笔宝贵的“文化财”。其中，初刊于1763年的《唐诗三百首》是公认最为流行的选本——“风行海内，几至家置一编”（四藤吟社主人《唐诗三百首补注序》，见陈婉俊《唐诗三百首补注》卷首），“人奉一编，以为圭臬”（胡本渊《唐诗近体序》，见光绪间刊本《唐诗近体》卷首）。《唐诗三百首》的升级对象是《千家诗》，完美升级之后，至今未衰。在问世至今的259年间，尽管《唐诗三百首》主要被视为普及读物，但早已进入学术研究视野。虽然还缺少专业性质的校勘修订，但以之为选题的期刊和学位论文已蔚成大观，正可与其流传至广相互呼应，这两者恐怕都是蘅塘退士（1711—1778）所始料未及的。编选者蘅塘退士夫妇的名不见经传与《唐诗三百首》的流行不衰构成强烈反差，值得玩味——为什么最流行的唐诗选本，既非名家之选，也未强调去贯彻某种诗学理念？

尽管《唐诗三百首》流行不衰，但绝非今日最理想的唐诗普及读本。所以，不断有人在加以升级和改造。近日，针对其存在的不足，李定广教授精心校订出版了《分类唐诗三百首》（人民文学出版社 2020 年版），改订原编各种“硬伤”，尽量弥补“软伤”。书逢惬意堪快读，抱着学习的态度，拜阅一过，颇受教益。该书最大的特点是分类编排，管见所知，二十世纪吴在庆先生《新编唐诗三百首》（江苏古籍出版社 1991 年版）也是分类，将所选 333 首诗也是归为 10 类，只是名目各异。相比而言，按照题材分类编排，较分体更麻烦，容易引起争论，因为有的诗歌题材并非单一，而分体则更利于寻找和定位。当然，对今天的初学者而言，分类也不无助益，拙编《唐宋诗词鉴赏》也是按照题材分类编排，个中甘苦亦稍有体会。

那么，对照李定广教授所言《唐诗三百首》存在的三大“软伤”和五大“硬伤”，再参考其《近年通行本〈唐诗三百首〉若干注释商榷》，令人欣喜地看到，《分类唐诗三百首》的重编，很好地避免了误导读者的种种“软硬伤”，大大纾解了今日学术规范与古人诗学理念之间的矛盾。但略有遗憾的是，大量比较精到的原批基本没有保留，比如元稹《遣悲怀三首》批语“古今悼亡诗充栋，终无能出此三首范围者”等等，颇有遗珠之憾。还有几处瑕不掩瑜的问题（不是硬软伤），比如书中写道“张祜晚年和白居易喝酒开玩笑”，那一年诗人张祜才 34 岁，“白公”54 岁，而且并未谈及“喝酒”，不仅史料无稽，而且相隔 20 岁的年龄差，又是“始来谒”，也大不合情理。又如，王维《辋川集》“写辋川别墅的二十个景点”，这是不准确的，详情可见陈铁民先生《辋川别业遗址和王维辋川诗》（《中国典籍与文化》1997 年第 4 期）一文。另外，“王维，蒲州（今山西永济）人”，应为蒲州猗氏（今山西临猗县）人，这也是王维研究专家陈铁民先生认真考证之后得出的结论，详情可见《文学遗产》2018 年第 2 期的《王维为蒲州猗氏人考》。又，“少府：县尉，比县令小”，后四个字亦可再斟。又，“白居易，下邽（今陕西渭南）人”，或可准确标明原籍太原，后迁居下邽，生于新郑（今河南新郑）。又，蘅塘退士批注《登乐游原》“好景难长久，皆当作是观”，“是”疑为“此”。又，“朱金城《白居易集校笺》”，“校笺”当为“笺校”。又，“觉（jiào）：醒”，据平仄和上下文义，注音疑应为“jué”。又，“落魄（tuó）：一作落拓”，注音 tuó，只是“落魄”之“魄”的又音，疑应标其本音。手民之误，在所难免。吹毛求疵，达者幸恕。

唐诗不仅是华夏民族的文化遗产，也是世界人民的共同财富。岁月沧桑，物质性的存在终将消逝，而作为精神财富的唐诗当会永存。辉煌的唐诗，不仅是美育和文学教养的经典，哺育了伟大的诗歌传统，同时也是其他艺术创作挹之不竭的灵感源泉，《唐诗三百首》正是源泉里最澎湃的一脉。追流当溯源，窃以为，在不断升级改造修订《唐诗三百首》的同时，有必要为读者提供其最早的原刻本，而不仅仅是翻刻本、注释本、补订本。《中国古籍总目》著录有 11 种《唐诗三百首》，而包罗丰富的《唐诗选本丛刊》（陆有富编，北京燕山出版社 2020 年版）只选了常见的两种，最重要的上海图书馆藏清乾隆二十八年（1763）刻本至今尚在深闺，不免令人遗憾。在向 259 岁的《唐诗三百首》致敬之际，也期待可以一睹其出生之际的原貌。

仰望唐人诗意天空

——《唐代诗人墓志汇编》读后

沉甸甸的精装《唐代诗人墓志汇编》拿在手上，触目是青色封面，立即令人联想到青石。“青石出自蓝田山，兼车运载来长安”，白居易《青石》写得凛凛有生气，意在激发忠烈，可供与之参证的《立碑》则主要意在讽刺谀墓，二者一讽一谕，一激一劝，一为七言而属《新乐府》，一为五言而归《秦中吟》，体式和立意虽别，但彼此互文，出发点都关涉如何面对生死。当诗人与墓志相遇，既是生与死的交叉，也是抒情与叙事的对话。继续深挖，还有石刻与纸本的温差。仔细研究，则需要历史、语言、书法、考古、艺术、宗教、民俗等学科的横跨。如果横跨的时间点恰在中国历史的黄金时代——唐朝，那么就可以期待一场盛宴。盛宴的菜单就在眼前，这部《唐代诗人墓志汇编》为我们全面展现出大唐王朝诗意天空的第一手史料。毫无疑问，只有认真汇辑、梳理、校订、考释、笺证这些出土文献，踏稳面前这史料大地，才能惬意地去仰望唐人的诗意天空。

这部史料整理与考证兼备的著作，由胡可先教授带领弟子杨琼女史共同完成，是继可先教授《出土文献与唐代诗学研究》《考古发现与唐代文学研究》《新出石刻与唐代文学家族研究》三部力著之后，全面载录校订唐代诗人墓志的史料集成，足以树立目前学界在唐代诗人墓志研究领域的新起点，必将成为该领域研究者和爱好者案头必备的工具书，其吐纳经范的优异成绩，完全值得在学术史上加以立碑颂美。具体理由有三。

首先，这是可先教授在唐代文学研究领域长期埋首群籍、黾勉耕耘、潜心学术、甘坐冷板凳所结出的精品硕果。以《杜牧研究丛稿》为起点，以《全唐诗人名考》《唐五代人交往诗索引》为基点，以《杜甫诗学引论》为节点，扩大至《中唐政治与文学研究——以永贞革新为研究中心》，拓展至《唐代重大历史事件与文学研究》，提升至探讨《政治兴变与唐诗演化》的关系，旁及《唐九卿考》《欧阳修词校注》《宋代诗词实证研究》，既而注目于唐诗发展的地域因缘和空间形态，最后集中到近十多年来的《出土文献与唐代诗学研究》《考古发现与唐代文学研究》《新出石刻与唐代文学家谈研究》，在可先教授自谦的"半亩方塘"，分明映射着海涵地负、天光云影，其成果之宏富、格局之弘阔、内容之精深，堪为晚学表率。在《汇编》194 方唐代诗人墓志的叙录背后，积淀着的是一位唐代文学与文献研究者的扎实严谨、艰苦卓绝与长期积累以及教学相长的优异成果。

其次，《汇编》树立了墓志整理的新典范。在辑录范围上竭泽而渔，从 15000 多种唐代墓志中辑录出具有文学研究价值的精华所在的 194 方诗人墓志。叙录内容涵盖墓志形制、志主简况、文献著录、收藏地点及前人和时贤相关研究成果，并甄录相关诗人配偶或族人墓志以作印证，其释文及标点断句于前贤已有成果多有校正。如书中绪论提及的李百药、薛元超、孙处约三方墓志，还有诸多未提及者，如《卢大琰墓志》"洎东西二天官，咸以公书判妙绝辈流"，时贤误为"洎东西二天官威，以公书判妙绝辈流"。又如白敏中墓志，时贤释文舛误之处更是时见，恕不一一列举。这些成绩，看似点滴，然所关非小，体现的是史料学研究的求真精神，以及可先教授秉持倡导的实证精神，丹青难写是精神，惟有认真二字可臻其境。

最后，《汇编》指明了墓志研究的新方向。以往墓志研究队伍以史学研究者为主，而近年来文学研究者日渐增多。文史虽不分家，但久已各立畛域。同样关注墓志研究的陈尚君先生，以其博大宽广的气魄而治一代之学，在一代之学视野下，墓志研究的新方向何在？可先教授认为，墓志研究的终极目的，不是墓志文献本身的解读，而是通过文献解读，进一步对唐代社会与唐代文学的解读，对于唐代文学原生状态与发展情况进行深层的拷问。我认为这也是史料学与一般史料研究的区别。中华文学史料学学会常被漏掉一个“学”字。学者，觉也。一字之差，境界顿异。窃以为，文学史料学对文学研究而言，兼具基础性意义和向上一路的价值，正如《汇编》所指明的墓志研究的新方向，将文献整理与实证研究密切结合，踏稳墓志史料的基础文献，来仰望唐人的诗意天空，以臻通识与精微兼备之境。

源于以上理由，我们值得为《汇编》立碑，而不仅是口碑。此非虚美，姑作预流，留待后验。白居易《立碑》曾以麴信陵为例，显懋绩于未昭，发潜德之幽光，为遗爱在民而名位不彰者叙功标举，今天看来仍富有启迪意义。笔者因工作关系，自 1996 年开始，承乏为《中国文学年鉴》撰写唐代文学研究综述，由前知网时代至数字化时代，至今持续 25 载，年年岁岁撰综述，岁岁年年貌不同，以一己之陋见，衡一年之成果，察群情之喁望，忌一己之阿好，常恨学浅语拙不足书美。但通过每年持续拜读胡可先教授的论著，所获教益和滋养不可谓不深。由《汇编》生发，我想到王国维《国学丛刊序》的一段话，在论及科学与史学的区别时，他说：

凡记述事物而求其原因，定其理法者，谓之科学；求事物变迁之迹，而明其因果者谓之史学……而欲求知识之真与道理之是，不可不知事物之所以存在之由，与其变迁之故，此史学之所有事也。

科学与史学并重，其实就是理论与史料结合，这正是《汇编》以及可先教授相关论著给我们指明的文质彬彬、坚实而通达的研究方向和前景。期待与此配套的“传世文献编”早日问世，也期待可先教授以更多更好的新成绩再树新碑。

实证研究与学理分析

——评《白居易生平与创作实证研究》

白居易作为广大教化主，历来是古代作家研究的热点、近代学术研究的前沿。据笔者统计，海内外有关研究论著截至2015年已有大约500部，仅2016年出版者即有7种。其中，文艳蓉著《白居易生平与创作实证研究》（上海古籍出版社2016年版）是比较重要的、取得多方面新收获的研究成果，该著是在其博士论文基础之上修订而成。如其书名所示，著者主要运用实证的研究方法，结合域外文献、出土文献与传世文献，对于白居易的生平和创作进行探索和研究，内容不仅全面还多有创新。著者留意在实证研究基础之上，提升至学理性分析，有效地避免了将实证引入琐屑无谓的考辨、文献汇编或资料堆积。

首先，该著留意利用近年新出土墓志等文献，对于学术界长期争议的白居易家世问题进行再探讨，以厘清白居易的远祖世系与子嗣延续。对于前人涉猎较少的白居易家族婚姻状况更详加研讨，通过白氏家族与杨氏、皇甫氏以及张氏家族婚姻的考证，展示白氏家族的婚姻特点。在白居易的交游方面，侧重于梳理他与牛、李党争人物之间的关系，并对其党争属性与表现进行新的审视。

其次，该著留意收集域外文献，尤其是日本乃至东亚所藏文献，分大集本、单行本和各类选本，对其源流进行全面考述，以拓展白居易著作的版本研究。同时对白居易诗文的石刻本与墨迹本进行钩稽，以探讨和清理白居易诗文流传过程中产生的各类问题。

再次，该著通过制度等视角，对白居易重点诗作进行探索，重点定位于两个方面：一是《长恨歌》《琵琶行》的专题研究。日本保存的《长恨歌序》是白居易的原序，由此可证实《长恨歌》与《长恨歌传》并非一体的关系。《长恨歌》主题虽众说纷纭，但由文献疏证入手而重新阐释，爱情说也可得到证实。《琵琶行》与唐代教坊制度有着密切的关系，通过史料实证和内涵挖掘，可以证实唐代教坊第一部为胡部，教坊四部为胡部、龟兹部、鼓架部和清乐部，唐代教坊入籍年限为十三岁，中唐教坊已趋向民间化。二是白居易诗分类原论。白居易元和十年编集时分为讽谕、闲适、感伤、杂律四类诗，通过现有资料还原其作品的原生状态，是该著致力的重要方面。诗歌四分类对古律之分和情志之辨有重要作用，但也存在有始无终、体格混杂的缺失。

最后，该著探讨白居易诗在日本的受容研究。著者认为，在平安时代，白居易在日本的接受异常深广，呈现全面展开的态势；五山时代，日本汉文学侧重于对闲适诗和闲适精神的接受；江户时代，由于受中国明代文学思潮影响，对白诗的接受主要表现为对“白俗”的贬低，但主流之外也有欣赏热爱白诗之人。此外，诗媒意识、佳句情结和选本接受，是各个时期日本对白居易诗接受的共同特点和主要方式。

总体看来，《白居易生平与创作实证研究》是近年来取得多方面进展的一部力著。当然，个别问题尚有进一步探讨的空间。例如，第72—73页引《白敏中墓志》漏字颇多，可据相关文献补订为：“是日，当延英抗言曰：今岭表穷民，实前朝旧相。当事主时，轻家族如毛缕。及为奸人所得，顾柄任乃焚溺之本耳。此非必有缺陷，假若小不直，亦未伤大体，且今日隳前日，岂继圣所宜言耶？上惊喜，即日诏还五宰相。”第175页引《云自在龛随笔》《秘殿珠林》等论白居易书《楞严经》，实际上此《楞严经》书迹，并非白居易笔迹，乃宋人张即之（1186—1266）所书，《秘殿珠林》卷二所云“的是乐天真迹，笔意圆劲飘逸，雅称其诗”，恐未可信。探其源流，明人李日华《味水轩日记》卷二已云：“白香山书《楞严经》，本张即之笔，朱为补款，并作铁崖跋，跋语则出冯手构。余固疑其类即之，诸跋忽未察耳。”近人徐邦达《古书画伪讹考辨》（江苏古籍出版社 1984 年版）更推断所谓赵明诚《白居易书楞严经跋》亦明人冯权奇、朱实所伪造（参见高二适《论淳熙续帖白香山书之伪》,《艺林丛录》第十编，商务印书馆香港分馆 1974 年版；《中国艺林丛论七》，台北文馨出版社 1976 年版）。第 227 页所举证之张祜（792—854）《赠淮南将》“年少好风情”，恐未必作于元和元年（806）之《长恨歌》之前，故与所论主题关系不大。

近年出土的题为白居易所撰之《楚王白胜迁神碑》、题为白邦翰所撰之《白邦彦墓志》（白邦彦为居易之弟行简之孙）等的发现，为白居易家族世系研究提供了新的线索和证据。尽管谢思炜《洛阳所见白公胜碑真伪辨疑》（《文献》2009 年第 3 期）从碑的体制、流传、内容等诸方面疑其非为唐碑，然亦云：“尚未完全排除碑文出自白居易之手的可能性。”根据这些新出土文献，文著认为，白居易远祖为楚公族芈姓较为可信。《楚王白胜迁神碑》《白邦彦墓志》关于白居易远祖的记载，多与《故巩县令白府君事状》《太原白公墓碑铭》《白敏中墓志》《皇甫炜夫人白氏墓志》相符，为白居易远祖出自楚芈姓说提供了证据。但笔者认为，白居易远祖是否出自楚芈姓，恐怕不能全然相信白居易及其家族墓志。李商隐撰《太原白公墓碑铭》在涉及白氏先祖及世系这一问题时，就并未因同白居易交往颇深而滥用曲笔、妄加讳饰。他只用了寥寥不到四十字：“白氏由楚入秦，秦自不直杜邮事，封子仲太原，以有其后。祖某，巩县令。考季庚，襄州别驾，赠太保。”与白居易自撰《家状》相比，可谓惜墨如金。恐怕李商隐根本就不相信白居易《家状》煞费苦心地为其家世杜撰的虚妄不实之词。所以《太原白公墓碑铭》一开始就说：“公之世先，用谈说闻。”对墓主的先祖及世系明确表示怀疑。

书中尚有若干手民之讹。如第31页称“景受，字孟怀，观察史”，当为“孟怀观察使”，“字”字当衍。其实，“字”并非衍字，盖白景受字孟怀。倒是“观察使”三字，据《新唐书宰相世系表·白氏》，当为“观察支使”，可以出校。《因话录》作者“赵麟”“赵磷”，当为“赵璘”。第96页《天下金石录》，应作《天下金石志》。第104页、第399页“于潜”，应作“於潜”。第105页“王十鹏”，应作“王十朋”。第119页、第175页两处之“顾颉刚”，应作“顾学颉”。第176页引《虚舟题跋》卷七《唐白乐天书》末句当断为：“良由胸次高，故了乏笔墨蹊径也。”第176页注释1“［宋］张读”，当为“［唐］张读”。第194页《白居易文宋校注》，当为《白居易文集校注》。第222页引魏裔介《白乐天〈长恨歌〉论》乐天又著为歌词“以纪其事”，当为“以艳其事”。第250页“邓之城”，当为“邓之诚”。第300页川合康三《白居易闲适考》当为《白居易闲适诗考》。征引和参考文献部分亦有若干笔误，如再版时能予以更正，当更便于阅读。

另外，关于白居易江州编集的本意，滕汉洋《白居易江州编集的动机考察——兼论江州之贬与白居易诗学观念的变化》(《牡丹江大学学报》2016 年第 11 期）认为，白居易元和十年贬江州时自编诗集十五卷，明显受到“不遇立言”观念的影响，同时也有为自己含冤被贬作辩解的现实动机。白居易编集时推崇讽谕诗而贬斥杂律诗的理论宣示，与其编集的实际操作并不一致，表明其诗学观念存在矛盾。江州编集预示着白居易诗学理念开始发生较大变化。这一见解亦可与文著相关部分互为补充。

振衣千仞冈，濯足万里流

——评《红楼梦一百二十回抄本初探》

《红楼梦》研究，人称“红学”。红学的学术史业已出版数种，而中国社会科学院文学研究所是任何一部红学史都无法忽略的研究重镇。从俞平伯、吴世昌、何其芳，到王佩璋、蒋和森、陈毓罴、邓绍基、刘世德，以及胡小伟、石昌渝诸先生，可谓名家汇萃、人才济济。1979 年，由邓绍基主编，陈毓罴、刘世德任副主编的《红楼梦研究集刊》创刊，共出 14 辑，扎实持重，影响深远。2005 年，辽宁大连夏薇女史入所，成为刘世德先生之入室弟子，从世德先生问学十余载，尽得其小说版本学之真传，在博士后出版报告基础上，精心打磨，著为《红楼梦一百二十回抄本初探》，2015 年由社科文献出版社出版。虽云“初探”，实堪称文学所新一代具有开辟性意义的红学力著。

这部力著之前，我们有关《红楼梦》版本的认知，主要是脂本和程刻本两大系统，夏薇的著作则构建起一个新的版本系统：一百二十回抄本系统。其开辟性意义即在于此。作者通过深入细致的调查，分别考索籀红室藏本、春草堂藏本、补拙斋抄本、吉晖堂藏本、蒙古王府本、杨继振藏本、舒元炜序本、皙庵藏本、眉盦藏本、戬本等，一一比对分析它们与脂本、程本的异同，发现一百二十回抄本有一个共同的特点，与程甲本、程乙本相较，均有明显关键性的异文，可见绝非抄自程甲本或程乙本，而是各自另有底本。这种情况不仅出现在后四十回，也大量地存在于前八十回。因此，这些现存的一百二十回抄本，实际上已经构成《红楼梦》传播中一种新的版本系统。

与一百二十回抄本系统密切相关，该著另一亮点是解决《红楼梦》后四十回的作者问题。这也是全书的理性支柱，书中对“高鹗续书说”若干框架式的基本论点及其论据进行彻底的批驳，批驳对象是提出、坚持和固化“高鹗续书说”的新红学代表人物胡适、俞平伯以及后来产生的探佚派。当然，这三章的论述是在前辈几代学者共同努力的基础上展开的，其中刘世德先生《红楼梦版本探微》等论著，无疑有着示范性意义。而夏薇则在后四十回中不能“续”的重大情节举隅中，列举了若干重要的例证，证明从这些细微但重要的情节的前后一致上，可以看出后四十回一定是作者的原稿。任何续书者都很难在前文中找到这样一条被作者深深埋藏起来的线索，在续书中轻松自如地将前后情节如此通畅地联结起来。这一部分堪称有出蓝之胜。

该著另一大出蓝之胜是，在刘世德先生倡立的古代小说版本学基础上，深谙绘画之道的作者提出一种研究小说人物的新方法——将版本、名物、审美与文本分析及当下现实相结合，从多角度、微观与宏观相结合地对小说人物进行剖析。例如以睡鞋作为晴雯之死的重要物证，雀金裘作为贾府过去的辉煌的代表，颇具新意且趣味盎然，受到刘世德先生的高度评价。

稍有遗憾的是，书中尚有若干笔误。如第 17 页两处“孙诒让”误作“孙怡让”，“向京畿以外的地区”误作“何京畿以外的地区”，第 64 页注释 1“《红楼梦考论》”误作“《红楼梦考伦》”，第 64 页“是指混合两原色而生成的另一种颜色”误作“是纸混合两原色而生成的另一种颜色”，第 140—141 页“家住江南罨画溪”误作“家住江南罨画西”，第 323 页“《红楼启示录》”误作“《红搂启示录》”。又，第 17 页表格所列朱熹“嵩阳隐吏”并非上文所言以“外史”为别号者；第 128 页“光绪元年二月初十日抄至光绪二年五月二十七日竣，本年正月二月未抄”，或应作“光绪元年二月初十日抄，至光绪二年五月二十七日竣，本年正月二月内未抄”；第 129 页图章“子勤书画”

下似漏“补学”。当然，这只是白璧微瑕，丝毫无损于这部专著的学术质量和开辟性意义。晋代左思诗云：“振衣千仞冈，濯足万里流。”姑且移用之，再续貂两句——“掩卷读曹侯，文笔传千秋”，以概《红楼梦一百二十回抄本初探》读后之感，并表敬意。

我眼中的《中国文学年鉴》

我眼中的《中国文学年鉴》，是中国文学研究的需要每年加以更新的学术导航仪，在成为作者之前，指引着我的学习，在成为作者之后，则始终伴随着我的研究工作。从 1997 年开始撰写隋唐五代文学综述，从纸本到电子本，由前知网时代至数字化时代，我已经连续参与撰写 20 多年了，应该是目前作者队伍里持续时间最长的一员。因此，当收到《中国文学年鉴》创刊四十周年纪念座谈会邀请函时，作为经历了超过其一半岁月的作者，我深感荣耀。

追溯年鉴这一撰著之体，不能略过《宋史・艺文志》所著录的《年鉴》一卷，署名刘玄所著，遗憾的是原书早佚，不详其具体内容。可考其源者的年鉴著述，当始于清代同治三年（1864）创刊的《海关中外贸易年刊》（一直出版至 1948 年），而最早以年鉴为名者，是由奉天图书馆 1909 年出版的《新译世界统计年鉴》。上海神州编译社

1913年出版的《世界年鉴》，则是中国最早的中文年鉴。由商务印书馆和申报印书馆1924年分别出版的《中国年鉴》和《申报年鉴》，则是最早由中国人编纂的年鉴。

中华人民共和国成立后，陆续出版了《世界知识年鉴》和《人民手册》等年鉴，数量不多，类型也较为单一。进入20世纪80年代，年鉴编纂出版才得到迅速发展。1982年出版的《中国文学研究年鉴（1981）》，正是应时代之风较早问世的专业性学术年鉴。尽管年鉴编纂在中国只有百余年的历史，与地方志、大事记等难以相提并论，但由于其受到西方年鉴学派等新理论思潮的有机营养，在发展规模和速度上，已经呈现出后来居上的形势。作为中国第一部文学研究专业年鉴，创刊号《中国文学研究年鉴》设有七大栏目，涉及研究概况、创作概况、研究论文选辑、文学纪事、文献、重要会议及学术活动资料、全国文学类评奖获奖作品与论者篇目、全国文学新作篇目、全国文学研究新书目录、中国文学研究论文索引等，侧重学术性，力求全面系统地反映1980年中国文学研究和文学创作的新成果、新资料及文学研究和创作发展中提出的新问题，其读者对象涵盖专业和业余文学工作者。

介绍《中国文学研究年鉴》到《中国文学年鉴》发展历程的文章并不多。其中，蔡田明《〈中国文学研究年鉴〉简介》（《文学评论》1985年第3期），简要介绍了《中国文学研究年鉴》前三期的特色。陶国斌《〈中国文学研究年鉴〉的创建》则追述了中国社会科学院文学研究所创办《中国文学研究年鉴》的初衷和早期年鉴编委会的工作细节。在此基础上，我收集整理了反映《中国文学年鉴》四十年发展历程的一览表（此略，详见《中国文学年鉴》2021年卷）。

从一览表基本数据来看，从《中国文学研究年鉴》到《中国文学年鉴》发展，既有难以为继的艰难时光，也有近年来乘良机而快速发展的大好形势。不妨比较一下相关领域的年鉴，比如文学所刘世德、徐公持先生共同主编，尹恭弘、石昌渝、陈毓罴等任编委，张颐青等参与编辑的《中国古典文学研究年鉴（1984）》，这部22万字篇幅的专业性工具书，由上海古籍出版社1987年2月出版，曾经是笔者重要的学术锦囊，因为书后附载了当年这一研究领域的学者主客图。一书在手，全貌在眼，可惜仅仅出版了一期，便无疾而终。继之出版的陕西师范大学文学院出版的《中国古代文学研究年鉴》也同样是没有连续下来。在连续性和学术影响上，唯一可与《中国文学年鉴》相媲美的，大概只有《唐代文学研究年鉴》，而其范围和规模则无法同日而语。所以，笔者曾在多种场合表达对《中国文学年鉴》的钦重感激之情。

"一门科学的历史就是这门科学本身"（M.克莱因著，李宏魁译《数学：确定性的丧失》，湖南科学技术出版社2001年版），《中国文学年鉴》在某种程度上，也承载着这一历史使命。其中，一年一度的学术研究综述，其实也就是这门学科的当代史，也是可以通鉴之长编。余虽不肖，常以此自期。近人书话之体古人提要之制，我都曾认真揣摩，默而学之，相关的《唐代文学研究年鉴》《宋代文学研究年鉴》及《北京社科年鉴》等，亦旁搜远绍，时加留意。对于积累深厚的唐代文学研究领域而言，学科综述工作的受重视程度尚落后于唐史研究。虽然现在数字技术和人工智能飞速发展，收集和整理过去一年信息的效率已远超笔者最初踏足此业之时，但对层出不穷、浩瀚如海的成果加以选择和判断、权衡与评骘并未因此而更趋简易。闻见容有未周，评骘容有失当，但未敢率尔操觚。综而述之，平而论之，察群情之喁望，忌一己之阿好，何有于我哉。述而不论，固先贤遗训，而问题意识，诚学科动力。立足眼下，总结已有，启迪未来，初心未感须臾或忘。昔年曹道衡先生（1928—2005）尝备言综述工作之甘苦，殷殷传薪之意，时时言犹在耳。白居易三十六代孙、明人白自成（1454—？）《白氏重修谱系序》结尾曾云："为吾后所宜继述而接续焉，使世系相传于无已可也。"家族谱系之接续如是，笔者以为，学术研究综述的继述和承传亦应如是。

年年岁岁撰综述，岁岁年年貌不同。回顾《中国文学研究年鉴》自创刊至今，1993 年改称《中国文学年鉴》，开始将创作与研究并重，此外的微调亦年年可见。笔者身在其中，唯一不变的即综述对象。虽然最近也从唐宋兼顾，变为专注于最初的隋唐五代文学。而仅就隋唐五代文学而言，首先要面对的就是确定综述对象的范围。在洋洋大观、各式各样的研究成果中，既有研究著作与普及读物的划界，研究论文和书评、赏析、介绍性文章的划界，还有本段文学与跨时段或通史通论性研究的划界，当年面世论著与此前论著之结集或修订的划界，文学研究与相关的历史、哲学、宗教等其他学科研究的划界。从严格意义上讲，《中国文学研究年鉴》的研究综述应该只限于上述对象中的前者。但对实际研究而言，后者不容忽视。尤其是改称《中国文学年鉴》以后，更应如此。

相对于综述的研究对象——李唐赵宋六百六十二载而言，笔者所亲历的二十余载只是历史长河中的一丝微澜，但对研究者而言，却着实可称是承旧启新的重要阶段。一方面，我们对研究对象的基本知识来源于纸本文献，另一方面，又适逢文献数字化、计算机检索乃至分析工具的飞速发展，互联网日益普及，心智与技术之间的交互作用日益频繁，数据库和网络资源日渐难舍难离，连《文学遗产》也早有了网络版。阅读和研究工具的转换，势必引发研究态势的丕变，冯友兰“全真透活”的四字真言（史料“搜集要全，鉴辨要真，理解要透，运用要活”）中的“全”字，终将不再成为问题。作为古代文学研究领域的高产田，唐宋段学者对此更为感同身受。最为直观的是，研究成果的数量每年有增无减，期刊和博硕士论文则数不胜数，以致每年在撰写综述之先，收集整理当年的研究书目，都要一再增补。

作为中国文学史长河最炫目耀眼的风景，唐宋文学一直是古代文学研究的重头戏。在二十世纪很多初学者眼里，唐宋文学研究这栋大楼的基架，貌似已基本成型，留给后学更多的是装修工作。回望二十世纪末的董乃斌、赵昌平、陈尚君《史料·视角·方法：关于二十世纪唐代文学研究的对话》(《文学遗产》1998 年第 4 期“世纪学科回顾”一栏)，就不难体会新世纪的新发展，对话的三位学者中，董乃斌先生以理论见长，赵昌平先生以感悟见长，陈尚君先生以文献见长。而进入新世纪以来，理论、感悟、文献三种取向，已经逐渐走向融合。源自数代学人的辛勤栽培，唐宋文学研究随着新资料的发现、新领域的开拓、新理论的借镜以及数字化和互联网的飞速发展，更加繁荣兴盛而充满生机，约定俗成而又模糊不清的文学现象和概念得到重新界定和考索，古籍与基本文献的挖掘、整理和建设每年都在有序进行，作家作品、文体文类及流派的研究范围和领域不断扩展，域外汉籍等文献收集、整理、考订方法不断进步，深度与力度不断加强，体派、风格等研究角度的探索愈发细微，研究视角、方法和范式更加多样化，价值的阐释和审美的启示更为多元化。从时间线索展开的接受研究势头正劲，从空间领域展开的诗迹研究方兴未艾，从文体角度展开的艺术研究成果斐然，从文化学展开的文史互证进一步深入，从经典性展开的作家研究仍占据主流，而传播与接受研究、跨学科的交叉研究则尤为抢眼，显示出文学的非文学研究视角逐步深入。承继着前辈学者优秀的学术传统和良好的学术风气，学术梯队经多年积累业已层次井然，各级课题的研究蓬勃依然，博士论文、出站报告、课题成果占据着论著出版发表的重头。

成绩难以否认，数量令人振奋。但也应看到，多不一定好，好不一定影响大，大不一定久远。隋唐五代文学，尤其是对唐诗的研究，向来是中国文学研究的显学，在成绩背后，潜在的问题也同样令人隐忧。首先，面对文学研究日益非文学化的格局和趋势，我们不得不再次呼吁回归文学的研究路向，尽管福柯（Michel Foucault）说过“为了弄清楚什么是文学，我不会去研究它的内在结构。我更愿去了解某种被遗忘、被忽视的非文学的话语，是经过怎样一系列运动和过程进入到文学领域中去的”（严锋译《福柯访谈录：权力的眼睛》，上海人民出版社 1997 年版）。但有些学者似乎已经走得太远了。其次，科研基金项目的设定、评奖以及职称评定、工作量的计算等，重理论而轻视实证和史料建设。受商品经济和消费主义侵蚀，急就篇多，质量低下，为鄙薄史料建设者提供了口实。其实，就像是欣赏一件室外雕塑，远处加以宏观也好，近处予以微观也罢，只是我们观察对象的不同角度而已，二者无疑各有所需所长，目的都是为了全面认识研究对象，又像是烹制一道可口的佳肴，文献考证可比种菜备料这一工序，理论分析则像下厨烹制这一工序，最终目的也是统一的。再次，一空依傍的独创论著屈指可数，大部分仍属于在前几年乃至十几年的框架里加以发挥和细化，也有借助流行的概念或研究方法提出论题，或者把前人讲过的观点转换一种表述方式，还有不少学位论文体著作多是综合已有研究成果，间或加以修正和辨析，搭成一个总结性研究的架子。往好里说，已消化了八十年代以来的大部分新方法新思潮新理论，但真正可以融通四部、贯通古今、沟通中外，互通文献、文化、文学三维学术境地，兼备学人、文人与诗人三重风范，还有待深潜。最后，体现、熔铸个性（哪怕有那么一点性灵或情趣）的研究已经近乎绝迹，触目都是符合学术规范的力著，大多还都填补空白。与民国学者纵比，与国外汉学家横比，眼下此地是视研究为事业（有时是产业），著书所谋，或为学位，或为课题，或为所谓学术，稻粱味浓，烟火气重，愈来愈远离兴趣，这一点不免令人感慨。科学、史学并重，理论、史料结合，方有文质彬彬、坚实而通达的研究前景。

年鉴是以全面、系统、准确记述一年发展状况为内容的工具书，汇辑一年内的重要时事、文献和统计资料，特征是连续性、时效性、真实性。因为要按年度连续出版，因此就年鉴综述而言，需要赶一个年度性的时间点。但是，正如朝代交替与文学发展未必同步，自然年序的转换，也未必与文学研究的进展一致。白居易 52 岁时曾向朋友感叹："莫嗟一日日催人，且贵一年年入手。"在匆匆的时光和历史脚步面前，研究者和研究对象之间会取得合解性的暂歇吗？综述者和综述对象之间又如何呢？在学术饱和点与创新点之间，还有多大发展空间？综述过往，目的是放眼未来。以一己之陋见，衡一年之文学研究。虽有管窥蠡测之嫌，或挂一漏万之讥，亦在所不计。曰：承千载之文脉，传前代之薪火，或有取于一二，则足矣。世界渐小，而文运正盛。万古流云，惟经典常新。作为历代文学发展高峰期的唐宋文学，由于前辈学者的辛勤耕耘，得以持续焕发出新的生机，我们有理由相信，站在更为广大的文化视野之下，未来《中国文学年鉴》的发展必将获得前所未有的突破之机，我满怀信心地期待着。

第五辑　书序小集

盛京陈氏家谱序

家之有谱，犹国之有史。国有兴衰存亡，家有聚散离合。国有史，所以明治乱；家有谱，所以序昭穆。何人不有家？何家不有姓？考吾陈姓，源自周初，肇始于舜。武王克殷，舜裔妫满有功，封之于陈，遂以为姓，定都宛丘，即今河南淮阳。满公去世，谥曰胡公。陈胡公，为吾陈氏之鼻祖。其后散处多方，有显有隐，或居庙堂之高，或处江湖之远，或茂盛于中原，或迁蛰于岭南，于今已历三千余载，瓜瓞累累，一脉相承，蕃衍日盛，遍布九州。千流万派，总归一源；叶茂枝繁，不离一本。吾陈姓人才辈出，彪炳于史册者数不胜数。残唐有义门之业，九代不分；北宋有晋公为宦一家，朝堂鼎鼐。他如陈轸之说词，陈胜之首义；丞相陈平之包举胸略，史家陈寿之著书治史；陈子昂之文学，陈玄礼之武功；陈标之诗歌，陈抟之道术；陈师道之为苏门高才，陈振孙之为文献大家；陈继儒、陈洪绶之书画，陈傅良、陈献章之学术；陈衍、陈三立之诗学，陈垣、陈寅恪之史学……皆以皓月之光，留名青史。

万物本乎天，人本乎祖。夫人之有祖，犹水之有源，而木之有本也。苟不究其源，则不知其流之所自出；不求其本，则不知其枝之所由达。有祖斯有族，有族斯有谱。家谱之作，所以沿源溯本，尊祖敬宗，和亲睦族，明世系，叙宗派，别长幼，尚亲亲，表功德，明人伦也。血浓于水，叶落归根，一家之庭，一祖之族，虽有亲有疏，有远有近，有富有贵，有贫有贱，有智有愚，有贤有不肖，自祖视之，则皆子孙也，何有亲疏、远近、贫富、贵贱、智愚贤不肖之分？须知万派一源，万代一宗，富贵无须相攀援，贫贱不得相遗弃，是以昭穆定，有以识尊卑之大统；世系明，则可知水木之本源。

惜哉！本宗陈氏家谱，三代以上，谱牒已丧。茫茫坠绪，无从追寻；遥遥华胄，难以详考。家叔正奎不忍坐视，首倡修谱，欲平先人之憾，思贻后世之谋，以陈树、陈于氏为第一代人，不分父系母系，提倡男女平等，志在增知育人，血肉联情，上以缅怀列祖，下可无愧于后昆。智不揣固陋，欲尽绵薄之力，为润色文字一过。后世子孙，或清明踏青，或月半烧纸，或年夕享祭，或羁旅思根，如能追念前修，无忘厥祖，穷不移节，富不淫志，披谱按籍，孝思勃生，则勉旃不怠，庶光前业，陈氏之族岂可量乎！时维庚寅大暑。三代嫡长孙陈才智沐手敬序。

感念生命

——《悲欣文魂》自序

人生天地之间，若白驹之过隙，忽然而已，而死亡却是一个永恒的主题。自诞生的那一天起，人类就热爱生命，畏惧死亡，这才有原始宗教的产生，才有对天堂钟声的向往，对地狱酷刑的畏惧。在中国古代文人笔下，死亡往往是阴森荒凉的：“北邙山上列坟茔，万古千秋对洛城。城中日夕歌钟起，山上惟闻杉柏声。”（沈佺期《邙山》）“京洛先生三尺坟，阴风惨惨土和云。从来有感君皆哭，今日无君谁哭君？”（贾岛《唐衢墓》）“夜泉无晓日，枯树有悲风。”（顾况《经徐侍郎墓作》）“昔为芳春颜，今为荒草根。”（孟郊《悼吴兴汤衡评事》）“冥漠生变故，凄凉结幽明。”（颜胄《适思》）“白云从冢出，秋草为谁荒。”（贯休《经友生坟》）死之萧瑟与生之热烈，形成反差，增加了人类强烈的生命意识。生和死，每天都在同时继续着，“死别已吞声，生别常恻恻”。今天的生，也许就是明天的死，这让人感到恐惧。然而，有生必有死，“故知生之乐，必知死之哀”（《淮南子·缪称训》）。

生命的规律，不以任何人的意志为转移。从世界上出现多细胞生物至今，地球上已经存在大约三百亿个物种。但是，这些物种中的百分之九十九点九已经灭绝，其中就包括强横一时的恐龙。如今和人类共存的，只有约三千万个物种。产生这一极高灭绝率的原因，在于自然史是一个生物不断死亡的灾难史。物种灭绝的悲剧，正在呈加速度的态势继续着。人类在一个叫地球的星球上得以诞生并延续至今，本身就是一个奇迹，一种幸运。所以，热爱生命，就必须肯定生命的全过程，包括它的衰老、痛苦和死亡。史蒂芬·霍金在《时间简史》一书中，为我们描绘了恒星的生命历程：

起初，大量的气体（大部分为氢）受自身引力的吸引，而开始自身坍缩而形成恒星。当它收缩时，气体原子相互越来越频繁地以越来越大的速度碰撞——气体的温度上升。最后，气体变得如此之热，以至于当氢原子碰撞时，它们不再弹开而是聚合形成氦。如同一个受控氢弹爆炸，反应中释放出来的热使得恒星发光。这增添的热又使气体的压力升高，直到它足以平衡引力的吸引，这时气体停止收缩。……而当恒星耗尽其核能，那就没有东西可维持其向外的压力，恒星由于自身的引力而开始坍缩。随着恒星的收缩，表面上的引力场就变得越来越强大，而逃逸的速度就会增加。……其结果就是一颗黑洞。从气体的膨胀到气体的收缩再到黑洞，这就是一颗恒星的生命周期。由此我们可以得出一幅宇宙图景：茫茫太空，分布着无数颗“太初黑洞”，而无数颗恒星正在自燃其核能，一旦燃料用尽，便开始坍缩，加入到黑洞的行列。而新的恒星又不断地形成，开始新的一轮自燃过程。宇宙借此而得以生生不息。

一幅多么壮丽的宇宙的生命景观！人类与宇宙，生命与死亡，原本是息息相通。在浩瀚无垠的宇宙间，人类的故乡地球仅仅是沧海一粟，而人类的生命个体又是一粟之一粟。在无始无终的时间之流中，人生是何等的短暂——“人生天地间，忽如远行客。”（《古诗十九首》之三）“人生寄一世，奄忽若飙尘。”（同上之四）“人生非金石，岂能长寿考。”（同上之十一）“人生忽如寄，寿无金石固。”（同上之十三）“人生不满百，常怀千岁忧。”（同上之十四）“人生无几时，颠沛在其间。”（《古诗五首》之三）“人生有何常，但恐年岁暮。”（《李陵录别诗》二十一首之《岩岩钟山首》）“人生图孚息，尔死我念追。”（同上《远送新行客》）“人生自有命，但恨生日稀。”（同上）“人生譬朝露，居世多屯蹇。”（秦嘉《赠妇诗》）“人居一世间，忽若风吹尘。”（曹植《薤露行》）

但是，死生亦大矣，所以，人类才对有限的生命有着太多的眷恋，才执着地抓住自己有限的生命之绳，才在生与死交替的瞬间，上演了各式各样的悲喜剧：绚丽的、辉煌的、圣洁的、崇高的、慷慨的、潇洒的、温馨的、寂寥的、安详的、豁达的、卑琐的、可鄙的……

中国古代文人，上自先秦，下迄明清，有诗人，有词人，有辞赋家，有散文家，有戏剧家，有小说家，也有批评家，有几位是在面对死亡时我首先想起的。他们是屈原、司马相如、李白、苏轼、陆游、金圣叹、曹雪芹……他们的生，都是可歌的；他们的死，都是可泣的。启功《贺新郎·咏史》云：

古史从头看。几千年，兴亡成败，眼花缭乱。多少王侯多少贼，早已全都完蛋。尽成了，灰尘一片。大本糊涂流水账，电子机，难得从头算。竟自有，若干卷。　书中人物千千万。细分来，寿终天命，少于一半。试问其余哪里去？脖子被人切断。还使劲，龂龂争辩。檐下飞蚊生自灭，不曾知，何故团团转。谁参透，这公案。

调子悲凉了一些。其实在人生短暂的旅途中，这些鹤立鸡群的文人如花朵和焰火一般，体验了生命的绽放和凋谢、丰盈和遗憾、苦难和乐趣之后，更以光芒炫目的死亡照亮了后世。像以身殉志的屈原，死构成了他惊才绝艳的终极象征；像慨然长逝的司马相如，死构成了他夙愿难偿的莫大遗憾；像飘然而逝的李白，死构成了他高云游空的完美归宿；像坦然而化的苏轼，死构成了他行云流水的最后音符；像赍志以殁的陆游，死构成了他忠贞报国的最后闪光；像从容赴难的金圣叹，死构成了他潇洒不羁的最佳说明；而才华横溢的曹雪芹，死则构成了他坎坷一生的凄凉结尾。

生命是美好的，死亡则是神圣的。书中这些名垂千古的文人，在创造了令后人高山仰止的文学遗产的同时，也以各自不同的面对死亡的态度给后人留下无尽的思索。在他们的身上，生之快意、死之坦然，获得完美统一。人类的整体生命之花，因为有了他们的存在，显现出更加亮丽的风采。在这个意义上，死亡对于他们而言，也是另一种生的开始。几年前两次与死神擦肩，第一次是在湛江的大海，第二次是在亲人的病房。岁末阴阳催短景，草此以感念生命。李叔同临终云："悲欣交集。"极是。悲夫，文人之魂飞九天，生前多侘傺不遇；欣哉，文人之文扬四海，身后乃名不寂寞！

走自己的路

——《唐诗甄品》序

中国是一个诗的国度。作为中国诗歌的天花板，唐诗距今已有千年之遥远。如何跨越时空与遥远的审美对象取得共振，我们一直并存着专业和普及两个战线。尽管中间也有走出学术象牙塔的各类选本、教材、鉴赏辞典、百科全书等这样的交叉成果，但大多时候是各自为政。以上四种交叉性成果在专业研究领域也远不如论文、专著和古籍整理更被认可。怎样能像白乐天的诗歌一样雅俗共赏，始终是摆在两条战线中不同作者读者面前的一个问题。

王志清教授的《唐诗甄品》，给我们提供了解决这一问题的良好思路。这部著作，是在其《盛唐生态诗学》《中国诗学的德本精神研究》《纵横论王维》《王维诗传》《盛世读王维》《王维诗选》《白居易诗选》《唐诗十家精讲》《唐诗别解》《审美阅读》之后，奉献给广大读者的一部雅俗共赏的唐诗研究著作，既兼得熟参之功与妙悟之趣，同时也兼备学术性和可读性，体现出一种独具特色的著述品格。

“唐诗甄品”之命名，值得品味。与高棅《唐诗品汇》意在汇集正始、正宗、大家、名家、羽翼、接武、正变、余响、旁流之唐诗九品不同，也有别于钟嵘《诗品》评骘诗人的上中下三品，《唐诗甄品》的用意，是围绕公元618年至907年这将近三百年间的唐代诗歌，加以别裁鉴赏而涵咏滋味。甄品者，甄别品评也，昔人所谓“陶甄品汇”“甄品详谛”也。而《唐诗甄品》之“甄”，别裁鉴赏也；“品”者，涵咏滋味也。三口为品，众多之谓也；陶人作瓦为甄，鉴别选拔之谓也。未来的唐诗研究史，恐怕要给这一崭新而独特的品目留下足够章节。

在众多优秀的唐诗作品作家中，全书甄选十六桩个案，分章加以品评鉴赏。其主要特色在于，独抒已见，大胆论断，很多结论颇具颠覆前人知见的看点，令人联想到“甄读为震，震动之意”（段玉裁语）。不过，这些看点，绝非片面迎合媒体热点故作翻案，而是在没有学术压力的自由情形之下，于慢品细读中、静思熟参之后的有机成果。乍看起来，有些或许与学界的常见常识常论并不相同，但也正因如此，才更具有一隅之反的参考价值，与《诗品序》所谓“直寻”可谓一脉相承，亦禅家所谓“现量”之意也。在这个意义上，笔者非常欣赏著者率真耿直的学术个性——走自己的路，而非人云亦云，独与唐诗唐人精神相往来，然不傲睨于学界已有成果，以臻于“充实不可以已”之境。

算起来，现代意义上的唐诗研究已过百年，甄别品评唐诗的路数虽百花齐放，但重要者基本上不外乎文献、理论、感悟三种，正可分别对应着真的追求、善的追求、美的追求。笔者从二十世纪末的 1997 年开始撰写隋唐五代文学综述，从纸本到电子本，由前知网时代至数字化时代，已连续撰写二十多年，相对于综述的研究对象——李唐王朝的三百载而言，笔者所亲历的二十载，只是历史长河中的一丝微澜，但对研究者而言，却着实可称是承旧启新的重要阶段。在唐诗研究可资利用的文献和史料基本完备的今天，诗史与分期、空间与地域、流派与思潮、接受与传播、因革与动力、原点与特质、生态与文化等综合研究，作家与作品、题材与体裁等个案研究，唐诗学体系建构、唐诗理论研究、艺术规律探索等宏观研究，相对而言还有很大发展空间。

但是，环顾每年蒸蒸日上的唐诗研究成果，笔者最大的感触就是，像闻一多《唐诗杂论》那样体现个性、熔铸性灵或情趣的研究已经近乎绝迹，触目都是符合学术规范的力著，大多还都填补空白。与民国学者纵比，与国外汉学家横比，眼下此地是视研究为事业（有时是产业），著书所谋，或为学位，或为课题，或为所谓学术，稻粱味浓，烟火气重，愈来愈远离兴趣。对此，十二年前，王志清教授在总结改革开放三十年唐诗研究成果时，也曾在综述的基础上专门就学界研究的得失利弊加以剖析，指出不足与缺憾。

因此，《唐诗甄品》正可视为著者在指出向上一路的研究方向的基础上，具有实践性质的研究成果。这一成果，显然未取陈尚君先生擅长的文献整理的路数，也有别于董乃斌先生擅长的理论建构，而更接近赵昌平先生擅长的艺术感悟。志清教授多年来始终致力于在直接感知与整体把握中直面唐代诗人诗作，注重直觉判断，强调情感参与，颇具审美自信，其风范有些接近本所陶文鹏老师——同样擅长旧体诗创作的一位可敬可爱的前辈。相信读者从《唐诗甄品》每章结尾的七绝诗中，可验此言不虚。

放眼今日学界，能够创作与研究兼善的学者可谓屈指可数。眼下的中国，可能是最缺少诗意的年代——消费时代、传媒时代、网络时代……世界渐小，而诗意渐远；交流愈便，而情谊愈淡。商业化、城市化、数字化、环境污染、资源破坏、生态失衡……眼前变化之快之巨之广，已远超任何诗意的想象。早些时候文论学界的失语症，曾如癌蔓延，之后有人宣称文学理论（包括诗歌理论）已死，乃至文学（包括诗歌）亦亡，而文学史（包括诗歌史）有限论与无限论的辩争还未及展开，E 考据和机器人作诗已接踵而来。诗歌何为？诗史何为？诗歌研究何为？

不妨停下匆匆脚步，回望唐诗的远空，遥忆曾温暖我们心田的唐诗之梦。就算明晨世界毁灭，眼下依然需要可以淡然坦然怡然面对春花秋月的清澈之心、皎然之眸。唐诗，并非万能药，也难以催眠一切，但唐诗的灵与感，不亚于哲人之思、禅者之悟，有时也能改变乾坤。风的颜色雨知道，月的温柔云可晓，心的深广，唐诗或许最明了。正如林庚先生所说："中国被称为是一个诗的国度，唐诗就是这国度中最绚丽的花朵。它的丰富的创造性、新鲜的认识感，是祖国古代灿烂文化中永远值得自豪的艺术成就。我们今天读唐诗当然不是打算去摹仿唐诗，摹仿是永远也不会让人感到新鲜的……我们读唐诗，正是要让自己的精神状态新鲜有力、富有生气，这种精神状态将有助于我们自己认识我们周围的世界，而世界的认识却是无限的。唐诗因此正如一切美好的古典艺术创造，它启发着历代一切的人们。"（《唐诗综论·我为什么特别喜欢唐诗——代序》，人民文学出版社 1987 年版）确实，唐诗不仅是华夏民族的文化遗产，也是世界人民的共同财富。岁月沧桑，物质性的存在终将消逝，而作为精神财富的唐诗当会永存，持续地"照烛三才，晖丽万有"（钟嵘《诗品序》）。辉煌而丰神独具的唐诗，不仅是美育和文学教养的经典，哺育了伟大的诗歌传统，同时也是其他艺术创作挹之不竭的灵感源泉。

展阅《唐诗甄品》，与唐代诗人对话；慢品王志清教授笔下的十六桩唐诗公案，与唐人和唐诗心灵交流。汉语是一种富有诗意的语言。数量有限的汉字，组合为意蕴无限的唐诗诗意之美。无论如拾级而上的律诗，还是沿着自然之坡原展开的古体，必有一种节奏、一帧画面、一缕情思、一段感悟，堪与世间唯一的你——有情有义的读者朋友，共鸣相应。而每首唐诗背后的本事、异文、争议等，更会随着书中娓娓道来的辨析赏评，令你得到深入浅出的阅读享受。这种享受，在前辈中，可追溯至金性尧（1916—2007）、栗斯（1930—2012）、肖文苑（1933—2002）、李元洛（1937—）等，而当代作家中，则有江弱水（1963—）、西川（1963—）、汗漫（1963—）、潘向黎（1966—）、六神磊磊（1984—）等。当然，体貌相似而神情迥别，因为像志清教授这样古今打通、创论兼善者的学者，可谓独一无二。

由此联想到本所前辈钱锺书先生。王水照老师在接受戴燕教授采访时，曾经说："钱锺书那一代是从研读大量的原典入手的，相比之下，我们则有些'先天不足'。从面对文献的身份而言，他们既作为一个研究者，也是一位鉴赏者，又是一位古典诗词的创造者，这三种身份是合一的。"（见《王水照访谈：文学史谈往》，收入戴燕《陟彼景山：十一位中外学者访谈录》，中华书局2017年版）同样也是王姓的志清教授，可以说，他也是研究者、鉴赏者和旧体诗作者三位一体的稀有之才。这种三位一体，与苏轼那种文人、学者和官员的三位一体，也是貌相似而神不同。

苏轼《记三养》，有安分以养福，宽胃以养气，省费以养财，志清教授的斋号，恰巧也是三养斋，但不同的是养志、养心、养身，并取博采众长、广为汲取之意。敝乡前贤马忠骏（1870—1957），曾自辟田园，结遁园吟社，日事吟咏，率子女课耕课读于内，他也自称三养斋斋主，以养心、养德、养身为三养，与志清教授大同小异。志清教授所在的南通，和笔者所居之京华通州，正所谓“南通州北通州，南北通州通南北”，而“三养”，无论具体内容如何，其目的无非是钱默存先生所倡导之“打通”，打通四部，打通古今，贯通中外，沟通研创，融通雅俗，互通文献、文化、文学三维学术境地，兼备学人、文人与诗人三重风范。这个理想的境界，正是《唐诗甄品》所带给我们的期待。

不揣浅陋，奉命为序。纠偏补缺，望之大雅。

历史选择了王维

——《盛世读王维》序

大唐三百年，缔出中国诗歌史上的黄金时代，足称盛世，李白和杜甫一向被视为盛世的代表。但是，眼前这部著作告诉我们——王维才最擅表现盛唐气象，王维诗才是盛唐正音！虽然作者王志清先生并无厚王而薄李杜之存心，而且李杜是不可颠覆的，拿王维是不可能压李杜的。但仍然难免令人联想起三百年前另一位王姓作者——喜王孟清音、倡神韵之说的王渔洋，其《唐贤三昧集》独宗王维之清远，以剔出盛唐真面目相号召，其诗学观影响深远，被誉为“一代正宗”“一代之宗”“一代宗匠”“一代宗工”“一代诗宗”，但引发后世无数争论。今志清先生再举尊王之旗，抑踵武其同姓先辈乎？

细阅之下，方知非也！志清先生崇倡王维其人其诗，发乎内心，源自深研，远绍民国之闻一多、梁实秋，近承当代之林静希，外鉴美利坚之宇文所安，然早已融而能化，化而无痕，呈现自家面目矣。自1993年在《人文杂志》发表第一篇论文《山水诗中物的心态化试论——王维杜甫山水诗比较论》始，志清先生已发表50余篇论文，出版3部著作，可谓王氏功臣、摩诘知音！笔者有幸先睹为快，深感这部新著貌似颠覆旧说，实则入情入理。虽仅列十讲，但基本涵盖王维研究的方方面面。不仅看点多多，亮点亦多多，且视角非新而独，议论不刻而容，笔端还满含深情，足以圆满回答——为何历史选择了王维，而无当年王渔洋之偏颇。

前人命名取字，往往颇有讲究，这也是对历史（尤其是家族史）与文化（尤其是时代文化）的一种有意味的选择，暗含其中的运命之理，常令人有后知后觉的惊叹。例如李白，字太白，人称谪仙人，盖长庚入梦，太白金星下凡，故生而名白，以太白字之，所谓“太白之精下人间，李白高歌《蜀道难》”（欧阳修《太白戏圣俞》）。杜甫，字子美，所谓甫者，男子之美称也，无怪其美名光耀诗史，千载称圣。而王维，字摩诘，其名与字，都取自深通大乘佛法的居士维摩诘。王维的诗，在秀逸典丽中，弥漫着静与清，与其笃志奉佛而具有的佛学修养和造诣，应该也密切相关吧？而著者志清先生的名字里，竟然暗含着论述对象王维所代表的这种美学境界，冥冥之中亦有天数之理，可谓天机清妙！

在盛唐的天空之下，功多承先的李白，开拓出高远之美的方向。功多启后的杜甫，展现出深远之美的可能。王维则以其静与清，代表着平远之美的维度。对于王维诗歌所独具的平远之美，志清先生分析说，王维的诗使人宁静，使人平和，使人灵慧。在当今经济、科技等迅猛进步之际，王维诗中“心与广川闲”（《登河北城楼作》）那种令人身世两忘的宁静，分外令人稀罕；王维笔下“落花啼鸟纷纷乱，涧户山窗寂寂闲”（《寄崇梵僧》）那种悠然林下的平和，格外令人向往。因此志清先生问道：“当我们走进王维诗里，心定神逸而灵慧自现，我们的人性精神与生存状态‘那得不佳’呢?”诗意地栖居，正是王维的最佳写照！

飘逸豪迈的高远之美，沉郁顿挫的深远之美，清逸典雅的平远之美，究竟何种风格堪为诗道正传，可谓见仁见智。当然，对李、杜、王这样的大家而言，绝非只具一副笔墨，只是说在百花争艳的盛唐诗坛上，其最具自家面目、最独树一帜的风格而已。在习惯了李杜并称分霸诗坛的诗歌批评视野中，早有人打抱不平。明人陆时雍（1585？—1640）《诗镜总论》就曾分辩说：

世以李杜为大家，王维、高岑为傍户，殆非也。摩诘写色清微，已望陶谢之藩矣。第律诗有余，古诗不足耳。离象得神，披情著性，后之作者谁能之？世之言诗者，好大好高，好奇好异，此世俗之魔见，非诗道之正传也。体物著情，寄怀感兴，诗之为用，如此已矣。

虽言古诗不足，但诗道正传却是离象得神、披情著性的王维一路。可惜这一观点未被得到广泛附议、响应和认可，但至少促进了“三分诗坛李杜王”这一共识的形成，清人于此多有阐述。前面提到的诗坛领袖王渔洋，更是推崇备至，称扬说：“读摩诘诗，多少自在……此盛唐所以高不可及。”可谓妙论绝评。言外之意，“工”“奇”“秀”“雄”或可及，惟“多少自在”，出自天性，来自性灵，成于才气，兴来神来，天然入妙，不可凑泊，故高不可及！令人想起宋人敖陶孙（1154—1227）《诗评》所云“王右丞如秋水芙蕖，倚风自笑”，秋水芙蕖，本自清丽绝俗，一派天然，而迎风自笑，其风姿神韵，愈令人心醉神往，真是贴切而迷人的赞扬，正堪为名高希代的王维写真。

尽管如此，近代以来的文学史书写，李杜仍旧始终高居王维之上，虽偶有“三分诗坛李杜王”之议，但从独立成章而论，二十世纪为白居易，二十一世纪是李商隐，真正足以与李杜三分诗坛的王维，却有意无意中被冷落了、忽视了。以至于近年来中国王维研究会的重要主题之一，即为王维争得独立成章的文学史地位。毕竟文学史体现着重要的书写权力与意志，一旦成为教材流行开来，影响自然比文章和选本要有效得多，也深远得多。

当然，文学史教材毕竟要以学术研究为根基。而深研王维研究二十余载、编注《王维诗选》、著有《纵横论王维》和《王维诗传》的志清先生，自然完全有能力有资格为王维重新界定其文学史地位。这部15万字的著作，正是这一努力的最佳实绩。这部著作最令人钦服之处，是其中十讲所建构起的十个专题研究，皆得自扎扎实实的文本细读和潜心品悟，志清先生自道品读王维之心得，称感受到其诗所写，一切皆变动不居，空幻不实，却又美不胜收。诗人凝神于景，心入于境，心似乎消失了，只有大自然的缤纷绚烂、转瞬即逝的夕阳、时明时灭的彩翠、合而复开的绿萍、若隐若现的烟岚，都在契合刹那永恒这一本真之美，让人领悟到的，不仅是大自然的物态天趣，而且是一种宇宙、人生、生命的哲理，是一种哲理化的禅悦的诗性情感。这天人、物我、诗禅、意境皆得合一的心得阐发，正得自其细读、精鉴与妙悟。

因此，《盛世读王维》这一书名所谓“读”，不容忽视，值得玩味。古人讲“渔樵耕读”，“读”是关键。若云“渔樵耕读一人兼，诗文书画四艺全”，王维可谓最称其选。《孟子·万章下》云：“颂其诗，读其书，不知其人，可乎?”“读”，既有诵读之义，亦有抽绎之义，故也可理解为研究。志清先生为人低调，以“读”命名，然其中多有其深入研究、孤心自得之见。

再来看书名所谓“盛世”，此二字更值得留意。与志清先生以往著述不同，和其他作者的王维研究论著有别，这部著作主要着眼于在盛世背景之下阅读和理解王维其人与其诗。追溯起来，“盛世”是一历史概念，出自《后汉书·崔骃列传》，其中载崔篆所作《慰志》赋曰：“何天衢于盛世兮，超千载而垂绩”，意指盛世之天空何其广阔，虽经历千载，依然闪耀光辉。此后以盛世指称者所在多有，而汉唐最为公认。正如书中所云，王维是盛唐盛世的产物。而“盛唐”一词，其实初唐人已开始使用，意在尊颂盛朝，可谓富于前瞻。（初唐史学家李百药《赞道赋》：“赫矣盛唐，大哉灵庆。”初唐诗人王绩《赠李征君大寿》：“去去相随去，披裘骄盛唐。”）诗史上的盛唐概念，则始于宋人严羽，倡于元人杨士弘，成于明人高棅。二十世纪五十年代，有学者拈出“盛唐气象”，用来概括开元、天宝间诗歌鲜明开朗、朝气蓬勃的精神面貌。（舒芜在 1954 年 3 月 29 日《光明日报》发表《关于李白》，首次使用“盛唐气象”这一概念，同年 10 月 17 日，林庚在《光明日报》发表《诗人李白》，对“盛唐气象”进行理论上的探讨，4 年后，林庚发表《盛唐气象》，刊于《北京大学学报》1958 年第 2 期，“盛唐气象”由此进入学术研究视野，引发热烈持久的讨论。）此后又由一种诗歌特质，扩展到整个文艺，乃至文采风流、恢宏壮阔的时代特征。唐代社会的政治经济和思想文化，以其强大的国力、广阔的疆土、开放的心态为底蕴，确实呈现出一种盛世的时代特征，包括艳丽明快的色彩、生动自然的情调、博大恢宏的气势、雍容华贵的风度、昂扬进取的精神、兼容并蓄的性格等。

那么，盛唐气象的最佳代言人，究竟是李杜，还是王维？读过此书，答案正是后者。作者告诉我们，盛唐最盛行的是王维诗风，回答了为什么王维最擅长表现盛唐气象，以及为什么王维诗才是盛唐正音、诗教极品，更在山水诗之外论证辋川别业的营造亦为一绝。另外，王维还是盛唐边塞诗第一人。人们对王维的第一印象，常常隐居在幽美山水间，不食人间烟火，但其边塞诗创作表明，王维亦有充满豪侠之气的一面，像《陇西行》《观猎》《出塞行》，无不慷慨义气，《少年行》"新丰美酒斗十千，咸阳游侠多少年。相逢义气为君饮，系马高楼垂柳边"，更充满理想主义的浪漫气息。这样的浪漫气息，将慷慨激昂与清静超脱的两极有机而入微地融于一人，才铸就盛唐边塞诗第一人的王维。种种分剖详析，最后得出天下文宗推王维、文采风流第一人的结论。这一结论绝非是故作惊人之谈，而是言之成理，昭昭可按。

确实，蒲州猗氏（今山西临猗县）人王维，不仅是盛唐最早获得声誉的诗人，也是开元、天宝时代名望最高的诗人，当时诗坛上崇尚和盛行的不是李杜的诗风，而是久居盛唐诗坛中心的王维的诗风，李杜的诗名都不如王维。唐代宗称王维为"天下文宗""名高希代"。唐人窦臮《述书赋》谓王维"诗兴入神，画笔雄精"，其兄窦蒙之注云

"右丞王维，字摩诘……诗通大雅之作，山水之妙胜于李思训"，其名望"首冠一时，时议论诗，则曰王维、崔颢"，而未提及王维的同龄人李白。殷璠天宝十二载编《河岳英灵集》，选王维诗15首，在《序》里说："粤若王维、昌龄、储光羲等二十四人，皆河岳英灵也，此集便以《河岳英灵》为号。"列声名久播的王维为盛唐诗人之首，而未提李白。李白在长安出名，比王维要晚至少二十年，杜甫扬名则更晚在中唐之际。

王维冠绝一代的盛名，主要来自其诗歌创作，名篇如《相思》（红豆生南国）、《杂诗》（君自故乡来）、《山中送别》（山中相送罢）、《哭孟浩然》（故人不可见）、《送梓州李使君》（万壑树参天）、《伊州歌》（清风明月苦相思）、《九月九日忆山东兄弟》（独在异乡为异客）、《少年行》（新丰美酒斗十千）、《渭城曲》（渭城朝雨浥轻尘），大都广为流播，妇孺皆知。再看下面这些词秀调雅、空谷传音的五言秀句：

山路元无雨，空翠湿人衣。（《山中》）
但去莫复问，白云无尽时。（《送别》）
草枯鹰眼疾，雪尽马蹄轻。（《观猎》）
人闲桂花落，夜静春山空。（《鸟鸣涧》）
涧户寂无人，纷纷开且落。（《辛夷坞》）
白云回望合，青霭入看无。（《终南山》）

宿世谬词客，前身应画师。(《偶然作》)

日暮沙漠陲，战声烟尘里。(《从军行》)

明月松间照，清泉石上流。(《山居秋暝》)

流水如有意，暮禽相与还。(《归嵩山作》)

开畦分白水，间柳发红桃。(《春园即事》)

行到水穷处，坐看云起时。(《终南别业》)

江流天地外，山色有无中。(《汉江临泛》)

白水明田外，碧峰出山后。(《新晴野望》)

泉声咽危石，日色冷青松。(《过香积寺》)

窗中三楚尽，林上九江平。(《登辨觉寺》)

塞迥山河净，天长云树微。(《送崔兴宗》)

日落江湖白，潮来天地青。(《送邢桂州》)

雨中山果落，灯下草虫鸣。(《秋夜独坐》)

所不卖公器，动为苍生谋。(《献始兴公》)

天寒远山净，日暮长河急。(《齐州送祖三》)

秋山一何净，苍翠临寒城。(《赠房卢氏管》)

积雪满阡陌，故人不可期。(《雪中忆李揖》)

涧芳袭人衣，山月映石壁。(《蓝田山石门精舍》)

松含风里声，花对池中影。(《林园即事寄舍弟紞》)

远树带行客，孤村当落晖。(《送綦毋潜落第还乡》)

洒空深巷静，积素广庭闲。(《冬晚对雪忆胡居士家》)

夜静群动息，蟪蛄声悠悠。(《秋夜独坐怀内弟崔兴

宗》）

兴阑啼鸟换，坐久落花多。（《从岐王过杨氏别业应教》）

夜静群动息，时闻隔林犬。（《春夜竹亭赠钱少府归蓝田》）

今日读来，仍令人耳目如洗、唇齿留芳！还有下面这些清新绝尘、意新理惬的七言秀句：

一身转战三千里，一剑曾当百万师。（《老将行》）

孰知不向边庭苦，纵死犹闻侠骨香。（《少年行》）

一生几许伤心事，不向空门何处销。（《叹白发》）

雨中草色绿堪染，水上桃花红欲然。（《辋川别业》）

草色全经细雨湿，花枝欲动春风寒。（《酌酒与裴迪》）

落花寂寂啼山鸟，杨柳青青渡水人。（《寒食汜上作》）

漠漠水田飞白鹭，阴阴夏木啭黄鹂。（《积雨辋川庄作》）

惟有相思似春色，江南江北送君归。（《送沈子福归江东》）

九天阊阖开宫殿，万国衣冠拜冕旒。（《和贾舍人早朝大明宫之作》）

云里帝城双凤阙，雨中春树万人家。（《奉和圣制从蓬莱向兴庆阁道中留春雨中春望之作应制》）

王维这些诗句的影响，用杜甫的诗来概括，即“最传秀句寰区满”（《解闷十二首》其八）。尤其“九天阊阖开宫殿，万国衣冠拜冕旒”一联，写早朝开始，重重宫门大启，万方官员齐集宫殿拜谒天子的景象，气势宏丽典重且生动精妙，风调高华博大而冠冕和平，被视为体现“盛唐气象”的最佳例证，书中屡有称引，分析详明切实，读者可以细赏。

有学者分析，在进士文化背景下的唐朝，因为无缘进士科举，李白心中生出强烈的自卑感，甚至劣等感。（参见小川环树《唐代诗人传记》，大修馆书店 1975 年版；下定雅弘《李白的形象在日本：兼论李白与科举的关系》，收入其《中唐文学研究论集》，中华书局 2014 年版）在某种意义上讲，这一分析可谓搔到了痒处。从蜀地入京的商人之子李白，屡经打拼，从自卑走向超越，直面孤独与客寓之思，才真正走出被王维光辉所笼罩的盛唐诗坛，别成一代诗仙。杜甫更是在自信与自卑的双重节奏里，酿就其所特有的沉郁与顿挫。惟有王维，早慧而敏悟，沉着而深情，俊美而儒雅，不仅盛唐，即使放眼全部唐代三百年间，若要选择一位代表性诗人，我也会投王维一票。如此风华绝代，一代诗匠，兼精禅理，诗文之外，精通佛道，既擅绘画，又工草隶，性娴音律，妙能琵琶，如此多才多艺，堪称文艺全才，又立性高致、仪形秀美、慧敏沉着、器神卓绝，难怪年轻时便名动京师，宁薛诸王、富贵之门，无不拂席迎之。

王维今存的374首诗，从辋川山水清幽宁静的体悟，到都市富丽堂皇气势的渲染，从汉江山川苍茫壮阔的刻画，到边塞沙碛壮丽奇景的描绘，涵容着京都文化、隐逸文化与边塞文化这三种文化样式，无不体现出盛唐富庶安定的社会图景、风调雨顺的盛唐气象。在风格上，则以清澹简远为底色，或浑厚壮丽，或俊爽奇峭，或秀逸典雅，皆贯之以高洁淡泊、悠然闲远、潇洒儒雅的风韵，因此代表着盛唐的正音、审美的主流、诗匠文宗之誉，信非虚美。从这个角度讲，富有贵族气质的王维确是盛世特产、盛唐代表，也只有煌煌盛世、巍巍大唐的土壤才能孕育得出。

今逢华夏民族伟大复兴之盛世，国家方倡导加强对优秀传统文化的挖掘、阐发与深入研究，作为盛唐代表的王维，自是题中应有之义，盛世读王维，正“草木蔓发，春山可望”（《山中与裴迪秀才书》）。恰如书中所言，物质文明高度发达的社会，更需要高品质的文艺鉴赏活动，以求得精神生活的平衡。王维诗是盛世物质文明的精神结晶，充满静气、清气、和气与灵气。这是“盛世读王维”的最佳理由，因为王维为中国传统诗歌定下了静赏自然的标准，调理性情的基调。阅读王维其人其诗，正是一种高品质的文艺鉴赏活动，不仅可以获得艺术上的滋养与陶冶，而且能够带给我们内心的安逸和精神的闲适。

尤其富有对症之义的是，当今城市工业化速度加快，商品经济的迅猛发展，生态失衡，环境污染，资源破坏，个体的孤独、焦虑、困顿等负面情绪日益蔓延，人与人之间的隔膜、疏离、对立的张力日益加大。因此，对闲适安宁的渴望与追求，亦相应地更为强烈。代表着盛唐生态美学最高典范的高人王维，其风流蕴藉的品性格调、闲静适世的志趣选择，亦如其秀逸典雅的诗歌艺术，正显现出夺目的当代价值！

走进苏海

——《峻灵独立秀且雄》序

“苏海”，喻指苏轼其人其作那种海涵地负的浩瀚气象，这里用来借指已如汪洋大海般的苏学研究。十几年前，为一探“苏海”之深，我曾类编《三苏研究文献》，涉及其人其作，包括诗词文赋及书画，分为著作、年谱、传记、研究等，涵盖古今中外，几番增补，仅书目部分篇幅已近三万字，那时检索手段还比较原始。今天在号称由海量数据组成的读秀数据库中，以“苏轼”为书名的中文图书已多达 1123 种。中国知网以“苏轼”为篇名的文献共计 6793 篇（1957—2019 年），其中期刊论文 5819 篇（1957—2019 年），会议论文 132 篇（1984—2019 年），学位论文 425 篇（2000—2019 年），报纸文章 93 篇（2011—2019 年）。同一时段，万方数据可以找到 7316 条结果（其中期刊论文 6808 条，学位论文 391 条，会议论文 117 条），维普期刊则更多达 7958 篇。这还不包括与之相关的其他检索词，诚可谓“苏海”矣。

这汪洋的苏海，如今泛起一朵夺目的浪花。浪花来自对苏轼有重要意义的海南，取其关键，正是“苏海”二字。我认为，完全可以在“苏海”以上两种含义以外，增添一个义项，用来指代苏轼在海南的成就，并借以形容近年来全国各地苏轼研究蓬勃开展中最引人瞩目的海南所取得的成就——不仅切合，而且醒目。在这一成就中占据突出位置的，就是海南省有突出贡献的优秀专家李公羽先生。这部《峻灵独立秀且雄——苏东坡昌化江遗踪考论》，是李公羽先生怀着对苏轼和海南的深情，悉心研判、精心撰构、细心修订而成。

书名“峻灵独立秀且雄”，出自苏轼的《峻灵王庙碑》，九百二十年前，于大宋元符三年（1100）五月，作于昌化军（旧治在今海南儋州市西北旧儋县）。据宋人王宗稷所编《东坡先生年谱》载：“自儋之琼，作《峻灵王庙碑》云：‘元符三年，有诏徙廉州。向西而辞。’” 今人孔凡礼《苏轼年谱》载：“《文集》卷十七《峻灵王庙碑》：‘元符三年五月，有诏徙廉州。’谢表见《文集》卷二十四。”又记：“辞峻灵王庙碑，作碑文。文见《文集》卷十七。文云：‘得生还者，山川之神实相之。’”后转引《舆地纪胜》中所载部分碑文内容。

这座峻灵山，位于海南昌化江北岸，山不在高，有庙则灵。峻灵王庙位于昌江黎族自治县昌化镇昌城村西，距离昌化港一公里，面向大海，庙宇雄秀，是当地重要的名胜古迹。有山则有庙，有庙则有碑。碑高 72 厘米，宽 66 厘米，厚 15 厘米。庙不在大，有碑则重。碑虽已残，但非常关键，因为它引出公羽先生的重要发现。为便于说明问题，径照残碑原貌以繁体字录文如下（惟竖版改为横版）：

古者王室及大諸侯皆有寶周有琬琰大玉魯有夏后氏之璜皆所以守其社稷鎮其人
民也唐代宗之世有比丘尼若夢恍惚見上帝得八寶以獻諸朝且傳命曰中原兵久不
解腥聞于天故以此寶鎮之則改元寶應以是知天亦分寶鎮世也自徐聞渡海歷瓊至
儋耳又西至昌化縣西北有山秀峙海上石峰巉然若巨人冠帽西南向而坐者里人謂
之山洛膊而僞漢之世封其山神鎮海廣德王五代之末南夷有望氣者曰是山有寶氣
上達于天艤舟其下斳山發石以求之夜半大風浪駕其舟空中碎之石峰之右夷皆溺
死儋之父老猶有及見敗舡山上者今獨有矴石存焉耳天地之寶非人所得睥睨者晉
張華使其客雷煥發酆城獄取寶劍佩之終以忠遇禍坐此也夫今此山之上上帝賜寶
以奠南極而貪冒無知之夷欲以力取而已有之其誅死宜矣元豐五年七月詔封山神
為峻靈王用部使者承議郎彭次雲之請也紹聖四年七月瓊州別駕蘇軾以罪譴于儋
至元符三年五月有詔徙廉州自念謫居海南三載飲鹹食腥凌暴颶霧而得生還者山
川之神實相之謹再拜稽首向西而辭焉且書其事碑而銘之山有石池產紫鱗魚民莫
敢犯石峯之側多荔支黃柑得就食持去則有風雹之變銘曰瓊崖千里塊海中民夷錯
居古相蒙方壺蓬萊此別宮峻靈獨立秀且雄爲帝守寶甚嚴恭庇廕嘉穀歲屢豐大小
逍遙遠蝦龍鵕鴟安栖不避風我浮而西今復東碑銘燁然詔無窮

□□□□□□□□□□□□□□□□□昌化令何適以書來喻曰東坡先生爲峻靈王廟

□□□□□□□□□□□□□□□□□□□□愧之公到儋才兩月遂獲北歸願書此文

□□□□□□□□□□□□□□□□□□□□□寄責授海州團練副使府□折彥質

縣令何適立

亮点在第二段跋文，方框为据苏轼《峻灵王庙碑》相应之位置所补，可直观看出其阙文位置和字数。第一段是苏轼《峻灵王庙碑》原文，底部加横线者为残碑所存文字，字体加黑者为其与今存苏轼文集有别之处，比对其他收录此文的典籍如《方舆胜览》卷四三,《文章正宗》续集卷一六,《文章辨体汇选》卷五九二、六四七,《古文奇赏》卷二一，正德《琼台志》卷二六,《古今图书集成》职方典卷一三八三，光绪《琼州府志》卷三八，光绪《昌化县志》卷九等，可见残碑这几处异文与《方舆胜览》文字较为接近。惟“持去”,《方舆胜览》作“持却”。“块海”,《方舆胜览》作“块侮”(当为笔误)。“诏封山神为峻灵王用部使者承议郎彭次云之请也绍圣四年七月”,《方舆胜览》漏。按《苏轼文集》卷一七《峻灵王庙碑》原文作“皇宋元丰五年七月，诏封山神为峻灵王，用部使者承议郎彭次云之请也。绍圣四年七月，琼州别驾苏轼以罪谴于儋”。核诸《宋史·苏轼传》，亦云贬琼州别驾在绍圣中。《方舆胜览》节略不当，遂使封山神为峻灵王之年，误为苏轼贬琼州别驾之时。正如张三光《重立峻灵王庙小记》所云：

“试录石上文读之，有‘元丰五年七月，诏封山神为峻灵王，用部使者承议郎彭次云之请也’二语，令余夙疑顿释。爰取志书、儋录参对，并‘绍圣四年七月’，共少二十七字。盖元丰五年亦七月，两‘七月’字相同，当时书人一时误看失简，遂致脱落耳。”所云“志书”，就包括了《方舆胜览》。从残碑所存苏轼《峻灵王庙碑》文字，可以看出其来源并非今存之苏轼文集，也并非《方舆胜览》等现存方志，因此弥足珍贵。

笔者寡闻，尚未索得这块残碑之跋文曾著录于何种文献，遍检中国基本古籍库等数据库及《历代石刻史料汇编》《石刻史料新编》《北京图书馆藏中国历代石刻拓本汇编》《京都大学人文科学研究所所藏历代碑刻拓本》《石刻题跋索引》《粤东金石略》等，皆无所获。至于所立残碑之昌化县令何適，更令人惊奇，首先，適有四种读音、五个义项，因此这里不能简化为“适”。其次，检《全宋诗》《全宋文》《宋元方志传记索引》《中国地方志宋代人物资料索引》《宋人传记资料索引》及补编，《太平寰宇记·海南》《元丰九域志·海南》《方舆胜览·海外四州》《舆地纪胜·海南》《正德琼台志》《万历琼州府志》《大明一统志·琼州府》《嘉靖广东通志初稿·琼州府》《万历广东通志·琼州府》《古今图书集成·琼州府部》《古今图书集成·广东黎人岐人部》《康熙广东通志·琼州府》《雍正广东通志·琼州府》《道光广东通志·琼州府》《康熙琼郡志》《康熙琼州府志》《乾隆琼州府志》《道光琼州府志》《康熙昌化县志》《乾隆昌化县志》《道光昌化县志》《光绪昌化县志》《万历儋州志》《康熙儋州志》等，昌化县令何适其人，皆不见踪影。惟《宋登科记考》《宋代登科总录》所收两位何适，一位是成都府成都县人，元丰中（1078—1085）登进士第，名载《嘉庆四川通志》卷一二二《选举志·进士》,《同治重修成都县志》卷四《选举志·进士》;另一位是安徽和州人，绍熙四年（1197）进士，名载《乾隆江南通志》卷一百二十《选举志·宋进士》,《光绪安徽通志》卷一五五《选举志·进士·宋》。从时间上看，这两位都不大可能是残碑所立之人——建炎二年（1128）的昌化令何适，因此，目前所知，昌化令何适其人其文，仅见于峻灵王庙里的这通残碑。如果据残碑跋文末尾提到的“折彦质”，推得何适是宋代昌化令，则跋文不仅可补《全宋文》，也可补历代方志中的一位重要地方官员，虽然他品秩有限，但却是海南文化史上的重要一环，更是苏海中一朵耀眼的浪花！

公羽先生的重要贡献，在于将何适与明代崇祯昌化县令张三光《重立峻灵王庙小记》中的“阅二十八年（即建炎二年，1128），昌令何公请祈公书而刻之石”这一信息联系了起来，尽管尚不能百分之百地肯定“何公”就是何适，但毕竟在宋代到明代湮灭不彰的历史链条上补上了重要一环。如果“何公”就是何适，这篇《重立峻灵王庙小记》无疑正可印证何適所立之碑的真实性，以及何適建炎二年时任昌化令。

支撑这一链条的另一个证据，来自残碑跋文末尾提到的折彦质（？—1161），这位南宋重臣官至签书枢密院事，也是位诗人，有《葆真居士集》传世，尝作《燕祉亭》六绝句，周必大称其“脍炙人口”。公羽先生认为，南宋王象之《舆地纪胜》所云折彦质“建炎四年贬昌化军”是错误的，应据两宋之际李纲《建炎时政记》所载，系建炎元年（1127），李纲时为朝臣，所记时间较《舆地纪胜》更近，故可信度更高，这是公羽先生的另一个重要贡献。可以补充的是，据《宋会要辑稿》职官六九黜陟官六：“（靖康元年十一月）十五日，龙图阁直学士、河北河东路宣抚副使折彦质，责授海州团练副使，永州安置。”折彦质靖康元年（1126）年底责授，建炎元年（1127）年初赴任至昌化军贬所，时近中年，居儋五载，与昌化县令何適在此因苏轼及其《峻灵王庙碑》交集，同时为残碑真实性给予坚实的背书。

苏轼曾感慨自己“七年远谪，不意自全，万里生还，适有天幸”（《提举玉局观谢表》），今抚残碑，亦深感残碑历近千年，不意独存，亦适有天幸，虽未存其全，然已弥足珍贵。张三光《重立峻灵王庙小记》结尾称：“余特表而揭之，以著王灵如此。”我倒觉得，这与其说峻灵王之灵如此，不如说是一代坡仙、千年英雄之灵，护佑此残碑在海隅之地得以幸存于天壤。

最近两年，我几次因为苏轼走进海南，在海口五公祠，在儋州东坡书院，在李公羽先生的身边，都深刻感受到苏轼与海南的不解之缘。作为一个东北人来到海南——苏轼笔下“如度月半弓”的海南，心情可谓喜憾兼有。憾的是，想起自己家乡极少中国古代文学遗迹，因此在学习和理解古代文学作品时，常有缺乏现场感和无法身临其境之憾，尤其是在选择苏轼作为研究对象之后，面对这位“身行万里半天下”的文化巨人，在时间距离和文化修养差距之外，更加深深遗憾于这种遥远的空间距离。可喜的是，这种时空遥远的距离，今天有幸大大被缩短，因为有了李公羽先生和他这部著作，我感觉自己也离千年英雄苏东坡更近了一步。

千古文人一东坡。苏东坡实在是历史上少有的文艺天才、全才和通才，其幽默的风格、渊博的学识、敏捷的诗才、从容的气度、刚正的气节、洒脱的气质，无不吸引前人和我们。对苏东坡人生智慧对当代社会的启示，周裕锴先生曾归纳为温和的改革、思想的包容、人性的尊严、超然的审美、潇洒的人生、智慧的观照、实干的精神、亲和的人性、对女性的尊重等九个方面，都足可见东坡的魅力，跨越古今，不仅领一代风骚，同时跨越中外，在海内外享有盛誉。千年英雄，苏轼足可不愧。

假如站在苏轼的角度向前追溯，我认为，白居易和陶渊明应该是对苏轼最具影响力的前辈和榜样，白居易曾自比“异世陶元亮”，其实陶渊明，晋代之白乐天也；苏东坡，宋朝之白居易也。陶、白、苏三人，构成中国文学范式的三块重要基石，中国文人思想也随之经历“起转合”三个阶段。这三个阶段大致所处的元嘉、元和与元祐，正是中国文化三大重要的转关时代，伴随着魏晋玄学经佛学至宋学的三级跳，中国文人心态的发展亦经历由青春至壮而老成的三境界，也即前人所谓诗学三元或三关。转关之所以重要，一是因为时代变局的转折之际，往往最能考验一个人的反应能力，二是转折或转角往往要占据更大的空间，时代是否能够容许接纳，正需求与呼唤其代表者，分别由陶、白、苏三人为三元或三关之代表，可谓三英而无愧。苏轼作为三英中的最后一位，更是浩若星辰的中国文人中，最具非凡独特性的集大成者。

江山如有待。北宋以蛮荒著称的海南岛，在孕就其特产沉香的同时，也成就了具有沉香性格——皮朽而心香、历难而不屈的一代坡仙。逆境在此时成为苏轼的意外财富，贬谪生涯使他更深刻地理解了社会和人生，也使他的创作更深刻地表现出内心的情感波澜。在苏轼之前，北宋文化绚丽多彩的清明上河图里，还没有海南这一笔。但在苏轼之后，中国文化版图中，海南已经成为重要而不可忽略的组成，这是唯一既受大陆文化影响、同时又不断反哺大陆文化的一个独特区域，正如苏轼与北宋文化之间的互动关系，接受海南地域文化影响的苏轼，同时也对海南文化的发展具有启蒙功能与拓展意义。毕竟眉山苏东坡早已将海南视为其家乡，朗声宣称：“海南万里真吾乡。”在海南开展苏轼文化研究、发展东坡文化旅游，势必要立足于海南的历史、文化、区位与现实条件等实际，合理发掘、充分研究、系统组织、科学发展。

“九死南荒吾不恨，兹游奇绝冠平生！”在一代坡仙身上，诗艺、香道以苦难及其超越为媒，结出芬芳绚烂的艺术之花，可谓闻思所及共香焄——海南为时代玉成了坡仙，坡仙也从此改变了海南的文化僻壤地位。如果再放宽放远一些，当更可体察到，一代有一代之文化，一代文化哺育一代文人。北宋文化吸纳前此数千年的历史积淀，皮毛落尽，精神独存，不仅各个文化领域、各类文化形式、各种雅俗文化百花齐放，更以独树一帜的北宋文化精神卓然自立。苏轼正是在北宋这一特定历史时期的文化所滋养和孕育，同时又成为中国传统文化最具典型性的文人代表。尤其是其在智慧的光芒照耀之下的不可救药的乐天主义和旷达胸怀，在今天显得格外令人珍惜。

相比“苏学”，我更青睐用“苏海”来概括我们对东坡的学习和研究。这并非仅仅是因为前面提到的苏轼与海南的不解之缘，更主要的是因为“苏海”较“苏学”更具包容性，韩（韩愈）如潮，苏（苏轼）如海，清人王文诰有《苏海识余》，王水照和巩本栋先生都曾写过《走近苏海》，李公羽先生则撰有《读王水照先生〈走近“苏海”——苏轼研究的几点反思〉》，而从走近苏海，到走进苏海，越发觉得海外有海，天外有天，茫无涯际，而时间有限。好在前有先贤，今有众多同道，大家因为苏海而结缘，吾道不孤，行无寂寞。虽研究路数不尽相同，学术风格亦有学院派和非学院派之别，但爱苏之心同，慕苏之意同。在地域文学日益成为研究热点的今天，地方学者的成果亦日益凸显，尽管在水准上可能和学院派无法相提并论，但其作用和特色毋庸置疑。与某些职业性乃至作业性的论文作者相比，大量因为地域、家族等因缘而走进苏海、投入苏学的地方学者，拥有一份做事业乃至是志业的心怀。发上等志，寻平处论，向宽处展，在此愿与同道者共勉，同渡苏海，共铸苏学新篇章。

海南的发展正面临机遇，海南的苏轼研究也正逢佳机，正所谓“天容海色本澄清”，谨以此坡仙诗句，为公羽先生新著出版祝贺，相信我们的读者也会随着公羽先生走进苏海，体悟到那种把一蓑烟雨走成清风徐来的境界！

世间美好必是冥冥注定

——《厨房里的私生活》序

窃以为，世间之美好，大概有三个要素：其一，时间忌太长，要短暂一些，如镜花水月才美好，世间美好不坚牢，彩云易散琉璃脆；其二，空间忌过近，须隔河相望，可望而难即，如蒹葭之境才美好；其三，结局忌圆满，略有遗憾才美好。作家木心（1927—2011）说："快乐是小的，紧的，一闪一闪的。"其意正与此相仿。

以上感慨，最早源自左壮兄和我都很喜欢的《长恨歌》。（参见拙作《生死·爱恨·天人——〈长恨歌〉的谜与魅》，《文史知识》2017 年第 3 期）我觉得，于李杨二人而言，那是一场毁于爱情的政治，也是一段毁于政治的爱情。政治与爱情的双料悲剧，因种种因素、种种制约而成千古遗憾，方铸就白居易笔下的《长恨歌》带给读者那超越时空的悲与美的心灵震撼。这样的震撼自然是可遇不可求的。

但是，定命论者认定：世间美好必是冥冥注定。比如，看似偶然的艳遇、貌似邂逅的重逢以及您不期而遇、端在手中的这个故事。故事是作家撬动世界的支点。最初的支点，自然多半是自叙自传，至少也要有个人私生活的点窜。

左壮兄的处女作《七十二变》（花城出版社 2016 年版）也不例外，在经历了数个不同文化圈的美食和故事后，一个文学青年回到中国，成了一名有着北美海归头衔的厨子，其中交织着生活的有趣与荒谬、美好和无奈，还有“故事是人类对世界的唯一解释，梦幻是我们所有的过往和未来”的感悟。而现在您端在手中的这盘菜，已经尽变食材，风格大改，还是美食，仍在厨房，作者却已推己及人，转实入虚，无需动用个人生活作食材。

书中先后切换了两个视角：一个是 26 岁的故事主人公的视角；另一个是作者的视角，在结构上也可视为故事的一篇作者后记。大概因为篇幅长了一些，索性架构起三个不同的时空（居然与《七十二变》一脉相承）。这三个时空，一是一年前未离家时的西北，二是漂泊打拼了半年的北京，三是一年后的上海。其中的主体，是第二段时空，以屈小可的 56 天日记来架构，从国际愚人节（4 月 1 日）写起，以国际盲人节（10 月 15 日）为止。

愚，或许也是一种盲。或许未经世事的屈小可，从懵懵懂懂，到逐渐像模像样地反思自我，在某些读者的角度看，应该是一种祛愚和脱盲的过程。但在我看来，这个西北来的年轻人身上，始终闪烁着一种李贽所谓“童心”之美，不忘初心，以诚待人，愿意付出，勤劳朴实，希望以一技之长立足社会。在今天，在帝都，这实在是一种十分稀有的美好。而这种美好源自何处，屈小可尚未自觉，这也正是其可爱之处。

写完上面的话，我去了趟宝鸡——故事里出镜率颇高的叶文泰的老家。回来后，再读第二遍，发现这个1米82的宝鸡小伙儿，在故事很长的篇幅里，可以视为他的老乡——主人公屈小可的一个互文，大致相当于林黛玉和晴雯的关系。叶文泰并非尽善尽美，但“有悟性”，和小可境遇相似，愿意给他以指导，最重要的指导是，做自己喜欢做的事，做事要走心。前者意味着选择，后者意味着努力。这是改变屈小可三观的指导，超越具体的技术性传授，成为屈小可确立职业自信的关键。

影响世界的关键注定不多。7个基本音符足可建构美妙的音乐世界；数量有限的基本粒子足可创造整个世界；3500个常用汉字，排列组合，成词为句，足可营造出无穷的文学新天地。不通一技莫论艺，煮字之道，亦如烹饪之艺。道与技，技与艺，既可相通，有时也隔如天地。即使主人公屈小可所身处的餐饮业，已经不可阻挡地向数字化时代转换，通与隔的差别依然存在。

《厨房里的私生活》的文字，则毫无隔碍，作者身出名门，聪明过人，无疑是通人。凭借多年跨文化生活经历，又勇于跨界尝鲜，早已是圈里扬名立万的风云人物。尽管其厨艺尚无缘置喙，但文才早有领教，一如荒野中自得其乐的孤独旅者，沉着而清通，畅快而不俗，往往是在平平常常中表达出世界呈现给世人的多种意象，其文正似其人，真实、朴素、幽默，从不在一部作品里只提供一种结果和可能。

《七十二变》如此，这部作品也是如此。表面上，写科技迅猛发展带给弱势群体的生活压力，结尾却将读者引入一种比宗教还要宽阔的界域。其言自云：

> 如果你有一双可以变换视角的眼睛，无须旅行，也能发现这个世界最荒诞和有趣的一面……我一直在努力让自己的作品没有国界、集体意识界和文化圈界的限制，寻找一种通用的表达和沟通方式。

信哉斯言！

不久前，毕业20年的同学聚会，我因须赴天府成都，无缘欢聚，错过了一场冥冥注定的美好。好在群里将现场进行了直播，看到场面上依然最抢眼的左壮兄，他侧对镜头微笑着，看起来很满意的样子，远没有私信里“再见就得二十年后了”那么伤感。这我就放心了。我还等着品尝他的厨艺呢，因为这或许是冥冥注定的美好！

凤凰枝文丛

三升斋随笔	荣新江　著
八里桥畔论唐诗	薛天纬　著
跂予望之	刘跃进　著
潮打石城	程章灿　著
会心不远	高克勤　著
硬石岭曝言	王小盾　著
云鹿居漫笔	朱玉麒　著
老营房手记	孟宪实　著
读史杂评	孟彦弘　著
古典学术观澜集	刘　宁　著
龙沙论道集	刘　屹　著
春明卜邻集	史　睿　著
仰顾山房文稿	俞国林　著
马丁堂读书散记	姚崇新　著
远去的书香	苗怀明　著
汗室读书散记	王子今　著
西明堂散记	周伟洲　著
优游随笔	孙家洲　著
考古杂采	张庆捷　著
江安漫笔	霍　巍　著
简牍楼札记	张德芳　著
他乡甘露	沈卫荣　著
释名翼雅集	胡阿祥　著

壶兰轩杂录	游自勇　著
己亥随笔	顾　农　著
茗花斋杂组	王星琦　著
远去的星光	李　庆　著
梦雨轩随笔	曹　旭　著
半江楼随笔	张宏生　著
燕园师恩录	王景琳　著
鼓簧斋学术随笔	范子烨　著
纸上春台	潘建国　著
友于书斋漫录	王华宝　著
五库斋清史存识	何龄修　著
蜗室古今谈	丰家骅　著
平坡遵道集	李华瑞　著
竹外集	朱天曙　著
海外嫏嬛录	卞东波　著
耕读经史	顾　涛　著
南山杂谭	陈　峰　著
听雨集	周绚隆　著
帘卷西风	顾　钧　著
宁钝斋随笔	莫砺锋　著
湖畔仰浪集	罗时进　著
闽海漫录	陈庆元　著
书味自知	谢　欢　著
三余书屋话唐录	查屏球　著
酿雪斋丛稿	陈才智　著